todas
as coisas
que
eu
já fiz

BIRTHRIGHT: LIVRO UM

todas as coisas que eu já fiz

GABRIELLE ZEVIN

tradução
MARIA CLARA MATTOS

Título original
ALL THESE THINGS I'VE DONE
BIRTHRIGHT: BOOK THE FIRST

Copyright © 2011 *by* Lapdog Books, Inc
Todos os direitos reservados.

Direitos para a língua portuguesa reservados
com exclusividade para o Brasil à
EDITORA ROCCO LTDA.
Av. Presidente Wilson, 231 – 8º andar
20030-021 – Rio de Janeiro, RJ
Tel.: (21) 3525-2000 – Fax: (21) 3525-2001
rocco@rocco.com.br | www.rocco.com.br

Printed in Brazil/Impresso no Brasil

preparação de originais
FERNANDA MELLO

CIP-Brasil. Catalogação na fonte
Sindicato Nacional dos Editores de Livros, RJ

Z61t
Zevin, Gabrielle
Todas as coisas que eu já fiz / Gabrielle Zevin; tradução Maria Clara Mattos. – Rio de Janeiro: Rocco Jovens Leitores, 2012.
(Birthright; v. 1)

Tradução de: All These Things I've Done
ISBN 978-85-7980-115-0

1. Ficção infantojuvenil. I. Mattos, Maria Clara. II. Título.

12-1345.
CDD: 028.5
CDU: 087.5

Este livro obedece às normas do
Acordo Ortográfico da Língua Portuguesa.

Para meu pai, Richard Zevin, que sabe de tudo

Se acabarei me tornando herói da minha própria vida ou se esse lugar será tomado por outra pessoa, as próximas páginas dirão.

– Charles Dickens, *David Copperfield*

Sumário

I. defendo minha honra 11

II. sou punida; defino *reincidência*; cuido de assuntos familiares 41

III. confesso; penso em morte e dentes; seduzo um garoto com falsos pretextos; decepciono meu irmão 63

IV. vou ao Little Egypt 79

V. me arrependo de ter ido ao Little Egypt 90

VI. entretenho dois convidados indesejados; me confundem com outra pessoa 104

VII. sou acusada; pioro as coisas 110

VIII. sou posta em liberdade; também sou tatuada! 133

IX. descubro um amigo influente e, depois, um inimigo 152

X. convalesço; recebo visitas; tenho notícias de Gable Arsley 166

XI. defino *tragédia* para Scarlet 181

XII. amoleço; interpreto uma bruxa adequada 201

XIII. cumpro uma obrigação (ignoro outras); poso para foto 216

XIV. sou obrigada a oferecer a outra face 232

XV. sofremos novamente; aprendo a definição de *aniquilamento* 264

XVI. peço desculpas (várias vezes); me pedem desculpas (uma vez) 311

XVII. faço planos para o verão 321

XVIII. sou traída 331

XIX. faço uma troca justa 357

XX. coloco a casa em ordem; volto para o Liberty 373

I. defendo minha honra

Na noite anterior ao início do segundo ano do ensino médio – eu tinha *apenas* dezesseis anos –, Gable Arsley declarou que queria dormir comigo. Não num futuro distante ou semidistante. Naquele momento.

Preciso admitir, meu gosto para meninos não era muito bom. Eu me atraía pelo tipo de cara que não tem o hábito de pedir permissão para nada. Meninos como o meu pai, eu acho.

Tínhamos acabado de voltar do café ilegal no porão de uma igreja fora de University Place. Isso num tempo em que cafeína, junto com quase um milhão de outras coisas, era ilegal. Tanta coisa era ilegal (papel sem permissão, telefones com câmera, chocolate...) e as leis mudavam tão rapidamente que você poderia estar cometendo um crime e nem mesmo saber. Não que isso importasse. Os tiras viviam sobrecarregados. A cidade estava falida, e posso dizer que talvez setenta e cinco por cento da força policial tinha sido demitida. O que restava da polícia não tinha tempo de se preocupar com adolescentes doidões em cafés.

Eu devia saber que havia alguma coisa por trás da oferta de Gable para me levar em casa. Pelo menos à noite era bem perigoso andar do café até onde eu morava, na East Ninetieth, e Gable normalmente deixava eu me virar sozinha. Ele morava no centro, e acho que sempre imaginava que se eu não tinha morrido fazendo esse percurso até agora...

Entramos no meu apartamento, que era da minha família praticamente desde sempre – desde 1995, ano do nascimento da minha avó. Galina, que eu amava loucamente e a quem chamávamos de vovó, estava no quarto, morrendo. Ela tinha o mérito de ser a pessoa mais velha e mais doente que eu já tinha conhecido na vida. Assim que abri a porta, ouvi as máquinas que mantinham seu coração e todos os seus outros órgãos pulsando. A única razão de eles não desligarem a máquina, como fariam com qualquer outra pessoa, era o fato de ela ser responsável por mim, pelo meu irmão mais velho e pela minha irmã mais nova. Ainda estava lúcida, diga-se de passagem. Mesmo confinada na cama, pouca coisa passava despercebida por ela.

Gable talvez tivesse tomado uns seis expressos naquela noite, dois deles com Prozac (também ilegal) – e estava completamente louco. Não estou desculpando seus atos, só tentando explicar algumas coisas.

– Annie – disse ele, afrouxando a gravata e sentando no sofá –, você tem que ter algum chocolate aqui. Eu sei que você tem. Tô babando por um. Vai, baby, anima o papai. – Era a cafeína falando. Gable parecia outra pessoa quando estava doidão. Eu detestava quando se referia a si mesmo como papai. Acho que tinha ouvido isso em algum filme antigo. Minha vontade era dizer: *você não é meu pai. Tem dezessete anos, caramba.*

Às vezes eu dizia isso, mas quase sempre deixava pra lá. Meu pai verdadeiro costumava dizer que se não deixarmos algumas coisas de lado, passamos a vida inteira brigando. Chocolate era o motivo do Gable dizer que queria ir ao meu apartamento, em primeiro lugar. Eu disse que ele podia comer um pedaço e que depois tinha que ir embora. O primeiro dia de aula era amanhã (meu segundo ano do ensino médio, como já disse; último dele), e eu precisava dormir um pouco.

Guardávamos o chocolate no quarto da vovó, num cofre secreto nos fundos do armário. Tentei fazer silêncio quando passei pela cama. Não que isso fosse muito necessário. As máquinas eram tão barulhentas quanto o metrô.

O quarto da vovó tinha cheiro de morte, uma combinação de salada de ovo do dia anterior (aves domésticas eram racionadas), melão passado (frutas eram bastante escassas), sapatos velhos e produtos de limpeza (compra permitida com cupons). Entrei no closet, afastei os casacos e digitei a combinação numérica. Atrás das armas, ficava o chocolate com amêndoas, superamargo e proveniente da Rússia. Coloquei a barra no bolso e fechei o cofre. Quando estava saindo, parei para dar um beijo no rosto da minha avó, e ela acordou.

– Anya – resmungou ela. – Que horas você chegou em casa?

Eu disse que tinha chegado havia algum tempo. De qualquer maneira, ela nunca saberia a diferença, e só se preocuparia se soubesse onde eu andava. Então eu disse para ela voltar a dormir, pois não tivera intenção de acordá-la.

– Você precisa descansar, vovó.

– Para quê? Vou descansar para sempre em breve.

– Não fale isso. Você vai ficar viva por muito tempo ainda – menti.

– Existe uma diferença entre estar vivo e viver – resmungou ela antes de mudar de assunto. – Primeiro dia de aula amanhã.

Fiquei surpresa por ela lembrar.

– Pegue uma boa barra de chocolate no armário para você, tudo bem, Anyaschka?

Fiz o que ela disse. Coloquei a barra que estava no meu bolso de volta no cofre e peguei outra, idêntica.

– Não mostre para ninguém – recomendou ela. – E não divida, a menos que seja com alguém que você realmente ame.

É fácil falar, pensei, mas prometi obedecer. Beijei-a novamente. Saí do quarto e fechei a porta com cuidado. Amava a vovó, mas não suportava ficar naquele lugar horrível.

Quando voltei pra sala, Gable não estava mais lá. Mas eu sabia onde estaria.

Ele estava deitado no meio da minha cama, desmaiado. Na minha maneira de encarar as coisas, esse era o problema da cafeína. Um pouquinho, e você tinha uma onda legal. Demais, e você já era. Pelo menos, era assim com ele. Chutei o Gable, não com muita força, na perna. Ele não acordou. Chutei de novo, mais forte. Ele gemeu um pouco e rolou na cama. Achei melhor deixá-lo dormir. Se não tivesse jeito, eu dormiria no sofá. De qualquer forma, o Gable era fofo dormindo. Inofensivo, como um cãozinho ou um garotinho. Acho que eu gostava mais dele assim.

Peguei o uniforme do colégio no armário e pendurei no encosto da cadeira, para o dia seguinte. Organizei minha bolsa e coloquei o tablet para carregar. Comi um pedaço do chocolate. O sabor era forte e meio amadeirado. Embrulhei o restante na embalagem prateada e guardei na gaveta da cômoda. Que bom não ter que dividir com Gable.

Você provavelmente está se perguntando por que o Gable era meu namorado se eu nem queria dividir um chocolate com ele. A questão é que ele não era chato. Era um pouco perigoso e, idiota como eu era, acho que eu achava esse tipo de coisa atraente. E – que Deus o tenha, papai – também se poderia dizer que eu não tinha um modelo masculino muito positivo. Além do mais, dividir um chocolate não era uma coisa tão trivial assim: era realmente muito difícil conseguir um.

Resolvi tomar um banho pra não ter que fazer isso de manhã. Quando saí do chuveiro, noventa segundos depois (o tempo de banho de todas as pessoas é cronometrado, porque a água está muito cara), Gable estava sentado de pernas cruzadas na cama, enfiando o último pedaço do meu chocolate na boca.

– Ei – protestei, enrolada na toalha –, você mexeu na minha gaveta!

Seus dedos estavam sujos de chocolate, os cantos da boca também.

– Eu não estava bisbilhotando. Senti o cheiro – disse ele, no meio de uma mordida. Ele parou de mastigar um pouco e olhou para mim. – Você está bonita, Annie. Limpinha.

Ajeitei a toalha ao redor do corpo.

– Agora que você acordou e comeu seu chocolate, tem que ir embora – falei.

Ele não se mexeu.

– Vamos, anda! Fora! – disse eu com firmeza, mas não alto. Não queria acordar meus irmãos nem a vovó.

Foi então que ele disse que achava que devíamos transar.

— Não — respondi, querendo muito não ter sido tão boba de tomar banho enquanto um cara perigoso, cheio de cafeína na cabeça, estava deitado na minha cama, esperando. — De jeito nenhum.

— Por que não? — perguntou ele. E depois disse que estava apaixonado por mim. Era a primeira vez que um garoto me dizia isso. Por mais inexperiente que eu fosse, deu para perceber que não era verdade.

— Quero que você vá embora — respondi. — A gente tem aula amanhã e precisamos dormir.

— Não posso ir embora agora. Já passou de meia-noite.

Não que houvesse guardas suficientes para executar o toque de recolher, mas meia-noite era a hora que as pessoas com menos de dezoito anos da cidade inteira tinham que estar em casa. Ainda faltavam quinze minutos para a meia-noite, então menti e disse que daria tempo se ele corresse.

— Nunca vou conseguir, Annie. Além do mais, meus pais não estão em casa, e sua avó nunca vai saber que eu fiquei aqui. Vamos, seja legal comigo.

Balancei a cabeça e tentei parecer durona, o que era um pouco difícil de fazer enrolada numa toalha amarela florida.

— Eu não ganho nem um ponto depois de dizer que estou apaixonado por você? — perguntou Gable.

Considerei a pergunta rapidamente antes de concluir que não.

— Na verdade, não. Não quando eu sei que é mentira.

Ele me olhou com olhos arregalados, como se eu tivesse ferido seus sentimentos ou algo do gênero. Depois, limpou a garganta e tentou outra técnica.

— Vamos, Annie. A gente já está junto há quase nove meses. Nunca fiquei tanto tempo com ninguém... então... tipo... por que não?

Listei meus motivos. Primeiro, eu disse, éramos muito jovens. Segundo, eu não era apaixonada por ele. E terceiro, e o mais importante, não acreditava em sexo antes do casamento. Era uma boa católica na maior parte do tempo e sabia exatamente aonde o comportamento que ele estava sugerindo me levaria: direto para o inferno. Vale lembrar que eu acreditava piamente (e ainda acredito) em céu e inferno, e não num caminho abstrato, intermediário. Voltarei a isso mais tarde.

Os olhos dele estavam um pouco estranhos – talvez fosse o contrabando consumido – e ele se levantou da cama e se aproximou de mim. Começou a acariciar meus braços nus.

— Para com isso – disse eu. – É sério, Gable, não é engraçado. Eu sei que você está tentando me fazer deixar a toalha cair.

— Por que você foi tomar banho se não estava a fim de...?

Eu disse a ele que ia gritar.

— E daí? – perguntou ele. – Sua avó não pode sair da cama. Seu irmão é retardado. E sua irmã é uma criança. Você só vai deixar todo mundo preocupado.

Parte de mim não conseguia acreditar que aquilo estivesse realmente acontecendo dentro da minha própria casa. Que eu tinha me permitido ser tão boba e vulnerável. Prendi a toalha debaixo das axilas e empurrei Gable o mais forte que eu pude.

— Leo não é retardado! – gritei.

Ouvi uma porta se abrir no fim do corredor e, depois, barulho de passos. Leo, alto como papai tinha sido (com um metro e noventa e cinco), apareceu na porta do quarto de pijama estampado de cachorrinhos e ossinhos. Apesar de eu estar conseguindo me virar, nunca fiquei tão feliz por ver meu irmão mais velho.

– Ei, Annie! – Leo me abraçou rapidamente, antes de se virar para o meu futuro ex-namorado. – Oi, Gable – falou Leo. – Ouvi um barulho. Acho que está na hora de você ir embora. Você me acordou, tudo bem. Mas se acordar a Natty não será bom, porque ela tem aula amanhã.

Leo levou Gable até a porta da frente. Não relaxei até escutá-la bater e Leo fechar o trinco.

– Não acho esse seu namorado muito legal – Leo me disse quando voltou.

– Sabe de uma coisa? Eu também não – respondi. Peguei as sobras de papel do chocolate e fiz uma bola. Pelos padrões da vovó, o único garoto na minha vida que merecia chocolate era o meu irmão.

O primeiro dia de aula foi mais chato do que a maioria dos primeiros dias de aula, e isso parece ser uma regra. Todo mundo já sabia que Gable Arsley e Anya Balanchine tinham terminado. Isso era irritante. Não porque eu tivesse alguma intenção de ficar com ele depois da idiotice da noite anterior, mas porque eu queria ser a responsável pelo término. Queria que ele chorasse, gritasse ou pedisse desculpa. Queria dar as costas e não olhar para trás quando ele chamasse meu nome. Esse tipo de coisa, entende?

Tenho que admitir: é incrível a rapidez com que os boatos se espalham. Menores não têm permissão pra ter seus próprios telefones, e ninguém, de idade alguma, poderia publicar sem licença virtualmente ou de outras maneiras, nem mesmo mandar um e-mail sem pagar pela postagem e, mesmo assim, a fofoca sempre encontra um caminho. E uma boa mentira viaja muito mais rápido que a verdade triste e sem graça. No terceiro tempo, a história do término do meu namoro já era carta selada, e eu não era a responsável por isso.

Matei a quarta aula e fui me confessar.

Quando entrei no confessionário, pude ver nitidamente a silhueta feminina da madre Piousina pela tela. Acredite ou não, ela era a primeira sacerdotisa da história da escola Holy Trinity. Apesar de serem tempos supostamente modernos e de todo mundo ser supostamente esclarecido, muitos pais tinham reclamado quando o Conselho Diretor anunciara a escolha no ano anterior. Várias pessoas ficaram desconfortáveis com a ideia de uma sacerdotisa. Além de ser uma escola católica, a Holy Trinity era uma das melhores de Manhattan. Pais que pagavam mensalidades exorbitantes faziam isso imaginando que a instituição não tinha permissão de mudar, por pior que as coisas estivessem em todos os aspectos.

Eu me ajoelhei e fiz o sinal da cruz.

– Me abençoe, madre, porque pequei. Há três meses não me confesso...

– O que a está perturbando, minha filha?

Contei-lhe que tive pensamentos impuros em relação a Gable Arsley a manhã inteira. Não mencionei o nome dele, mas a madre Piousina provavelmente sabia de quem eu estava falando. Todo mundo no colégio sabia.

– Você anda considerando a possibilidade de ter relações sexuais com ele? – perguntou ela. – Porque a ação seria um pecado ainda maior do que os pensamentos.

– Eu sei, madre – respondi. – Não é nada disso. A questão é que esse garoto anda espalhando boatos a meu respeito e eu fico pensando no quanto eu o odeio e quero matá-lo, ou pelo menos machucá-lo um pouquinho.

Madre Piousina riu de um jeito que me ofendeu.

– Isso é tudo? – perguntou ela.

Disse que tinha usado o nome de Deus em vão várias vezes ao longo do verão. Na maioria das vezes durante o Grande Racionamento de Ar-condicionado instituído pelo prefeito. Um dos dias de racionamento tinha coincidido com o dia mais quente de agosto. Entre os quarenta graus da temperatura e o calor gerado pelas muitas máquinas da vovó, o apartamento tinha ficado muito próximo do inferno.

– Mais alguma coisa?

– Mais uma. Minha avó está muito doente e, apesar do meu amor por ela – isso era muito difícil de dizer –, às vezes eu desejo que ela morra logo.

– Você não quer ver sua avó sofrer. Deus compreende que você não deseja isso de fato, minha filha.

– Às vezes, penso coisas ruins sobre os mortos – acrescentei.

– Alguém em particular?

– Meu pai, na maioria das vezes. Mas sobre a minha mãe também, às vezes. E às vezes...

Madre Piousina me interrompeu.

– Talvez três meses seja muito tempo de intervalo entre suas confissões, filha. – Ela riu novamente, o que me irritou, mas continuei falando. A próxima confissão foi a mais difícil de fazer.

– Às vezes eu tenho vergonha do meu irmão mais velho, o Leo, porque ele é... não é culpa dele. Ele é o irmão mais carinhoso, mais amoroso do planeta, mas... provavelmente a senhora sabe que ele é meio lento. Hoje, ele quis vir andando comigo e com a Natty até o colégio, mas eu disse que minha avó precisava dele em casa, que ele ia acabar se atrasando para o trabalho. Tudo mentira.

– Essa é sua confissão completa?

– É – disse eu, abaixando a cabeça. – Eu me arrependo desses pecados e de todos os do passado. – Então, rezei o Ato de Contrição.

– Absolvo você em nome do Pai, do Filho e do Espírito Santo – disse madre Piousina. Ela mandou que eu rezasse a Ave-Maria e o Pai-Nosso como penitência, o que me pareceu uma punição ridiculamente pequena. Seu predecessor, padre Xavier, realmente sabia dar uma boa penitência.

Eu me levantei. Estava prestes a abrir a cortina quando ela me chamou:

– Anya, acenda uma vela para sua mãe e uma para seu pai no céu. – Ela abriu a portinhola e me entregou dois cupons para vela.

– Agora a gente também tem que racionar as velas – resmunguei. Um amontoado sem fim de cupons e selos idiotas (não deveríamos estar racionando papel?), o arbitrário sistema de ponto e a constante mudança de regras e de leis de racionamento era inacreditavelmente irritante e impossível de acompanhar. Não é à toa que tanta gente compra produtos no mercado negro.

– Veja o lado bom. Você ainda pode pegar quantas quiser comigo – respondeu madre Piousina.

Peguei os pedaços de papel e agradeci. Por tudo de bom que as velas fariam, pensei com amargura. Eu tinha certeza de que meu pai estava no inferno.

Depois de entregar meus cupons para uma freira que carregava uma cesta de palha e uma caixa de velas votivas, fui até a capela e acendi uma para minha mãe.

Rezei para que ela, apesar de ter se casado com o chefe da família mafiosa Balanchine, não estivesse no inferno.

Acendi a outra vela para o meu pai.

Rezei para que o inferno não fosse tão ruim, mesmo para um assassino.

Sentia muita falta dos dois.

Minha melhor amiga, Scarlet, estava me esperando no corredor, do lado de fora da capela.

– Parabéns. Faltando esgrima no primeiro dia de aula, srta. Balanchine – disse ela, cruzando seu braço com o meu. – Não precisa se preocupar. Eu dei uma desculpa pra você. Disse que você estava tendo problemas de horário com as matérias.

– Obrigada, Scarlet.

– Tudo bem. Eu consigo ver exatamente o tipo de ano que vai ser. Vamos ao refeitório?

– Eu tenho escolha?

– Tem. Você pode passar o resto do ano se escondendo na igreja – falou ela.

– Talvez eu até vire freira e fique longe dos garotos pra sempre.

Scarlet se virou e examinou meu rosto.

– Não. Você não ficaria bem de hábito.

A caminho do refeitório, Scarlet me colocou a par do que Gable andava dizendo para as pessoas, mas eu já tinha escutado a maioria das coisas. Os pontos mais importantes eram que ele tinha terminado comigo porque achava que eu podia ser viciada em cafeína, porque eu era "meio piranha" e porque o começo das aulas era uma boa oportunidade pra "se livrar do lixo". Eu me consolei pensando que se meu pai estivesse vivo provavelmente mataria Gable Arsley.

– Então, sabe – continuou Scarlet –, eu defendi a sua honra.

Eu tinha certeza disso, mas ninguém nunca ouvia o que ela dizia. As pessoas a viam como a atriz maluca e dramática. Linda e ridícula.

– De qualquer maneira – disse ela –, todo mundo sabe que Gable Arsley é um pé no saco. Amanhã, ninguém fala mais nisso. Só estão falando agora porque são uns fracassados, sem vida própria. E, também, é o primeiro dia de aula, ainda não aconteceu nada.

– Ele chamou o Leo de retardado. Te contei essa parte?

– Não! – disse ela. – Que maldade!

Paramos em frente à porta dupla do refeitório.

– Odeio esse garoto – falei. – Odeio com todas as minhas forças.

– Eu sei – concordou Scarlet, abrindo as portas. – Nunca entendi o que você viu nele, pra falar a verdade. – Ela era uma boa amiga.

O refeitório tinha paredes revestidas de madeira e chão de azulejos preto e branco, como se fosse um tabuleiro de xadrez, o que fazia com que me sentisse uma peça de xadrez. Vi Gable sentado na cabeceira de uma das mesas grandes perto da janela. Ele estava de costas para a porta, então não me viu.

O almoço era lasanha, comida que sempre detestei. O molho vermelho me lembrava sangue e tripas, a ricota, massa encefálica. Já tinha visto tripas e massa encefálica de verdade, eu sabia do que estava falando. De qualquer maneira, não estava mais com fome.

Quando nos sentamos, empurrei minha bandeja para Scarlet.

– Quer?

– Uma é mais do que suficiente, obrigada.

– Tudo bem, vamos falar de outra coisa – disse eu.

– Que não seja...

– Não quero nem ouvir esse nome, Scarlet Barber!

– Que não seja o pé no saco – disse Scarlet, e nós duas rimos. – Tem um garoto novo muito melhor na minha turma de francês. Na verdade, ele se parece um pouco com um homem feito. É todo, sei lá, másculo. O nome é Goodwin, mas o apelido é Win. Não é AMD?

– O que significa isso?

– Ah, deve significar alguma coisa. Meu pai disse que era tipo "incrível". Ou qualquer coisa do gênero. Ele não tem certeza. Pergunta para sua avó, que tal?

Fiz que sim com a cabeça. O pai da Scarlet era arqueólogo e sempre tinha cheiro de lixo, porque passava os dias escavando. Ela continuou falando do garoto novo, mas eu não estava realmente prestando atenção. Não estava nem aí. De vez em quando, concordava e mexia na lasanha nojenta no meu prato.

Olhei para o outro lado do refeitório. Gable me viu olhando. O que aconteceu depois é meio confuso pra mim. Mais tarde, ele me disse que não tinha acontecido, mas achei que tivesse me olhado com um risinho de desdém, depois sussurrado alguma coisa para a garota sentada do lado dele – era do segundo ano, talvez até do primeiro, não sei quem ela era – e os dois riram. Em resposta, peguei meu prato intocado, embora ainda escaldante (qualquer comida tinha que ser aquecida numa temperatura de 80 graus pra evitar epidemias de bactérias) e saí correndo numa diagonal pelo piso preto e branco, como um bispo louco e, num segundo, a cabeça do Gable estava coberta de ricota e molho de tomate.

Ele ficou de pé e a cadeira caiu pra trás. Ficamos cara a cara, e era como se todo mundo no refeitório tivesse desaparecido. Gable começou a gritar, me xingando de coisas que não me atrevo a repetir aqui. Melhor não digitar uma lista enorme de palavrões.

– Aceito sua condenação – eu disse.

Ele se moveu para me dar um soco, mas depois se controlou.

– Você não vale isso, Balanchine. Você é da mesma escória de seus pais mortos – disse ele. – Prefiro conseguir uma suspensão para você. – Ele saiu do refeitório tentando limpar um pouco do molho com as mãos, mas não adiantou muito. Estava por toda parte. Sorri.

No final do oitavo tempo, recebi um comunicado dizendo que deveria comparecer à sala da diretoria depois da aula.

A maior parte das pessoas conseguia ficar longe de confusão no primeiro dia de aula, então não tinha muita gente esperando. A porta estava fechada, o que significava que alguém já estava lá dentro, e um cara de pernas compridas que eu não conhecia esperava sentado no sofá de dois lugares do hall. A secretária disse para eu me sentar.

O garoto usava um chapéu de lã cinza, mas tirou quando eu passei. Ele acenou com a cabeça, e eu acenei de volta. Ele me olhou de cima a baixo.

– A guerra de comida, não é?

– É, acho que dá pra chamar assim. – Eu não estava com paciência para fazer novos amigos. Ele cruzou as mãos no colo. Tinha calos nos dedos e, mesmo não querendo, achei isso interessante.

Ele deve ter percebido, porque me perguntou o que eu estava olhando.

– Suas mãos – respondi. – São meio ásperas para um menino da cidade.

Ele riu e disse:

– Sou do norte. Plantávamos nossa própria comida. A maioria dos calos tem a ver com isso. Alguns são do violão. Não toco bem; só gosto de tocar. O resto não sei explicar.

– Interessante – falei.

– Interessante – repetiu ele. – Meu nome é Win – disse.

Eu me virei para olhar. Então era esse o garoto novo da Scarlet? Ela tinha razão. Com certeza, não era difícil ficar olhando para ele. Alto e magro. Bronzeado, braços musculosos, provavelmente por causa da vida no campo. Olhos azuis e uma boca que parecia mais inclinada ao sorriso que ao mau humor. Nem um pouco meu tipo.

Ele me estendeu a mão, e eu a apertei.

– An... – comecei a dizer.

– Anya Balanchine, eu sei. Parece que ninguém fala de outra coisa hoje.

– Saco – disse eu. Podia sentir meu rosto ficando vermelho. – Então, você provavelmente deve achar que eu sou maluca e piranha e viciada, e uma princesa da máfia. Nem sei por que você está se dando o trabalho de falar comigo!

– Não sei como é aqui, mas de onde eu venho a gente tira nossas próprias conclusões sobre as pessoas.

– Por que você está aqui? – perguntei.

– Essa é uma pergunta terrível, Anya.

– Não, eu quis dizer do lado de fora da sala da diretoria. O que você fez de errado?

– Múltipla escolha – disse ele. – A. Alguns comentários que fiz na aula de teologia. B. A diretora quer conversar com o novato sobre o uso de chapéus na escola. C. Minhas matérias. Sou inteligente demais para minhas aulas. D. Meu testemunho da cena em que uma garota jogou lasanha na cabeça do namorado. E. A diretora está largando o marido e quer fugir comigo. F. Nenhuma das respostas anteriores. G. Todas as respostas anteriores.

– Ex-namorado – resmunguei.

– Bom saber – respondeu ele.

Nesse momento, a porta da sala da diretoria se abriu, e Gable apareceu. O rosto estava rosa e marcado onde o molho tinha caído. A camisa branca estava coberta de molho, e eu sabia que isso devia perturbá-lo terrivelmente.

Gable me olhou de cara feia e sussurrou:

– Isso não valeu a pena.

A diretora colocou a cabeça à porta.

– Sr. Delacroix – disse ela para Win –, seria muito inconveniente se eu conversasse primeiro com a srta. Balanchine?

Ele concordou e eu entrei na sala. A diretora fechou a porta.

Eu já sabia o que ia acontecer. Eu ficaria em observação e teria uma tarefa na hora do almoço durante a semana inteira. Considerando tudo, jogar lasanha na cabeça do Gable tinha valido totalmente a pena.

– Você precisa aprender a resolver seus problemas de relacionamento do lado de fora da Holy Trinity, srta. Balanchine – falou a diretora.

– Sim, senhora.

De alguma maneira, pareceu irrelevante dizer que o Gable tinha tentado me obrigar a transar com ele na noite anterior.

– Pensei em telefonar para sua avó Galina, mas sei que ela não anda bem de saúde. Não precisamos preocupá-la.

– Obrigada, diretora. Muito obrigada.

– Honestamente, Anya, me preocupo com você. Esse tipo de comportamento, se virar um padrão, pode prejudicar sua reputação.

Como se ela não soubesse que já nasci com má reputação.

Quando saí da sala, minha irmã de doze anos, Natty, estava sentada ao lado de Win. Scarlet deve ter dito onde ela poderia me encontrar. Ou talvez Natty tivesse adivinhado – eu não era uma estranha na sala da diretora. Natty estava usando o chapéu de Win. Os dois obviamente já tinham sido apresentados. Ela estava dando mole para ele! Ela era uma graça também. Tinha cabelo preto, comprido e brilhante. Como o meu, só que o dela era liso escorrido, enquanto o meu era cheio de ondas indomáveis.

– Desculpa ter roubado sua vez na fila – disse eu para Win. Ele deu de ombros.

– Devolva o chapéu de Win – falei para Natty.

– Acho que ficou bem em mim – respondeu ela, batendo os cílios.

Tirei o chapéu da cabeça dela e o entreguei a Win.

– Obrigada por tomar conta da minha irmã – eu disse.

– Para de me infantilizar – protestou Natty.

– Ótima palavra – comentou Win.

– Obrigada – agradeceu Natty. – Conheço muitas.

Só para irritar a Natty, eu peguei a mão dela. Estávamos quase no corredor quando me virei e disse:

– Aposto na C. Você provavelmente é muito inteligente para sua turma.

Ele piscou – para *quem* piscava?

– Eu nunca vou dizer.

Natty realmente suspirou.

– Ah – disse ela –, *gostei*.

Revirei os olhos enquanto saíamos.

– Nem pense nisso. Ele é velho demais para você.

– Só quatro anos – disse Natty. – Eu perguntei.

– É, mas isso é muita coisa quando se tem doze.

Perdemos nosso ônibus de sempre e, por causa dos cortes nas políticas de trânsito, o próximo só passava dali a uma hora. Eu gostava de estar em casa quando Leo voltava do trabalho, e concluí que demoraríamos menos se cruzássemos o parque a pé até lá. Papai uma vez me contou como era o parque quando ele era pequeno: árvores, flores, esquilos, lagos onde as pessoas podiam usar canoas, vendedores de todo tipo de comida imaginável, um zoológico, balões de gás e, no verão, shows e peças; no inverno, patinação no gelo e trenó. Não era mais assim.

Os lagos estavam secos ou tinham sido drenados e a maior parte da vegetação tinha morrido. Ainda sobraram algumas estátuas cobertas de pichação, bancos quebrados, construções abandonadas, mas eu não conseguia imaginar ninguém passando tempo ali por vontade própria. Para mim e para Natty, o parque era um percurso a ser feito o mais rapidamente possível, de preferência antes do cair da noite, quando virava ponto de encontro de todos os tipos indesejáveis da cidade. Não tenho certeza absoluta de como ficou tão detonado, mas imagino que tenha sido da mesma maneira que o resto da cidade – falta de dinheiro, falta de água, falta de liderança.

Natty estava chateada porque eu agradeci ao Win por ter tomado conta dela, então, se recusava a caminhar comigo. Tínhamos acabado de cruzar o Great Lawn (que, suponho, deve ter tido um gramado em algum momento) quando ela saiu correndo na minha frente uns dez metros.

Depois vinte.

Depois quarenta.

– Para, Natty! – gritei. – É perigoso! Você tem que ficar do meu lado!

– Para de me chamar de Natty! Meu nome é Nataliya e, pra sua informação, Anya Pavlova Balanchine, eu posso me virar sozinha!

Corri atrás dela, mas Natty se afastou mais ainda. Eu quase não conseguia vê-la; ela era um pontinho minúsculo de uniforme de colégio. Corri ainda mais rápido.

Natty estava atrás de uma ala de vidro do enorme prédio que tinha sido um museu de arte (hoje é uma boate), e não estava sozinha.

Uma criança inacreditavelmente magra, vestida com farrapos e, por coincidência, uma camiseta de décadas atrás da Balanchine Chocolate Factory, apontava uma arma pra cabeça da minha irmã.

– Agora o sapato – disse ele, com uma voz esganiçada.

Natty fungava enquanto desamarrava o sapato.

Olhei para a criança. O menino, apesar de magérrimo, parecia forte, mas tive certeza de que dava conta dele. Olhei em volta para ver se ele tinha cúmplices. Não. Estávamos sozinhos. O verdadeiro problema era a arma, então voltei minha atenção para ela.

Agora, o que eu fiz em seguida pode parecer falta de cuidado. Coloquei-me entre o menino e a minha irmã.

– *Anya! Não!* – gritou ela.

Meu pai, veja bem, tinha me ensinado uma coisa ou outra sobre armas, e a desse menino não tinha pente de munição. Em outras palavras, estava descarregada, a não ser que tivesse uma no gatilho, e eu apostei que não tinha.

– Por que você não pega alguém do seu tamanho? – perguntei. Na verdade, o menino era uns dez centímetros menor que Natty. De perto, dava para ver que era mais novo do que eu imaginava – talvez uns oito ou nove anos.

– Vou atirar em você – disse ele. – Vou atirar.

– Ah, é? – desafiei. – Quero ver você tentar.

Agarrei a arma pelo cano. Pensei em jogar no meio do mato, mas resolvi que não queria que ele aterrorizasse mais gente. Guardei na bolsa. Era uma arma bacana. Teria feito um estrago matando a mim e à minha irmã. Se estivesse funcionando.

– Anda, Natty. Pega suas coisas de volta.

– Ele ainda não tinha tirado nada – respondeu ela, ainda meio chorosa.

Balancei a cabeça, concordando. Dei meu lenço de bolso para Natty e lhe disse para assoar o nariz.

Nesse momento, o pretenso bandido também começou a chorar.

– Devolve minha arma! – Ele se atirou em mim, mas estava fraco de fome, eu acho, e eu mal o senti.

– Olha só, desculpa, mas você vai acabar morto se continuar a ameaçar as pessoas com essa arma quebrada. – Era verdade. Eu não seria a única pessoa a perceber que não tinha munição e, provavelmente, o tipo de pessoa que repara isso atiraria na testa dele sem pensar duas vezes. Eu me senti um pouco mal por ter tirado a arma do garoto, então dei o que tinha de dinheiro comigo. Não era muito, mas pelo menos ele poderia comer uma pizza naquela noite.

Sem um segundo de reflexão, ele aceitou a oferta. Então gritou um palavrão e desapareceu no parque.

Natty me deu a mão e andamos em silêncio até estar na relativa segurança da Quinta Avenida.

– Por que você fez aquilo, Annie? – sussurrou ela enquanto esperávamos o sinal fechar para atravessar. Eu mal conseguia escutá-la, com todo o barulho da cidade. – Por que você deu aquela grana toda para o garoto depois de ele tentar me roubar?

— Porque ele tem menos sorte que a gente, Natty. E o papai sempre dizia que era bom pensar em quem tem menos sorte que a gente.
— Mas papai matava pessoas, não matava?
— Matava — respondi. — Papai era complexo.
— Às vezes nem consigo me lembrar de como ele era — falou Natty.
— Ele parecia com o Leo — respondi. — Mesma altura. Mesmo cabelo preto. Mesmos olhos azuis. Mas o olhar do papai era duro, o do Leo é suave.

De volta ao apartamento, Natty foi para o quarto dela e eu revirei a cozinha, procurando alguma coisa para fazer para o jantar. Eu era uma *chef* sem inspiração, mas se não cozinhasse, morreríamos de fome. Menos a vovó. Suas refeições eram feitas através de tubos colocados por uma enfermeira de *home care* chamada Imogen.

Fervi exatos seis copos de água, de acordo com as instruções da embalagem, depois joguei o macarrão na panela. Pelo menos o Leo ficaria feliz. Macarrão com queijo era seu prato favorito.

Fui bater em sua porta para dar a boa notícia. Ninguém respondeu, então entrei. Ele já devia ter voltado do trabalho de meio-expediente na veterinária havia pelo menos duas horas, mas o quarto estava vazio, não fosse a coleção de leões de pelúcia. Eles me encaravam de forma interrogativa com seus olhos vidrados de plástico.

Fui ao quarto da vovó. Ela estava dormindo, mas acordei-a mesmo assim.

– Vó, o Leo disse se ia a algum lugar?

Vovó alcançou o rifle que mantinha debaixo da cama e então viu que era eu.

– Oh, Anya, é você. Você me assustou, *devochka*.

– Desculpa, vó. – Eu beijei o rosto dela. – É que o Leo não está no quarto. Queria saber se ele disse se ia para algum lugar.

A minha avó pensou um pouco.

– Não – respondeu ela, finalmente.

– Ele veio pra casa depois do trabalho? – perguntei, tentando não parecer impaciente. Ela estava claramente num dos seus dias menos comunicativos.

Minha avó pensou no que eu disse por cerca de um milhão de anos.

– Veio. – Fez uma pausa. – Não. – Fez outra pausa. – Não tenho certeza. – Mais uma pausa. – Hoje é que dia da semana, *devochka*? Perdi a noção do tempo.

– Segunda – respondi. – Primeiro dia de aula, lembra?

– Ainda é segunda?

– Está quase acabando, vó.

– Ótimo. Ótimo. – Ela sorriu. – Se ainda é segunda-feira, o bastardo do Jakov veio me ver hoje. – Ela realmente quis dizer bastardo. Jakov (a pronúncia é Ya-koff) Pirozhki era filho ilegítimo do meio-irmão do meu pai. Jakov, que tinha o apelido de Jacks, era quatro anos mais velho que Leo, e eu nunca gostei muito dele desde que bebeu Smirnoff demais em um casamento da família e tentou passar a mão no meu peito. Eu tinha treze anos; ele tinha quase vinte. Nojento. Apesar disso, sempre sentia um pouco de pena dele, por causa do jeito que era menosprezado por toda a família.

– O que o Pirozhki queria?

– Ver se eu já tinha morrido – disse vovó. Ela riu e apontou para os cravos baratos que estavam em um vaso no parapeito da janela. – Horríveis, não são? É tão difícil achar flores hoje em dia, e olha só o que ele traz? Acho que o que conta é a intenção. Talvez o Leo esteja com o bastardo, não?

– Isso não é legal, vó – eu disse.

– Ah, Anyaschka, eu nunca diria isso na frente dele! – protestou ela.

– O que Jacks poderia querer com Leo? – ele sempre ignorava ou demonstrava absoluto desprezo pelo meu irmão.

Minha avó deu de ombros, o que era bem difícil para ela, considerando sua pouca mobilidade. Percebi que suas pálpebras começavam a querer se fechar. Apertei a mão dela.

Sem abrir os olhos, ela disse:

– Me avise quando encontrar Leonyd.

Voltei para a cozinha para olhar o macarrão. Liguei para o trabalho do Leo para saber se ele ainda estava lá. Disseram que tinha saído às quatro, como sempre. Eu não gostava de não saber onde meu irmão estava. Ele podia ter dezenove anos, podia ser três anos mais velho que eu, mas era e sempre seria minha responsabilidade.

Não muito tempo antes de ser assassinado, meu pai me fez prometer que, se alguma coisa acontecesse com ele, eu tomaria conta do Leo. Eu só tinha nove anos na época, mais ou menos a mesma idade daquele ladrãozinho, era nova demais para entender o acordo que estava fazendo.

– Leo é uma alma boa – disse papai. – Não foi feito pra esse mundo, *devochka*. A gente precisa fazer de tudo pra proteger o seu irmão. – Fiz que sim com a cabeça, sem entender muito bem que o papai tinha me feito jurar por um compromisso para a vida inteira.

Leo não nasceu "especial". Era igual a qualquer criança, se não, segundo meu pai, melhor. Inteligente, a cópia do papai, e, o melhor de tudo, o primogênito. Meu pai, inclusive, colocou no filho o próprio nome. Leo era, na verdade, Leonyd Balanchine Jr.

Quando Leo tinha nove anos, ele e minha mãe estavam indo visitar minha avó por parte de mãe em Long Island. Minha irmã e eu (com dois e seis anos, respectivamente) estávamos com infecção de garganta e tivemos que ficar em casa. Papai concordou em ficar conosco, apesar de eu duvidar que isso fosse um sacrifício, pois nunca conseguiu tolerar minha avó Phoebe.

O tiro era para acertar o papai, é claro.

Minha mãe morreu imediatamente. Duas balas atravessaram o para-brisa e foram parar direto em sua bela testa, emoldurada por cachos cor de amêndoas.

O carro em que minha mãe estava bateu numa árvore, a cabeça do Leo também.

Ele sobreviveu, mas não conseguia mais falar. Nem ler. Nem andar. Meu pai mandou meu irmão para o melhor centro de reabilitação, depois para a melhor escola para quem tinha problemas de aprendizado. E, certamente, o Leo melhorou bastante, mas jamais seria o mesmo. Disseram que meu irmão teria a inteligência de um menino de oito anos para sempre. Disseram que meu irmão teve sorte. E era verdade. Apesar de eu saber que as limitações o frustravam, ele conseguiu muita coisa com a inteligência que tinha. Todo mundo achava que ele era ótimo funcionário no lugar onde trabalhava, e ele era um ótimo irmão para mim e para Natty. Quando a vovó morresse, seria nosso guardião – até eu completar dezoito anos.

Acrescentei o molho de queijo e já considerava a possibilidade de ligar para a polícia (como se fosse adiantar alguma coisa), quando ouvi abrirem a porta da frente.

Leo apareceu na cozinha.

– Você está fazendo macarrão, Annie! – Ele me abraçou com força. – Tenho a melhor irmã do mundo!

Afastei o Leo gentilmente.

– Onde você estava? Estava louca de preocupação. Se você for sair, tem que dizer pra vovó aonde vai, ou deixar um bilhete pra mim.

A expressão de Leo ficou desanimada.

– Não fica brava comigo, Annie. Eu estava com a nossa família. Você disse que se estivesse com a família não tinha problema.

Balancei a cabeça.

– Eu estava falando da vovó, da Natty e de mim. Família próxima. Isso significa...

Leo me interrompeu.

– Eu sei o que isso significa. Você não disse *próxima*.

Eu tinha certeza de ter dito, mas deixa pra lá.

– Jacks disse que você não ia se importar – continuou Leo. – Falou que era da família e que você não ia se importar.

– Aposto que ele disse isso. E você estava só com ele?

– O Fats também estava. A gente foi na casa dele.

Sergei "Fats" Medovukha era primo do meu pai e dono do bar aonde eu e Gable tínhamos ido na noite anterior. Fats era gordo, o que era pouco comum naqueles dias. Gostava dele tanto quanto gostava de qualquer pessoa da minha família, mas já tinha lhe dito que não queria o Leo naquele bar.

– O que eles queriam com você, Leo?

– A gente tomou sorvete. Fats fechou o bar e a gente foi tomar sorvete. Jacks tinha... como é mesmo o nome, Annie?

– Cupons.

– Isso!

E, se eu conhecia o meu primo, os cupons provavelmente tinham sido feitos por ele.

– Tomei um de morango – continuou Leo.

– Humpf.

– Não fica brava, Annie.

Tive a impressão de que Leo ia chorar. Respirei fundo e tentei me controlar. Uma coisa era perder a cabeça com Gable Arsley, mas me comportar daquela maneira com Leo era completamente inaceitável.

– O sorvete estava bom?

Leo fez que sim com a cabeça.

– Depois, a gente foi... Promete que não vai ficar brava.

Concordei.

– Depois a gente foi na Piscina.

A Piscina ficava na West End Avenue. Costumava ser um clube de natação para mulheres na época da primeira crise de água, quando todas as piscinas e fontes foram esvaziadas. Agora, a Família (e com isso eu quero dizer *semya*, ou o sindicato do crime da Família Balanchine) usava o lugar como seu principal ponto de encontro. Acho que conseguiram comprar o espaço bem barato.

– Leo! – gritei.

– Você disse que não ia ficar brava!

– Mas você sabe que não deve ir ao lado oeste sem falar para alguém.

– Eu sei, eu sei. Mas Jacks disse que tinha um monte de gente querendo me conhecer. E ele falou que eram da família, que você não ia se importar.

Estava com tanta raiva que não conseguia nem falar. O macarrão já tinha esfriado o bastante para comermos, então comecei a servi-lo nos pratos.

– Lava as mãos e avisa pra Natty que o jantar está pronto.

– Por favor, não fica brava, Annie.

– Não estou brava com *você* – falei.

Estava prestes a fazer Leo prometer que nunca mais voltaria lá quando ele disse:

– Jacks disse que talvez eu pudesse trabalhar na Piscina. Nos negócios da família, sabe?

Quase joguei a panela de macarrão na parede. Mas eu sabia que não era bom ficar com raiva do meu irmão. Sem falar que me pareceu excessivo cometer dois atos de violência com massa no mesmo dia.

– E por que você iria querer fazer isso? Você ama trabalhar na clínica.

– É, mas o Jacks achou que podia ser bom eu trabalhar pra Família – ele fez uma pausa –, como papai.

Balancei a cabeça de modo firme.

– Acho que não, Leo. Na Piscina não tem bichos pra você tratar. Agora, vai chamar a Natty, tudo bem?

Observei meu irmão sair da cozinha. Olhando, não dava para dizer que tinha alguma coisa errada com ele. E talvez nos preocupássemos demais com suas dificuldades. Não se podia negar que o Leo era bonito, forte e, no sentido prático, um adulto. Essa última parte me aterrorizava, é claro. Adultos podem se meter em confusão. Podem ser trapaceados. Podem ser enviados para Rikers Island, ou pior: podem acabar mortos.

Enquanto enchia os copos com água, me perguntei o que meu meio primo *padonki* pretendia e o tamanho do problema que eu teria.

II. sou punida; defino *reincidência*; cuido de assuntos familiares

A pior parte de trabalhar no almoço era o uniforme. Era vermelho, parecia uma tenda, me deixava gorda e tinha um aviso pregado com velcro: ANYA BALANCHINE PRECISA APRENDER A CONTROLAR SEU TEMPERAMENTO. De cara, não dava para ver, porque ficava nas costas e meu cabelo escondia, mas me mandaram colocar uma touca. Não protestei. O conjunto ficaria incompleto sem a touca.

Enquanto eu recolhia as bandejas e os copos dos meus colegas de turma, Scarlet me olhava de forma solidária, o que quase fazia com que a coisa toda fosse pior. Preferiria mil vezes ter cumprido minha pena em estado de completo esquecimento.

Por razões óbvias, deixei a mesa de Gable Arsley por último.

– Não posso acreditar que já saí com aquilo – disse ele, baixinho, mas alto o bastante para que eu escutasse.

Apesar de me ocorrerem muitas respostas, sorri e não disse nada. Não se deve falar quando se está trabalhando na hora do almoço.

Empurrei o carrinho com as bandejas até a cozinha, depois voltei para o refeitório para almoçar nos dois minutos que me restavam. Scarlet tinha mudado de lugar e estava sentada com Win. Estava debruçada na mesa em sua direção e ria de alguma coisa. Pobre Scarlet. Suas técnicas de azaração não podiam ser chamadas de sutis, e tive a sensação de que essa abordagem não funcionaria com Win.

Na verdade, não queria ir me sentar com eles. Estava cheirando a gordura e lixo. Scarlet me chamou.

– Annie! Aqui!

Eu me arrastei até ela.

– Amei a touca! – disse ela.

– Obrigada – respondi. – Estou pensando em usar direto. O avental também. – Coloquei minha bandeja na mesa e levei as mãos ao quadril. – Mas talvez precise de um cinto. – Tirei o avental e o deixei no banco ao meu lado.

– Anya, você já foi apresentada ao Win? – perguntou Scarlet. Ela ergueu ligeiramente a sobrancelha, indicando que era ele o menino de quem tinha me falado.

– Na sala da diretora. Ela estava muito ocupada arrumando confusão – disse Win.

– A história da minha vida – disse eu. Comecei a comer o empadão de vegetais de um jeito que esperava ser educadamente feminino. Apesar de enjoada daquele cheiro, estava faminta.

Quando tocou o sino, Win e Scarlet foram embora e me concentrei em comer rápido. Percebi que ele tinha esquecido o chapéu na mesa.

Assim que o sino tocou pela segunda vez, Win voltou ao refeitório.

Eu lhe estendi o chapéu.

– Obrigado – disse ele. Estava prestes a ir embora quando desistiu e se sentou na cadeira na minha frente. – Achei grosseiro deixar você aqui, sozinha.

– Tudo bem. Você vai se atrasar. – Dei a última garfada. – Além do mais, gosto da minha própria companhia.

Ele cruzou as mãos sobre os joelhos.

– De qualquer jeito, meu próximo tempo é de estudo independente.

Olhei para ele.

– Tudo bem. – Scarlet era a fim dele e não tinha a menor possibilidade de eu dar mole para um cara de quem ela gostava, por mais que as mãos dele fossem incríveis. Uma coisa que meu pai tinha me ensinado era a importância da lealdade.

– De onde você conhece a Scarlet?

– Aula de francês – disse ele, e só.

– Bem, acabei – informei-lhe. Já era mais do que hora de ele ir embora.

– Você esqueceu uma coisa – comentou ele. Tirou a minha touca, o dedo acariciando de leve a minha testa, e meus cachos se soltaram. – A touca é maneira e tal, mas acho que prefiro você sem ela.

– Ah – eu disse. Senti que meu rosto corava, então ordenei a mim mesma que parasse de corar. – Por que você veio morar aqui?

– Meu pai é o novo número dois da promotoria pública. – Sabe-se que o promotor Silverstein era basicamente uma marionete – velho demais e nada eficiente. Ser o segundo no comando era, na verdade, ser o primeiro, sem a inconveniência de ter que passar por uma eleição. As coisas deviam estar muito ruins para terem trazido alguém de Albany. A contratação de gente de fora implicava uma mudança maior no sistema. Na minha opinião, isso devia ser bom, porque a cidade não poderia ficar pior. Eu não me lembrava do que tinha acontecido de fato com o antigo número dois, mas provavelmente era o de sempre: era incompetente ou ladrão. Possivelmente, incompetente *e* ladrão.

– Seu pai é o novo manda-chuva?

– Ele acha que vai fazer uma limpeza geral – respondeu Win.

– Boa sorte pra ele – falei.

– É, provavelmente é muita ingenuidade. – Win deu de ombros. – Mas ele se diz idealista.

– Ei! Achei que você tinha dito que sua família era do campo – acrescentei.

– Minha mãe é. É engenheira agrônoma especializada em sistemas de irrigação. Basicamente, uma mágica que consegue plantar sem água. Mas o meu pai era promotor em Albany.

– Isso é... você mentiu!

– Não, só mencionei o que era relevante para sua pergunta, que, se eu me lembro bem, tinha a ver com como eu tinha conseguido meus calos? E, com certeza, não arrumei esses calos porque meu pai é promotor.

– Acho que você não falou nada porque sabia quem era meu pai, e...

– E? – Win me interrompeu.

– E talvez você achasse que eu não ia querer ser amiga de um cara que vem de uma família que está do lado oposto da lei ao da minha.

– Amores impossíveis, essas coisas...

– Espera, eu não disse...

– Tudo bem, retiro. E peço desculpas se te dei a impressão errada. – Win parecia se divertir comigo. – Essa é certamente uma boa teoria, Anya.

Disse para Win que eu tinha que ir para a aula, o que era verdade. Já estava cinco minutos atrasada para a aula de História Americana do século XX.

– Te vejo por aí – disse ele, acenando com o chapéu.

No quadro, sr. Beery tinha escrito: *Aqueles que não se lembram da história estão condenados a repeti-la*. Não tinha certeza se isso deveria servir como inspiração, tema ou piada, no sentido de nos obrigar a estudar.

– Anya Balanchine – disse sr. Beery. – Que bom que se juntou a nós.

– Desculpa, professor. Tive trabalho no almoço.

– Então, srta. Balanchine pode nos fornecer um exemplo vivo de problemas sociais como crime, punição e reincidência. Se conseguir explicar direitinho o que aconteceu, não mando você de volta à diretoria.

Só tinha tido aula com sr. Beery uma vez, então não sabia dizer se estava falando sério ou não.

– Srta. Balanchine. Estamos esperando.

Tentei não fazer piada quando respondi:

– O criminoso ou a criminosa é punido por seus crimes, mas a punição acaba levando a outros crimes. Minha punição por brigar foi ter que trabalhar no almoço, mas o trabalho no almoço acabou me atrasando pra aula.

– Dingdingdingdingding! A jovem merece um prêmio – disse sr. Beery. – Pode se sentar, srta. Balanchine. E agora, meninos e meninas, alguém saberia me dizer a que se refere o termo Nobre Experimento?

Alison Wheeler, a ruiva bonita que provavelmente seria a oradora da turma, levantou a mão.

– Na minha aula, ninguém precisa levantar a mão, srta. Wheeler. Gosto de pensar na turma como um grupo de discussão.

– Tudo bem – disse Alison, baixando o braço. – O Nobre Experimento é outra maneira de se referir à primeira proibição do consumo e da venda de álcool nos Estados Unidos, que durou de 1920 até 1933.

– Muito bem, srta. Wheeler. Alguma alma corajosa quer arriscar um palpite sobre o motivo de iniciarmos o ano letivo falando do Nobre Experimento?

Tentei ignorar o fato de que todos os meus colegas de sala estavam me olhando.

Finalmente, Chai Pinter, a fofoqueira da cidade, se ofereceu:

– Talvez por causa do que anda acontecendo com cafeína e chocolates hoje em dia?

– Dingdingdingding! Você até que não é tão boba quanto parece – proclamou sr. Beery.

O restante da aula foi sobre Proibição. Os abstêmios acreditavam que banir o álcool resolveria de forma mágica todos os problemas da sociedade: pobreza, violência, crime etc. E o movimento abstêmio era vencedor, pelo menos a curto prazo, porque se aliava a outros movimentos mais poderosos, muitos dos quais não tinham nada a ver com álcool. O álcool era uma muleta.

Eu não era perita no combate ao chocolate que tinha acontecido antes de eu nascer, mas as semelhanças eram claras. Papai sempre me dizia que não existia nada de mal no chocolate, mas que o alimento tinha sido envolvido num imenso esquema maluco que englobava comida, saúde, drogas e dinheiro. Nosso país só tinha escolhido o chocolate porque as pessoas do poder precisavam de algum motivo, e o chocolate era uma coisa sem a qual podiam viver. Meu pai me falou uma vez:

– *Toda geração gira a roda, Anya, e o lugar onde ela para define "o bem". O engraçado é que as pessoas nunca sabem que estão girando a roda e ela para num lugar diferente a cada vez.*

Ainda pensava no meu pai quando me dei conta de que sr. Beery estava chamando meu nome.

– Srta. Balanchine, você se importaria de nos explicar o motivo de o Experimento Nobre ter falhado?

Estreitei os olhos.

– Por que está fazendo a pergunta pra mim, especificamente? – Eu queria fazê-lo dizer isso.

– Porque não escuto sua voz há algum tempo – disse sr. Beery, mentindo.

– Porque as pessoas gostavam de bebida – eu disse, de forma idiota.

– Exatamente, srta. Balanchine. Mas gostaria de ouvir um pouco mais. Talvez um pouco da sua experiência pessoal.

Comecei a odiar aquele homem.

– Porque banir alguma coisa leva ao crime organizado. As pessoas sempre encontram uma maneira de ter o que querem, e sempre vão existir criminosos dispostos a fazer com que isso aconteça.

O sino tocou. Fiquei feliz de poder sair dali.

– Srta. Balanchine – sr. Beery me chamou. – Gostaria que ficasse na sala. Receio ter sido mal interpretado por você.

Eu poderia ter fingido não ouvir o que ele disse, mas não fiz isso.

– Não posso. Vou me atrasar pra próxima aula, e o senhor sabe o que dizem dos reincidentes.

– Estou pensando em convidar o Win pra sair com a gente na sexta – disse Scarlet no ônibus, na volta para casa.

– Ah, o Win – disse Natty. – Eu gosto dele.

– Isso é porque você tem ótimo gosto, querida Natty – falou Scarlet, beijando minha irmã na bochecha.

Revirei os olhos para elas.

– Se você gosta tanto assim dele, devia chamá-lo pra sair sozinha – falei para Scarlet. – Pra que você precisa que eu vá? Vou ficar segurando vela.

– Annie – resmungou Scarlet –, deixa de ser dramática. Se formos só eu e ele, vou ser a garota esquisita que convidou o cara pra sair. Se você for, fica tudo mais casual e amigável. – Scarlet olhou para minha irmã. – Natty concorda comigo, não concorda?

Natty fez uma pausa para olhar para mim antes de concordar.

– Se tudo estiver correndo bem, vocês duas devem ter um sinal pra indicar que é hora da Annie ir embora.

– Pode ser uma coisa tipo assim. – Scarlet piscou de uma maneira ridiculamente exagerada, contorcendo o rosto todo.

– Muito sutil – disse eu. – Ele nunca vai perceber.

– Vamos, Annie! Eu preciso me arriscar antes que alguém faça isso. Você tem que admitir que ele é absolutamente perfeito pra mim.

– Baseado em quê? – perguntei. – Você mal o conhece.

– Baseado em... baseado em... nós dois gostamos de chapéus!

– E ele é lindo – acrescentou Natty.

– Ele *é* lindo – disse Scarlet. – Juro, Annie, nunca mais te peço nada.

– Ah, tudo bem – resmunguei.

Scarlet me deu um beijo.

– Te amo, Annie! Acho que a gente podia ir naquele bar que seu primo Fats administra.

– Pode não ser uma boa ideia, Scar.

– Por que não?

– Você não sabe? O pai do Absolutamente Perfeito é o novo promotor.

Scarlet arregalou os olhos.

– Sério?

Fiz que sim com a cabeça.

– Acho que a gente vai ter que escolher um lugar dentro da lei então – disse Scarlet. – O que elimina praticamente tudo que é divertido.

O ônibus parou na Quinta Avenida e nós três andamos mais seis quarteirões até meu apartamento. Scarlet ia estudar lá em casa, como sempre.

Entramos no prédio e passamos pelo cubículo vazio do porteiro (depois que o último foi assassinado e a família abriu processo, o comitê do edifício concluiu que não dava mais para pagar um porteiro) e pegamos o elevador até a cobertura.

Scarlet e Natty foram para o meu quarto e eu fui dar uma olhada na minha avó.

Imogen, a enfermeira, estava lendo para ela.

– "Para começar minha vida pelo começo, digo que nasci (como fui informado e acredito) numa sexta-feira, à meia-noite. Comentou-se que quando o relógio deu as badaladas eu comecei a chorar."

Apesar de eu não ser uma leitora assídua, Imogen tinha uma voz doce. Isso me encantou e me flagrei no umbral da porta escutando durante um tempo. Ela leu até o fim do capítulo (que não era muito grande), depois fechou o livro.

– Você devia estar aqui quando comecei a ler – disse-me Imogen. – E levantou o livro para que eu visse o título: *David Copperfield*.

– Anyaschka, que horas você chegou? – perguntou vovó. Fui até ela e lhe dei um beijo no rosto. – Eu queria alguma coisa com mais ação – disse ela, torcendo o nariz. – Garotas, armas. Mas ela só tinha esse.

– Vai ficar mais animado – garantiu Imogen. – Você tem que ter paciência, Galina.

– Se demorar muito, eu morro – respondeu vovó.

– Chega desse humor negro – repreendeu Imogen.

Peguei o livro das mãos de Imogen e olhei para ele. A poeira entrou no meu nariz. O cheiro era salgado e um pouco azedo. A capa estava se desintegrando. Não se imprimia livros novos (por conta do custo do papel) desde que eu era nascida, talvez até mais. Minha avó me contou que quando ela era pequena existiam livrarias enormes, cheias de livros de papel.

– Não que eu tenha ido a alguma. Tinha mais o que fazer – disse ela, cheia de desejo na voz. – Ah, a juventude!

Hoje em dia, quase tudo é digitalizado. Todos os livros foram recolhidos e reciclados, transformados em artigos de necessidade, tipo papel higiênico e dinheiro. Se sua família (ou escola) tivesse livros, tudo bem, você podia ficar com eles. (Falando nisso, uma das transações da máfia Balanchine era vender papel no mercado negro.)

– Você pode pegar emprestado, se quiser – disse-me Imogen. – Juro que fica mais animado a partir de certo ponto. – A funcionária do *home care* da minha avó era uma ávida colecionadora de livros de papel, o que me parecia ridiculamente antiquado. Por que uma pessoa iria querer aquelas porcarias empoeiradas? Mas os livros tinham valor para ela, então eu sabia que era um sinal de respeito o fato de estar me oferecendo um.

Balancei a cabeça.

– Não, obrigada. Tenho toneladas de coisas pra ler pro colégio. – Eu preferia ler no tablet e, de qualquer maneira, não gostava muito de ficção.

Imogen conferiu as máquinas da minha avó uma última vez antes de nos dar boa-noite.

– Imagino que você tenha encontrado o Leonyd – disse minha avó, depois que Imogen foi embora.

– Encontrei. – Fiz uma pausa, sem saber se preocupava vovó dizendo onde (e com quem) Leo tinha se metido.

– Ele estava na Piscina, com Pirozhki e Fats – disse minha avó. – Perguntei hoje de manhã.

– E o que é que você acha disso?

Vovó deu de ombros, o que a fez tossir.

– Talvez seja bom. É bom que a família se interesse pelo seu irmão. Leo passa tempo demais com mulheres. Um pouco de companhia masculina vai fazer bem a ele.

Balancei a cabeça.

– Não sei se acho isso bom, não, vovó. Jakov Pirozhki não é o que a gente pode chamar de confiável.

– Mesmo assim, é família, Anya. E família cuida da família. É assim que funciona. Como sempre funcionou. Além disso, o Fats pelo menos parece uma pessoa decente. – Minha avó tossiu novamente e eu servi um pouco de água da jarra que ficava na mesinha de cabeceira. – Obrigada, *devochka*.

– Leo falou alguma coisa sobre trabalhar na Piscina.

Minha avó arregalou os olhos antes de concordar com a cabeça.

– Ele não me contou essa parte. Bem, com certeza existem homens muito mais ingênuos que o Leo.

– Tipo quem?

– Tipo... tipo... tipo... Já sei! – Ela sorriu, triunfante. – Viktor Popov. Ele era da minha geração. Muito alto, cento e sessenta quilos. Teria sido um tremendo jogador de futebol americano, se fosse capaz de decorar as regras. Os outros rapazes o chamavam de Viktor, a Mula, na cara dele, e de Jumento por trás. Sempre que precisavam de alguém pra tirar coisas da caçamba do caminhão, chamavam a Mula. Não importa o quanto as coisas se sofistiquem, de vez em quando você precisa de um rapaz que seja bom com trabalhos pesados.

Concordei. Minha avó estava dizendo coisas que faziam sentido. Pela primeira vez desde o desaparecimento do Leo senti meu estômago desembrulhar um pouco.

– E o que foi que aconteceu com Viktor, a Mula?
– Isso não é importante.
– *Vovó*.
– Levou um tiro na cabeça. Sangrou até morrer. Uma verdadeira vergonha. – Minha avó balançou a cabeça.

– Não é exatamente um bom fim, vó. E o Leo não tem exatamente esse tipo de corpo do Viktor – disse eu. Meu irmão era alto, mas era magro como uma folha de papel.

– O que eu quero dizer, *devochka*, é que todos os tipos são necessários nessa categoria de negócio. E seu irmão agora é um garotão.

Cerrei os dentes.

– Anyaschka, você é muito parecida com seu pai. Quer controlar o mundo inteiro e todas as pessoas do planeta, mas você não pode. Deixe que a situação – e me parece que não é nada demais – se desenrole. Se mais tarde precisarmos intervir, faremos isso. Além do mais, o Leo nunca deixaria a veterinária. Ele ama os animais.

– Então a gente não faz nada?
– Às vezes, essa é a única coisa que se pode fazer – disse vovó. – Apesar de...
– O quê?
– Pode pegar uma barra de chocolate no armário pra você – disse ela.
– Vó, chocolate não resolve tudo.
– Mas resolve muita coisa.

Fui até o armário. Atravessei o mar de casacos e abri o cofre. Tirei a arma do caminho. Peguei uma barra de chocolate: Balanchine Special Dark. Guardei a arma. Fechei o cofre.

Alguma coisa não estava certa.

Uma das armas tinha sumido. A Smith & Wesson do meu pai.

– Vó? – chamei.

Ela não respondeu. Voltei para o quarto. Ela já estava dormindo.

– Vó – repeti, sacudindo o ombro dela.

– O que foi? – disse ela. – O que foi?

– Uma das armas sumiu – falei. – Do cofre. A do meu pai.

– Você tem planos de usá-la hoje à noite? Leve a Colt. – Minha avó riu e a risada acabou virando um engasgo. – Imogen deve ter mudado a arma de lugar. Acho que comentou alguma coisa sobre limpeza ou sobre não ser seguro guardar as armas no mesmo lugar ou... desculpa. Não consigo lembrar. – O rosto dela pareceu triste e confuso por um instante e fiquei com vontade de chorar. Ela sorriu. – Não se preocupe tanto, meu amor. Amanhã você pergunta a ela.

Beijei minha avó e saí. Quando voltava para meu quarto, passei pelo do Leo. A porta estava fechada, mas dava para ver a luz saindo pela fresta. Ele devia ter chegado enquanto eu conversava com a vovó. Olhei para o relógio: quatro e dez da tarde, meio cedo para ele já ter voltado do trabalho.

Bati na porta.

Nenhuma resposta.

Bati de novo.

Ainda nenhuma resposta. Encostei o ouvido na madeira. Mal dava para escutar os soluços abafados.

– Leo, eu sei que você tá aí. O que foi?

– Vai embora! – respondeu Leo, a voz embargada de lágrimas.

– Não posso, Leo. Sou sua irmã. Se tem alguma coisa acontecendo, preciso saber o que é pra poder te ajudar.

Ouvi o barulho da porta sendo trancada.

– Por favor, Leo. Se você não abrir agora, vou ter que arrombar. Você sabe que eu consigo. – Já tinha feito isso mil vezes, sempre que Leo se trancava, por acidente ou de propósito.

Ele destrancou e abriu a porta.

Seus olhos estavam injetados e o nariz escorria um pouco. Quando ele chorava, ficava parecendo um menino de seis anos. O rosto ficou rosado e contraído.

Coloquei meus braços em volta dele, o que fez com que chorasse ainda mais.

– Ah, não, Leo, o que foi? Tem alguma coisa a ver com o Fats?

Ele balançou a cabeça. Depois de mais uns trinta segundos chorando, conseguiu me contar o motivo de sua tristeza. Não me olhou nos olhos, mas finalmente disse que tinha perdido o emprego na veterinária.

– Não se preocupe, Leo. – Acariciei as costas dele do jeito que ele gostava. Quando se acalmou, pedi que me explicasse o que tinha acontecido. A veterinária tinha fechado as portas. Depois que Leo voltou do almoço, alguém do Departamento de Saúde de Nova York apareceu para uma visita surpresa. A clínica foi autuada com cinquenta e uma violações, a maioria referente à limpeza, e foi obrigada a fechar imediatamente.

– Mas lá era limpo – disse Leo. – Eu sei que era limpo. Era meu trabalho e eu fazia um bom trabalho. Todo mundo diz que sou um bom funcionário, Annie.

– Não é culpa sua – assegurei ao meu irmão. Esse tipo de coisa acontecia todos os dias. Claramente, alguém da veterinária não vinha pagando à pessoa certa no Departamento de Saúde. – Minha previsão é a seguinte, Leo: aposto o que você quiser que a clínica vai ser reaberta em algumas semanas e você vai voltar a trabalhar lá em muito pouco tempo.

Leo concordou, balançando a cabeça, mas seus olhos não pareciam convencidos.

– Eles mandaram os animais embora, Annie. Você não acha que eles vão ser feridos, acha?

– Não. – Alguns anos antes, uma ação para banir todos os animais de estimação tinha sido movida, mas houve protestos e a coisa não foi para a frente. Algumas pessoas ainda achavam que animais domésticos eram um desperdício das nossas reservas. Honestamente, eu não tinha certeza do que ia acontecer, mas não adiantaria nada dizer isso para o Leo. Registrei mentalmente que devia ligar para a chefe do meu irmão, dra. Pikarski, para saber se eu podia fazer alguma coisa para ajudar.

Leo disse que estava cansado, então coloquei meu irmão na cama e disse que o chamaria quando o jantar estivesse pronto.

– Não chorei na frente de ninguém no trabalho – disse ele. – Logo que eu soube, quis chorar, mas segurei.

– Você foi muito forte – eu disse para ele.

Apaguei a luz e fechei a porta.

Quando voltei para o meu quarto, Natty e Scarlet estavam monopolizando a cama. Eu não estava com vontade de expulsar minha irmã mais nova, então sentei no chão.

– Tudo bem? – perguntou Scarlet.

– O de sempre – respondi. – Drama de família.

– Eu e a Natty fomos bastante produtivas – falou Scarlet. – Fizemos uma lista de lugares em potencial pra levar o Win na sexta à noite.

– Parece meio prematuro, já que ele ainda nem concordou em sair com a gente – respondi.

Scarlet me ignorou e estendeu a mão, que era onde a lista estava escrita:

1. Little Egypt
2. The Lion's Den
3. The Times
4. Um show/peça
5. Es...

O número cinco tinha ficado meio apagado pelo suor de Scarlet.

– Qual é o último?

– Es... – Scarlet espremeu os olhos, tentando entender o que estava escrito. – Espetáculo de comédia. Isso. Mas é uma opção meio ruim, de qualquer maneira.

– Little Egypt, sem dúvida – falei para ela.

– Você só está falando isso porque é perto da sua casa – disse Scarlet.

– E daí? Vai ser legal, caso ele nunca tenha ido. Além do mais, seu plano é me mandar embora mesmo, em algum momento, não é isso?

– Verdade – disse ela. – Se der tudo certo.

Quando Scarlet foi embora já eram quase cinco horas e eu ainda tinha que pensar no dever de casa. O mesmo valia para Natty.

– Vai embora – ordenei.

Natty se levantou.

– Você devia contar pra ela – disse minha irmã.

– Vai fazer seu dever de casa – falei. Sentei na mesa e peguei o tablet. – Contar pra quem, o quê?

– Scarlet. Você devia contar que gosta do Win.

Balancei a cabeça.

– Eu não gosto do Win.

– Então você devia contar pra ela que ele gosta de você.

– Ninguém te disse isso – falei.

– Eu estava lá, ontem. Eu *vi* – respondeu Natty.

Voltei a olhar para minha irmã.

– Scarlet viu primeiro.

– Isso é uma idiotice.

– E eu acabei de terminar um namoro, então...

– Ahã. – Natty revirou os olhos. – Vai dar confusão se você não contar pra ela.

– Quem é você pra falar? Você é uma criança – disse eu. Honestamente, eu não fazia ideia do motivo de dar tanta corda para esse assunto.

– Eu sei algumas coisas, Annie. Tipo, não é todo dia que um garoto mega gato, que não liga pra quem é a sua família, aparece. Na maioria das vezes, você acaba com algum imbecil, feito o Gable. E o Win gosta de você, o que é praticamente um milagre. Você não é exatamente a pessoa mais fácil de gostar no mundo, você sabe disso.

– Vai! Estudar! Agora! – mandei. – E fecha a porta!

Natty correu para sair, mas, antes, sussurrou:

– Você sabe que estou certa.

Fora a diferença da textura dos cabelos, a maior discrepância entre a Natty e eu era que ela era totalmente romântica e eu era realista. Não podia me dar o luxo de ser romântica – tive que tomar conta dela, da vovó e do Leo desde os nove anos. Então, sim, eu não era cega. Percebi que talvez o Win gostasse de mim, e posso dizer honestamente que nem liguei, ele não me conhecia de verdade; provavelmente tinha uma queda por morenas com peitos do tamanho dos meus ou pelos meus feromônios, blá-blá-blá, qualquer coisa idiota que faz com que uma pessoa goste da outra. De qualquer forma, namoro é uma completa perda de tempo. Minha mãe teve sentimentos românticos pelo meu pai e olha o que lhe aconteceu – morreu aos trinta e oito anos.

Isso não quer dizer que eu não seja capaz de imaginar que provavelmente há algumas poucas coisas legais quando se está apaixonado.

Estava prestes a começar meu dever de casa quando lembrei que precisava ligar pra dra. Pikarski, por causa do Leo.

Peguei o telefone. (Usávamos muito pouco o telefone, porque as contas eram muito altas e pairava no ar a desconfiança de que todas as linhas da família eram grampeadas.) Disquei pra casa da dra. Pikarski. Eu gostava dela. Já tínhamos nos falado várias vezes durante o processo de seleção de Leo na clínica e ela sempre foi muito direta comigo. E o mais importante, sempre foi muito legal com meu irmão. Achei que devia isso a ela.

Sua voz estava claramente triste quando atendeu.

– Ah, Anya – falou ela. – Imagino que você já esteja sabendo. Parece que o cara do Departamento de Saúde estava a fim de pegar a gente!

Perguntei o nome do funcionário do departamento.

– Wendel Yoric – disse ela, e eu pedi que soletrasse. Minha família ainda tinha alguns amigos espalhados em vários departamentos do governo e eu tinha esperanças de apressar um pouco o processo.

Depois que desliguei, liguei para o advogado da família, dr. Kipling. (Dois telefonemas num dia!) Ele era nosso advogado desde antes de eu nascer. Meu pai me disse que eu sempre poderia contar com dr. Kipling, e meu pai não dizia isso de quase ninguém.

– Então você quer que eu mande um cheque pra esse sr. Yoric? – O advogado perguntou, depois que expliquei a situação.

– Isso – respondi. – Ou então um envelope cheio de dinheiro.

– Claro, Anya. Era só uma expressão. Não tenho nenhum plano de fazer um cheque para alguém do Departamento de Saúde. Infelizmente, vou precisar de umas duas semanas para resolver isso – disse ele. – Então, aguente firme, Anya. E diga ao Leo que faça o mesmo.

– Obrigada – disse eu.

– Como vai o colégio? – perguntou ele.

Suspirei.

– Tão bom assim?

– Nem me fale – respondi. – Arrumei uma briga no primeiro dia de aula, mas não foi culpa minha.

– Parece até o Leo. Leo pai, eu quis dizer. – Dr. Kipling tinha sido amigo de colégio do meu pai. – Como vai a Galina?

– Bons e maus dias – disse eu. – A gente vai vivendo.

– Seu pai se orgulharia de você, Annie.

Estava prestes a me despedir quando resolvi perguntar o que ele sabia sobre Jakov Pirozhki.

– Peixe pequeno que gostaria de ser peixe grande. Mas isso não vai acontecer. Ninguém da organização o leva a sério, na verdade, especialmente o pai dele. E como a mãe não era, você sabe, esposa do Yuri, Jacks vive bastante atormentado, se perguntando se é um Balanchine de fato. Tenho pena dele, para falar a verdade. – Falando em Yuri, ele era meio-irmão do meu pai e meu tio. Tinha assumido a família depois que meu pai foi assassinado. Dr. Kipling mudou de assunto. – Você já decidiu para que universidades vai prestar vestibular?

Suspirei de novo.

– Minha oferta para ser seu acompanhante na excursão das faculdades ainda está de pé.

– Obrigada, dr. Kipling. Vou me lembrar disso. – Se eu chegasse a fazer algo assim, provavelmente seria Leo a ir comigo.

– Vai ser um prazer para mim, Anya.

Desliguei o telefone. Falar com dr. Kipling sempre fazia com que eu me sentisse menos sozinha e mais solitária ao mesmo tempo. Às vezes, eu imaginava que ele era meu pai. Imaginava como seria ter um pai que tinha uma profissão respeitável, como um advogado. Pensava como seria ter um pai do tipo que vai com você nessas excursões de universidade. Um pai do tipo que ainda está vivo. Mesmo antes de papai morrer, às vezes me imaginava pedindo para dr. Kipling me adotar.

Mas ele já tinha uma filha. Seu nome era Grace e ela estudava engenharia.

Tinha acabado de finalmente abrir meu livro de História quando alguém bateu na porta. Era Leo.

– Annie, estou com fome – disse ele.

Fechei o tablet e fui cuidar das necessidades da minha família.

III. confesso; penso em morte e dentes; seduzo um garoto com falsos pretextos; decepciono meu irmão

Fui me confessar na sexta-feira de manhã, antes da aula.

Se você estiver se perguntando, meu pai não era católico. Ele, como todos da família Balanchine, nasceu sob as leis da Igreja Ortodoxa. Não que meu pai fosse praticante. Nunca o vi indo à igreja, fora no meu batizado e nos dos meus irmãos, ou nos casamentos da família. Claro, no funeral da minha mãe também. Com certeza, nunca ouvi meu pai mencionar o nome de Deus.

Minha mãe era católica e falava regularmente em Deus. Na verdade, dizia que conversava com Ele. Até quis ser freira quando era pequena, mas, obviamente, não deu certo. Poderia dizer que ela foi na direção contrária, casando com o chefe de uma família notória de criminosos e tudo mais. Mas o que quero dizer é que eu era católica por causa da minha mãe. Claro, queria acreditar na possibilidade de uma vida após a morte, de redenção, salvação, reunião e, quem sabe, o mais importante, um Deus que perdoa. Mas quando escolhi a Holy Trinity (sim, fui eu que escolhi o colégio para mim e para Natty), não estava pensando em Deus. Era na minha mãe e no que ela teria desejado. E quando eu ia à igreja e sentia o cheiro do incenso queimando no turíbulo do padre, me sentia perto dela. E quando o veludo gasto do confessionário encostava nos meus joelhos, eu sabia que ela tinha sentido a mesma coisa. E quando eu sentava no banco e olhava para a imagem da Nossa Senhora, iluminada por uma luz suave, colorida, quase via minha mãe, às vezes. Não existia outro lugar no mundo em que isso pudesse acontecer. Por isso, eu sabia que jamais poderia me afastar completamente da fé católica.

É claro que algumas coisas me aborreciam, mas pareciam um preço baixo a pagar se eu pensasse no que tinha de retorno. E daí que você tinha que ser virgem até o casamento? Gable nunca teve a menor chance.

– Há quantos dias você fez sua última confissão?

– Quatro – respondi, e enunciei meus pecados. Se você prestou atenção, já sabe quais são. Suborno, ira, algumas repetições de segunda-feira etc. Recebi outra pequena penitência, que cumpri a tempo de chegar na minha primeira aula do dia: Ciência Forense II. Era minha matéria preferida, em parte porque achava interessante, em parte porque era a única coisa que me parecia relevante no mundo tomado pelo crime em que eu vivia, e em parte porque era a matéria na qual tirava as melhores notas. Era uma aptidão herdada. Um tempo depois de desistir de ser freira, e antes de casar com O Poderoso Chefão, minha mãe foi investigadora da polícia de Nova York. Foi assim que ela conheceu meu pai, é claro.

Era meu segundo ano com dra. Lau, e ela era a melhor professora que já tive na vida. (Ela foi a primeira professora de Ciência Forense da minha mãe também.) Eu gostava do fato de ela não tolerar nenhum tipo de frescura, mesmo que o assunto estudado fosse nojento. Mesmo que fosse o cadáver de uma galinha morta havia uma semana ou um colchão absurdamente sujo ou um absorvente usado.

– A vida é uma bagunça – dra. Lau gostava de dizer. – Lidem com isso. Se julgarem as coisas, não estarão vendo de verdade.

Ela era velha, mas não tão velha quanto vovó. Tinha uns cinquenta ou sessenta.

– Hoje, e nos próximos dias, vocês todos serão dentistas! – anunciou a professora, animada. – Tenho sete arcadas dentárias e vocês são treze. Quem quer ficar fora das duplas?

Fui a única a levantar o braço. Pode parecer estranho, mas realmente gostava de trabalhar sozinha com as evidências.

– Obrigada por se pronunciar, Annie. Da próxima vez, você vai ter um parceiro. – Ela acenou com a cabeça olhando para mim, concordando, e começou a distribuir bandejas cheias de dentes. A tarefa era bastante arrojada. Usando somente os dentes, teríamos que chegar a um perfil detalhado da pessoa quando viva (exemplo: ele ou ela era fumante?), e, baseados nisso, faríamos uma narrativa possível da causa da morte.

Vesti um par de luvas de borracha novo e comecei a observar os dentes. Eram pequenos e brancos. Sem obturações. Uma ligeira assimetria no molar direito, como se a pessoa rangesse os dentes dormindo. Eles pareciam delicados – não como os de uma criança, mas de alguma forma femininos. Anotei minhas descobertas no computador. Saudável. Jovem. Estressada. Feminino?

Eu poderia estar descrevendo a mim mesma.

Dra. Lau colocou a mão no meu ombro.

– Boa notícia. Encontramos um parceiro pra você, Annie.

Era Win. O senhor inteligente demais tinha sido transferido de Ciência Forense I para Ciência Forense II.

– Parece que toda hora esbarro em você – falou ele.

– É uma escola pequena – respondi. Mostrei a tela do computador para ele. – Não fiz muita coisa ainda. Gosto de perder um tempo pensando, no começo.

– Faz sentido – disse ele. Vestiu um par de luvas, um gesto que eu apreciava num potencial parceiro de laboratório. Depois apontou para a parte de trás dos dentes dela. – Olha, esmalte danificado.

Eu me inclinei.

– Ah! – Ainda não tinha olhado ali. – Ela deve ter vomitado.

– Devia estar enjoada – falou ele.

– Ou forçando o vômito – acrescentei.

– Isso. – Win concordou. Baixou a cabeça até ficar com os olhos colados nos dentes. – Acho que você está certa, Anya. Nossa garota estava forçando o vômito.

Sorri para ele.

– A história inteira da vida dela bem aqui, esperando pra ser lida por nós.

Ele concordou novamente.

– É triste, se a gente pensar bem, mas ao mesmo tempo é lindo.

Era uma coisa estranha de se dizer, eu acho. Mas soube que significava alguma coisa, sem precisar perguntar. Todos aqueles dentes já tinham estado na boca de uma pessoa real, viva.

Já tinham falado, sorrido, mastigado, cantado, amaldiçoado e rezado. Tinham sido escovados, tinham conhecido o fio dental e morrido. Na aula de inglês, líamos poemas sobre a morte, mas aqui, bem na minha frente, também estava um poema sobre a morte. Só que esse poema era verdadeiro. Eu já tive experiências com a morte e poemas não me ajudaram nem um pouco. Poemas não tinham a menor importância. Evidências, sim.

Ainda nem eram oito horas. Cedo demais para pensamentos tão profundos.

Mesmo assim, era por isso que eu amava Ciência Forense. Eu me perguntei se Win já tinha perdido alguém próximo.

O sino tocou. Win guardou os dentes com cuidado, marcando a bandeja com um pedaço de fita adesiva, na qual se lia: BALANCHINE DELACROIX – FAVOR NÃO TOCAR!!! Guardei o computador na bolsa.

– Te vejo no almoço – disse ele.

– Eu sou a garota da touca – respondi.

Como eletiva de educação física (quarto tempo), escolhi esgrima avançada. A designação "avançada" não dizia respeito à minha habilidade especial, mas ao fato de eu já ter feito esgrima nos dois anos anteriores. O esporte era, na verdade, meio ridículo. Apesar de ser uma aluna "avançada", caso me encontrasse em situação de perigo mortal, não usaria nem um pingo dos meus conhecimentos de esgrima. Usaria uma pistola.

Scarlet era minha parceira de aula e, apesar de ficar muito bem no uniforme, era tão desajeitada quanto eu. A questão era que ela podia fazer várias posições ofensivas, e eu era boa nas posições defensivas. Tenho certeza de que sr. Jarre, o instrutor, sabia de tudo isso, mas realmente não se importava. Fazíamos quorum para a aula de Esgrima Avançada, o que significava que as aulas não seriam canceladas.

Depois do aquecimento, que incluía alongamento e abdominais, nós nos dividíamos em duplas.

Eu e Scarlet fazíamos esgrima (mais ou menos) e conversávamos (o tempo todo).

– Então, vai ser sexta. O que significa que a gente tem que convidar o Win hoje – lembrou-me Scarlet.

Resmunguei:

– Sério, convida você. Eu até vou, mas...

Scarlet espetou meu ombro de leve com o florete.

– Um toque! – gritei, mais para satisfazer o professor Jarre. Depois, dei vários passos cambaleantes para trás.

– Vai parecer mais casual se você estiver junto. Pare cinco minutos antes de acabar o almoço – disse ela. – E, Anya, meu amor, pensando bem, tira a touca antes.

– Engraçadinha – respondi. Toquei o quadril dela com o florete.

– Ai – disse ela. – Quer dizer, um toque!

Era meu último dia de trabalho na hora do almoço e acho que posso dizer que estava pegando o jeito. Já conseguia carregar várias bandejas sem deixar cair nada no meu cabelo e já era capaz de servir a mesa de Gable com um sorriso sarcástico.

Quando peguei a bandeja do Gable, ele disse:

– Espero que você tenha aprendido a lição.

– Ah, aprendi, sim – respondi. – Muito obrigada por ter me ensinado. – Deixei a bandeja cair em cima do carrinho para que um pouco do almoço (tofu com um misterioso molho vermelho – asiático?) respingasse em seu rosto. – Desculpa – falei, e empurrei o carrinho para longe antes que ele tivesse a chance de responder.

Descarreguei as bandejas na máquina de lavar pratos e a chefe do refeitório me liberou para comer.

– Bom trabalho, Anya – disse ela. Sei que era só uma tarefa de escola, mas mesmo assim fiquei satisfeita de ela pensar que eu tinha feito um bom trabalho. Meu pai sempre dizia que, quando a gente se compromete (ou alguém nos compromete) a fazer uma coisa, melhor honrar a tarefa até o fim.

Scarlet estava sentada com Win e vários amigos da aula de teatro. Sentei do lado e disse minha fala:

– Então, a gente ainda vai ao Little Egypt amanhã à noite?

– O que é Little Egypt? – perguntou Win, o que era, convenientemente, exatamente o que ele devia perguntar.

– Ah, é uma coisa meio boba – respondeu Scarlet. – É uma boate que abriu onde era o museu abandonado da Quinta Avenida. Ali ficava uma coleção de coisas do Egito, por isso o nome Little Egypt. – Existiam boates parecidas em vários prédios abandonados pela cidade. Eram uma fonte modesta, mas constante, de entrada de dinheiro para o governo, sempre à beira da falência. – É meio bobo, mas legal se você nunca foi lá e, sei lá, *j'adore le discothèque*! (Vale lembrar que Scarlet e Win faziam aula de francês juntos.)

Disse minha próxima fala:

– Você pode vir com a gente, se estiver a fim.

– Não sei se boate é muito o meu gênero – respondeu Win. Scarlet e eu estávamos preparadas para esse tipo de resposta.

– Muitas boates em Albany? – provocou Scarlet.

Ele riu.

– A gente costumava passear de charrete de vez em quando.

– Parece divertido – disse Scarlet com uma pontinha sarcástica de azaração.

– Muitos passeios de charrete em Nova York? – perguntou ele.

Scarlet riu. Dava para ver que ela estava prestes a conseguir o que queria com Win.

Marcamos de nos encontrar no meu apartamento – era mais perto da boate – naquela noite às oito horas.

Quando voltei do colégio, a primeira coisa que fiz foi ver se estava tudo bem com o Leo, mas ele não estava em casa. Disse para mim mesma que não precisava me preocupar, provavelmente haveria uma explicação muito simples para sua ausência. Fui até o quarto da vovó. Ela estava dormindo, mas Imogen estava sentada na poltrona de couro ao lado da cama, a poltrona que era do meu pai. Cravos novinhos enfeitavam um vaso no parapeito da janela: vovó tinha recebido visita.

Acenei para Imogen. Ela levou o indicador aos lábios, indicando que eu devia fazer silêncio. Ela era enfermeira da minha avó desde que eu tinha treze anos e, às vezes, esquecia que eu não era mais uma criança que podia fazer barulho no quarto onde minha avó dormia. (Não que eu já tenha sido assim.) Concordei e fiz sinal para que Imogen me encontrasse no corredor. Ela deixou o livro no braço da poltrona, levantou e fechou gentilmente a porta do quarto. Perguntei se ela sabia onde estava o Leo.

– Saiu com seu primo – disse ela. – Galina disse que ele podia ir.

– Eles falaram pra onde iam?

– Desculpa, Annie. Honestamente, não estava prestando atenção. Galina teve uma tarde difícil. – Ela balançou a cabeça. – Talvez nadar? Não, isso não faz o menor sentido. – Imogen franziu a testa. – Mas eu juro que tinha alguma coisa a ver com nadar.

Claro. A Piscina.

– Fiz mal em não impedir o Leo de ir?

– Não – respondi. A verdade é que não era tarefa da Imogen tomar conta do meu irmão. Era minha função, que ficava cada vez mais difícil já que, para preservar os sentimentos dele, eu tinha que fingir que não era isso que eu estava fazendo, tomando conta. E eu também tinha que ir ao colégio. Agradeci a Imogen e ela voltou a ler o livro na poltrona do papai.

Estava prestes a cruzar a cidade atrás do Leo quando ele apareceu na porta. Estava ofegante e corado.

– Ah – disse quando me viu. – Estava tentando chegar antes de você. Não queria que se preocupasse, Annie.

– Tarde demais – respondi.

Leo me abraçou. Estava suado e eu o afastei.

– Você tá fedendo – falei. Ele me abraçou com mais força ainda. Era uma brincadeira para ele. – Tudo bem, Leo. Eu te amo. Já te amo! Agora me diz aonde você foi.

– Você vai ficar orgulhosa de mim, Annie. Consegui um trabalho novo!

Ergui uma sobrancelha.

– Imogen disse que você foi à Piscina.

– E foi lá que consegui meu trabalho novo, Annie. Só até reabrirem a veterinária. E paga melhor – disse ele.

Pigarreei.

– Que tipo de trabalho é? – perguntei suavemente, para o Leo não perceber o quanto eu estava irritada.

– Manutenção. Limpeza dos pisos, essas coisas. Jacks disse que precisavam de alguém, e eu sou bom nesse tipo de trabalho, Annie. Sei que sou.

Perguntei como ele tinha ficado sabendo dessa oportunidade e ele me disse que o primo Jacks tinha passado para visitar a vovó e mencionado que estavam procurando uma pessoa para fazer manutenção na Piscina. Leo seria perfeito se estivesse interessado em ganhar uma "grana fácil" antes da reabertura da clínica.

– Grana fácil? Foram exatamente essas as palavras que ele usou? – perguntei.

– Eu... – Leo balançou a cabeça. – Não tenho certeza, Annie. Mesmo depois que o cara da Piscina me ofereceu o trabalho eu disse que tinha que falar com você e com a vovó primeiro. Fiz a coisa certa, não fiz?

– Fez. Mas o negócio é o seguinte, Leo. Nossos parentes, estou falando dos caras que trabalham na Piscina, não são as pessoas mais legais do mundo pra você ficar saindo.

– Eu não sou idiota, Annie – disse Leo, com a voz mais firme do que o normal. – Não sou idiota como você pensa. Eu sei o que a nossa família faz. Eu sei o que o papai fazia também. Eu me feri por causa do que o papai fazia, lembra? Lembro disso todos os dias.

– Claro que você sabe, Leo. Eu sei que você não é idiota.

– Eu quero fazer a minha parte, Annie. Me sinto mal sem emprego. Se a vovó morre e eu não tenho um trabalho, podem tirar você e a Natty de mim. E o primo Jacks é um cara legal de verdade, Annie. Ele me disse que você não gosta dele, mas só porque você entendeu errado alguma coisa que ele disse.

Bufei. O bonzinho do primo Jacks tinha ficado doidão e tentado passar a mão no meu peito. Nada para entender errado, no caso.

– Acho que não é bem assim, Leo. – Olhei para o meu irmão. Ele estava com uma calça comprida cinza grande demais na cintura (era do papai) e uma camiseta branca. Apesar de magros, os braços dele eram musculosos, porque carregava muito peso na clínica. Parecia capaz. Até poderoso. Não alguém que precisa ser protegido. Certamente, não alguém cuja irmã ficava acordada de noite se preocupando com ele.

Os olhos do Leo eram azul-claros como os do papai. Eles me encaravam cheios de esperança.

– Eu realmente quero fazer isso, Annie.

– Vou conversar sobre o assunto com a vovó, tudo bem, Leo?

Leo explodiu.

– Eu sou adulto! Não preciso da sua autorização! Você é uma criança! Eu sou o irmão mais velho! Não quero mais você no meu quarto! – E ele me empurrou para fora. Eu não era difícil de empurrar, mas dei uns passos pra trás.

– Vou falar com vovó sobre isso – repeti. Quando passei do umbral, Leo bateu a porta atrás de mim.

Existia a possibilidade de a confusão ter acordado vovó, então voltei para conferir. Ela estava, de fato, de olhos abertos.

– Como você está, meu benzinho? – perguntou ela. – Ouvi gritos.

Beijei o rosto dela, que tinha cheiro de talco de bebê e bílis, e olhei na direção de Imogen. Balancei a cabeça discretamente para que minha avó entendesse que não queria discutir assuntos de família na frente da enfermeira.

– Acho que eu vou indo. – Imogen guardou o livro na bolsa. Já era mesmo o fim do expediente. – Imagino que você tenha encontrado o Leo – falou ela.

– Encontrei – respondi, rindo de leve. – No corredor.

– Sempre no último lugar que a gente imagina – retrucou Imogen. – Cuide-se, Anya. Durma bem, Galina.

Depois que ela fechou a porta, contei para minha avó aonde o Leo tinha ido e que emprego ele tinha arrumado.

– O que você acha disso? – perguntei.

Minha avó riu, e isso fez com que tossisse. Coloquei água para ela e segurei o canudinho em sua boca. Algumas gotas pingaram no cobertor vinho de seda e eu pensei em sangue. Repeti a pergunta.

– O que você acha disso?

– Bem – falou minha avó, com sua voz seca. – Já sei o que você pensa. Suas narinas estão abertas e seus olhos vermelhos como se estivesse bêbada. Você não deve deixar seu rosto mostrar o que você sente, isso é uma fraqueza, meu anjo.

– E? – perguntei.

– E, pfff – disse ela.

– Pfff?

– Pfff. Jacks é da família. Leo está sem trabalho. Família cuida da família. Pfff.

– Mas o Leo...

– Mas nada! Nem tudo é conspiração. Eu sempre dizia isso para seu pai também.

Resolvi não apontar o óbvio – que meu pai tinha razão de ser paranoico. Levou um tiro e morreu na própria casa.

Minha avó continuou.

– É bom que alguém esteja interessado no seu irmão. Porque, do ponto de vista da família, ele é um *muzhik*, um nada. É como se fosse uma mulher ou uma criança. Ninguém se ocupa dele.

Mas Jacks estava se ocupando por alguma razão.

– Anya! Estou vendo sua cara feia. Só quis dizer que ninguém vai dar um tiro no seu irmão nem colocá-lo em confusão. Não seria honroso. Esses homens da Piscina eram os soldados do seu pai. E uma das melhores coisas em relação ao seu pai, que ele descanse em paz, era o fato de que cuidava das pessoas. Seu pai era amado e respeitado em vida, e eles fazem o que podem pra honrar sua morte. É esse o motivo de Jacks arrumar um emprego para seu irmão. Você entende isso, não entende?

Tirei a careta do rosto.

– Boa menina – disse ela, acariciando minha mão.

– Talvez eu deva, pelo menos, falar com Jacks? – sugeri. – Pra garantir que é tudo legal.

Minha avó balançou a cabeça.

– Deixe estar. Se você for lá, só vai humilhar o Leo. Ele vai ficar desmoralizado na frente de outros homens. Além do mais, Pirozhki não é nada e não ameaça ninguém.

O argumento era bom.

– Vou dizer pro Leo, na hora do jantar, que você falou pra ele aceitar o emprego – respondi.

Vovó balançou a cabeça.

– Daqui a dois anos, você vai estar na faculdade e eu...

– Não fala! – gritei.

– Tudo bem, meu anjo, faça do seu jeito. Eu estarei longe. O que eu quero dizer é: não é melhor para o Leo tomar algumas decisões sozinho, Anyaschka? Deixe que ele seja um homem, meu amor. Dê esse presente a ele.

Como sinal de paz, fiz macarrão com queijo pela segunda vez na semana. Disse para Natty chamar o Leo, mas ele não quis jantar. Levei um prato para ele.

– Leo, você devia comer.

– Você não está com raiva? – murmurou ele. Mal pude ouvi-lo atrás da porta.

– Não, não estou com raiva. Nunca tenho raiva de você. Eu só fiquei preocupada.

Leo abriu uma frestinha da porta.

– Desculpa – disse ele. Os olhos cheios de lágrimas. – Eu te empurrei.

Concordei.

– Tudo bem. Não foi com tanta força assim.

Os olhos e a boca do Leo se fecharam, num esforço para impedir o choro. Fiquei na ponta dos pés e afaguei as costas dele.

– Olha só, eu trouxe macarrão pra você.

Ele sorriu um pouquinho. Entreguei o prato e ele começou a enfiar os tubinhos amarelos na boca.

– Eu não vou trabalhar na Piscina se você não quiser.

– A verdade é que eu não posso te impedir, Leo – falei, de certa forma ignorando o conselho da minha avó. – Mas quando a clínica reabrir, acho que você deve voltar a trabalhar lá. Eles precisam de você. E...

Ele me abraçou, prato na mão, e um pouco de macarrão caiu no chão.

– E se alguém lá na Piscina te deixar desconfortável, você pede demissão.

– Prometo – respondeu ele. E colocou o prato no chão, me pegou no colo e girou comigo, do jeito que o papai costumava fazer.

– Leo! Me bota no chão! – Eu estava rindo, então ele girou comigo mais algumas vezes.

– Vamos sair, hoje à noite. Eu, você e a Natty – propôs ele. – Você não tem aula amanhã e eu tenho cupons de sorvete.

Disse que queria muito poder, mas que já tinha combinado de sair com a Scarlet.

– Eu amo a Scarlet – disse ele. – Ela também pode ir.

– Não é esse tipo de programa, Leo. A gente vai ao Little Egypt.

– Eu gosto do Little Egypt – insistiu ele.

– Não gosta nada. Na única vez que você foi lá, ficou reclamando do barulho. Teve uma enxaqueca e foi embora em cinco minutos. – Era verdade: o trauma na cabeça tinha deixado Leo muito sensível ao barulho.

– Isso foi há muito tempo – continuou ele. – Estou muito melhor agora.

Balancei a cabeça.

– Desculpa, Leo. Hoje, não. Hoje, só a Scarlet e eu.

– Você nunca mais quis ir comigo a lugar nenhum! Eu... – Nossa, Leo estava à beira das lágrimas novamente. Virou para a janela. – Você tem vergonha de mim.

– Não, Leo. Não é isso. – Coloquei a mão no ombro dele, mas ele afastou o corpo. Talvez estivesse certo. Talvez tivesse um pouco disso. Mas muito pouco. Na verdade, eu não me achava capaz de cuidar do meu irmão numa boate cheia de gente e juntar Win e Scarlet ao mesmo tempo. – Scarlet está a fim desse garoto, e você não devia ficar bravo comigo porque eu mesma nem estou com vontade de ir nesse lugar idiota – expliquei.

Leo ficou em silêncio.

– Você está acabando comigo. Pode acreditar, eu preferia mil vezes passar a noite com você e com a Natty. – Isso era verdade. – Me dá uma chance de deixar passar essa?

Ele virou e olhou para mim, os olhos parados como os dos leões de pelúcia.

– Claro, Annie – disse ele. – Fica pra próxima.

IV. vou ao Little Egypt

Enquanto eu me preparava para a noite em frente ao espelho, meu pensamento continuava no Leo e em como eu poderia ter administrado melhor as coisas. Peguei a pinça e arranquei um pelo rebelde da sobrancelha.

A campainha tocou. Natty gritou:

– Eu atendo!

– Obrigada! Deve ser a Scarlet! – Scarlet e eu concordamos que ela devia chegar meia hora antes do Win, para, sei lá, montarmos uma estratégia. – Fala pra ela vir aqui pro banheiro. Só estou fazendo a sobrancelha.

Ouvi minha irmã cruzar o corredor até a porta.

– Annie disse pra você ir lá no banheiro – falou Natty, abrindo a porta. – Ah, você não é a Scarlet.

Uma voz masculina riu.

– Será que eu devo ir até o banheiro mesmo assim? – perguntou Win. – Já que ela só está fazendo a sobrancelha.

Apertei o robe na cintura e fui até o hall, onde Natty, a paqueradora, já tinha se apropriado do chapéu de Win.

— Você chegou cedo — acusei.

— Prédio incrível — disse ele casualmente, como se não percebesse minha irritação. — A escada de mármore da entrada. As gárgulas na frente. Meio assustador, mas cheio de personalidade.

— Ok — eu disse. — Era pra você chegar às oito.

— Eu devo ter me enganado com o horário. Mil desculpas. — Fez uma mesura discreta.

Não gosto quando os planos dão errado.

— Eu ainda não estou pronta. O que vou fazer com você agora?

— Eu cuido dele. — Natty se ofereceu. Olhei para minha irmã. O chapéu do Win ficava uma graça nela. Era de um tecido mais escuro e grosso do que o que ele estava usando no colégio. Fora isso, ainda vestia a mesma roupa de mais cedo — ou seja, uniforme —, mas tinha dobrado as mangas da camisa.

— Esse é outro chapéu — observei.

— Isso, Anya. Esse é o meu chapéu de noite — disse numa espécie de tom autodepreciativo, mas inclinou ligeiramente o tronco na minha direção. O cheiro dele era uma mistura de madeira e limpeza.

— Tudo bem, Natty — falei. — Você devia oferecer alguma coisa pro adiantadinho beber. — Eu me virei para voltar para o meu quarto.

— Suas sobrancelhas estão ótimas, diga-se de passagem — gritou ele. — Do jeito que estão, foi o que eu quis dizer.

A campainha tocou novamente. Scarlet.

– Parece que todo mundo resolveu chegar cedo, hoje – comentou Win.

– Não. – Natty se adiantou. – A Scarlet tinha combinado de chegar mais cedo.

– Jura? – perguntou Win. – Interessante.

Ignorei-o e fui abrir a porta.

Scarlet me deu um beijo no rosto de maneira a não deixar vestígios de batom na minha bochecha. A roupa era um clássico Scarlet: corpete de renda preto, calça comprida masculina de lã e o batom vermelho que era sua marca registrada. Também tinha conseguido um lírio branco para colocar no cabelo.

– Essa flor tem um perfume incrível – falei, depois sussurrei: – Ele já chegou. Se enganou com o horário, alguma coisa do tipo.

– Ah, que péssimo – disse Scarlet. Guardou a sacola com coisas para passar a noite no armário do hall, sorriu e foi para a sala. – Oi, Win! Adorei o chapéu, Natty.

Fui para o meu quarto procurar alguma coisa para vestir que não fosse o robe de banho. Minha avó me disse uma vez que na época dela nosso estilo de roupas se chamava *vintage*. A produção de roupas novas tinha sido interrompida havia uma década e uma combinação elegante como a que a Scarlet estava vestindo exigia um bocado de planejamento e esforço. Diferentemente da minha melhor amiga, não pensei nem um minuto no que usaria naquela noite. Coloquei um vestido velho da minha mãe – jérsei vermelho, curto e esvoaçante, mas com decote discreto. Tinha um furo na axila, mas eu não estava mesmo com planos de levantar muito os braços. A caminho da sala, bati na porta do quarto do Leo para dar boa-noite e ter certeza de que não tinha ficado um clima entre nós. Ele não abriu e eu empurrei a porta um pouquinho. As luzes estavam apagadas e ele estava enfiado debaixo do cobertor. Fechei a porta devagarzinho e fui encontrar meus amigos.

– Ah! – disse Natty quando me viu. – Você está linda!

Scarlet assobiou para mim e Win também fez um gesto de aprovação.

– Para, gente. Vocês estão me deixando com vergonha – falei, mas, para ser completamente honesta, gostei dos elogios. – A gente já pode ir pro Little Egypt.

Win tirou o chapéu da cabeça da minha irmã e fomos embora.

A boate ficava a cinco minutos de caminhada da minha casa, mas demoramos o dobro do tempo por causa do sapato da Scarlet, não exatamente apropriado para uma caminhada, com os saltos altos e finíssimos. Quando chegamos ao Little Egypt, a fila para entrar já tinha passado da escadaria de mármore que levava ao prédio. A boate era praticamente o único lugar para se ir naquela parte da cidade.

Scarlet se dirigiu ao cara da porta.

– Será que eu e meus amigos podemos entrar? Por favor, por favor.

– O que eu ganho se deixar, gata loura? – quis saber ele.

– Minha gratidão eterna – respondeu Scarlet.

– Fim da fila – disse ele. A gente já estava descendo a escadaria quando o cara gritou: – Ei, você! Vestido vermelho. – Virei. – Annie, não é isso?

Fiz uma careta.

– Quem está perguntando?

– Não, não é assim que funciona. Eu trabalhava com seu pai. Bom homem. – Ele abriu o cordão de veludo, acenou para nós três, enfiou a mão no bolso e pegou vários cupons de bebida para mim. – Um brinde ao seu pai, tudo bem?

Fiz que sim com a cabeça.

– Obrigada. – Esse tipo de coisa acontecia o tempo todo, mas, ainda assim, continuava sendo legal. Meu pai tinha muitos inimigos, mas os amigos eram maioria.

– Cuidado aí dentro – avisou ele. – Hoje está uma loucura.

O bar ficava embaixo de uma placa que dizia: INFORMAÇÕES. Outra placa, pregada na frente do balcão, listava os preços de entrada do tempo em que o Little Egypt ainda era museu. Trocamos nossos cupons por cerveja. Só existia uma marca de cerveja, que não era particularmente saborosa: um suco amarelado, podre. Por que as pessoas transformavam água nisso?

– Animação, galera – falou Scarlet.

– O que essa frase significa, exatamente? – perguntou Win.

Scarlet balançou a cabeça.

– Você faz perguntas demais – respondeu, tirando o chapéu da cabeça dele e colocando na dela. Foi triste, porque Scarlet estava usando a mesma manobra da minha irmã mais nova.

Tomei um gole de cerveja e, internamente, fiz um brinde ao meu pai. Minha avó me contou que os jovens costumavam arrumar confusão quando bebiam, na época dela, e a bebida era proibida para adolescentes. Agora, conseguíamos álcool com qualquer idade, desde que o vendedor tivesse licença – não era mais difícil que comprar sorvete e muitíssimo menos que, digamos, uma resma de papel. Parecia absolutamente estranho imaginar que as pessoas já tivessem se preocupado tanto com álcool. Talvez a ilegalidade fosse um estímulo, sei lá. Eu preferia água, sempre. Bebidas alcoólicas me deixavam tonta e minha vida exigia que eu estivesse sempre alerta.

Saímos do bar e fomos para a pista de dança. A música era apropriadamente ensurdecedora e alguém conseguira colocar uma luz estroboscópica, mas ainda dava para sentir que a intenção original do lugar não era ser uma boate. Mesmo lotada de gente, toda aquela quantidade de pedra deixava tudo frio. Meninas com roupas mínimas dançavam em cima de pedestais de mármore espalhados por todos os lados. Andando um pouco mais, nos deparamos com uma piscininha rasa de azulejos, e tinha uma fonte de mosaicos debaixo de um mural que representava uma vila bucólica à beira d'água. Tanto a piscina quanto a fonte estavam, claro, secas, e precisavam desesperadamente de uma reforma, coisa que eu sabia que não ia acontecer. Fechei os olhos por um segundo e tentei imaginar como seria aquele lugar quando era um museu. Em dado momento, percebi a presença do Win ao meu lado. Ele olhava fixamente para o mural e me perguntei se estaria pensando a mesma coisa que eu.

– Ei, vocês dois, nada de ficar sonhando acordado – gritou Scarlet. – A gente tem que dançar! – Ela agarrou minha mão, depois a do Win, e nos puxou para o meio da pista.

Scarlet dançou ao meu lado um tempo, depois se aproximou do Win. Eu dancei sozinha (lembrando de manter os braços para baixo, para não revelar o furo no meu vestido nem fazer com que aumentasse, sem querer) e observei Win e Scarlet. Ela dançava superbem. Ele, não. Pulava feito um inseto ou sei lá o quê. Seus movimentos eram cômicos.

Ele se aproximou pulando.

– Você está rindo de mim? – disse ele, chegando com o rosto na minha orelha. A música estava tão alta que ele tinha que fazer isso para ser ouvido.

– Não, eu juro. – Fiz uma pausa. – Estou rindo com você.

– Mas eu não estou rindo – falou ele, depois começou a rir.

– Percebi que você não está mexendo muito os braços.

– Você me desmascarou – falei. Levantei o braço. Quando fiz isso, vi alguém do outro lado da pista, alguém que não devia estar ali. Leo.

– Jesus – resmunguei. Olhei para Scarlet. – O Leo está aqui. Tenho que ir lá falar com ele. Tudo bem?

Ela apertou minha mão.

– Vai lá.

Enquanto abria caminho no meio dos corpos ondulantes, dizia para mim mesma que devia ficar calma, agir naturalmente e tentar não fazer uma cena.

Quando finalmente encontrei o Leo, ele estava rodeado de meninas, todas mais velhas que eu. Não fiquei chocada. Ele era bonito e, nas raras vezes em que saíamos juntos, geralmente chamava atenção – ele não podia evitar. Se nem sempre conseguia manter a conversa, acho que tem um tipo de garota que não percebe ou não se importa com isso.

Eu me coloquei entre o Leo e uma das vadias.

– Ei! – gritou ela. – Espera a sua vez.

– Ele é meu irmão – respondi gritando.

– Oi, Annie – disse Leo, não parecendo particularmente surpreso ao me ver.

– E aí? – falei. – Achei que você ia ficar em casa hoje à noite.

– Eu ia – admitiu ele. – Mas logo depois que você saiu, o Jacks passou lá e me convidou pra sair.

– O Jacks está aqui? – perguntei, pensando que talvez fosse um bom momento de dar uma palavrinha com meu primo absolutamente presente, absolutamente irritante.

– Está ali. – Leo apontou para a borda da piscina, onde Jacks estava sentado com uma ruiva bronzeada que parecia rir de tudo que ele dizia. O primo Jacks sempre tinha uma mulher bonita do lado, e, em geral, as mulheres pareciam achar meu primo atraente, apesar de eu, pessoalmente, não entender isso. Ele era baixo e muito magro. As pernas compridas demais para o tronco. Antes de a mãe do Jacks virar prostituta, quando dançar era uma coisa que as pessoas podiam fazer para viver, ela era bailarina profissional, e acho que Jacks puxou a ela. Os olhos dele eram verdes como os meus, a diferença é que estavam sempre olhando em volta, para ver se tinha alguém melhor com quem devia estar conversando. Tinha letras tatuadas nos nós dos dedos que formavam as palavras VORY V ZAKONE, e eu sabia que a tradução era: "ladrões na lei."

Olhei para o meu irmão. Ele suava um pouco e me perguntei se sentia dor de cabeça, como às vezes acontecia em lugares barulhentos, ou se eu estava sendo superprotetora e ele só estava com calor por causa da dança.

– Leo, você está bem? – perguntei.

– Estou ótimo – respondeu ele.

– Não precisa se preocupar, irmãzinha. – Uma das garotas insinuantes me disse. – A gente toma conta do seu irmão. – Ela riu e segurou a mão do Leo.

Ignorei a garota e falei para o Leo:

– Vou falar com o Jacks e vou pra casa. Você me leva, tá?
Leo concordou.

– Venho te buscar assim que terminar com Jacks – falei.

Nos degraus da escada da piscina, Jacks estava ocupado agarrando a ruiva. Ela não parecia se incomodar.

– Olha só, se não é a pequena órfã, Annie Balanchine, toda gente grande! – Jacks me cumprimentou. Deu um tapa na coxa da ruiva, depois a afastou com um gesto. Ela nem se deu o trabalho de parecer ofendida. Jacks ficou de pé e me deu um beijo no rosto. Correspondi, mas não deixei meus lábios fazerem contato com a pele dele. – Bom te ver, Annie.

– É – respondi.

– Quanto tempo faz que a gente não se vê?

Dei de ombros, mas sabia exatamente quanto tempo fazia.

– Acho que eu devia te agradecer pela oferta de trabalho pro Leo – falei.

Jacks balançou a mão.

– O Leo é um bom garoto, e você sabe que eu faria qualquer coisa pelo seu pai. Não tem que agradecer nada.

Olhei Jacks nos olhos.

– Preciso agradecer, primo, porque não seria certo aceitar um favor desses sem saber o que se quer em troca.

Jacks riu e tomou um gole da garrafinha de prata que guardava no bolso da calça. Ele me ofereceu um pouco, mas recusei.

– Você é paranoica, menina. Não é culpa sua, depois de tudo que aconteceu na sua infância.

– Meu pai me disse que não queria o Leo trabalhando nos negócios da família, em nenhuma área – respondi. (Talvez essas não tenham sido as palavras exatas do meu pai, mas tinha certeza de que seriam as que ele gostaria que eu dissesse.)

Jacks pensou um instante na minha frase.

– O grande Leo já se foi há algum tempo, Annie. Talvez ele não conhecesse as habilidades do seu irmão quando disse isso.

– Habilidades? – repeti. – O que você sabe sobre as habilidades do Leo?

– Talvez você esteja perto demais para enxergar, mas seu irmão não é mais aquele menino que se feriu, anos atrás. Você mantém o garoto ocupado metade do dia com sua avó, e a outra metade fazendo aquele trabalho estúpido na veterinária. – Apontou para o Leo, que dançava com as mesmas garotas oferecidas. – Ele está se esforçando. Alguém precisa aliviar o cara de vez em quando.

Talvez ele estivesse certo, mas, ainda assim, isso não explicava o que Jacks ganhava ajudando Leo. Resolvi encostá-lo na parede:

– E o que é que você está ganhando?

– Eu já disse. Faria qualquer coisa por seu velho pai.

– Meu pai morreu – lembrei. – Ajudar o filho do Leonyd não vai te garantir nenhum favor.

– Quanto cinismo. Na verdade, Annie, ajudar o seu irmão garante alguma coisa. Melhora a minha imagem na família. Talvez a ligação com o seu pai me dê um pouco de brilho. E Deus sabe como isso pode ser útil pra mim.

Finalmente ele dizia alguma coisa que fazia sentido.

– Tudo bem.

– Você é uma boa menina, Annie – disse Jacks. – Não é mais uma garotinha, prima.

– Muito obrigada por notar. – Virei para procurar meu irmão. E então soou um alarme. As luzes começaram a piscar e uma voz séria anunciou num megafone:

– Todo mundo pra fora! Este estabelecimento está sendo fechado por ordens do Departamento de Polícia de Nova York e pelo Departamento de Saúde. Todos devem deixar o recinto imediatamente! Os que resistirem serão presos.

– Alguém deve ter dado dinheiro pra pessoa errada – disse Jacks. – Não era assim quando o Grande Leo tomava conta da cidade.

Fui procurar meu irmão, mas não o encontrei em lugar nenhum, e a multidão começou a me empurrar em direção à saída. Era me mexer ou ser pisoteada. Perdi Jacks de vista, o que não era um problema para mim, e também não conseguia ver Scarlet nem Win.

Finalmente, cheguei à escada do lado de fora e pude respirar novamente. Parei um segundo, tentando me situar, antes de procurar pelo Leo. Alguém deu um tapinha no meu ombro. Era uma das oferecidas que estavam dançando com ele. Do lado de fora da boate, ela me pareceu mais inocente.

– Você é a irmã, não é? – perguntou.

Fiz que sim com a cabeça.

– Tem alguma coisa errada com seu irmão.

V. me arrependo de ter ido ao Little Egypt

Ela me encaminhou pelos degraus até o lado sul do prédio, não muito longe de onde Natty tinha sido atacada, quatro dias antes. Meu irmão se debatia no chão como um inseto debaixo de uma lente de aumento num dia de sol.

– O que aconteceu com ele? – perguntou a garota oferecida. O tom de voz denunciava certa repulsa, e a única coisa que me impedia de dar um soco nela era que pelo menos ela tinha sido decente o bastante para ir atrás de mim.

– É só uma convulsão – falei. Estava prestes a gritar para alguém proteger a cabeça dele contra uma pancada no chão, quando percebi que alguém já estava fazendo isso.

Win colocou a cabeça do Leo no colo.

– Eu sei que não é o ideal – disse ele ao me ver. – Mas a gente não tem como levar seu irmão até uma superfície mais suave e eu não queria que ele batesse a cabeça.

– Obrigada – respondi.

– Foi a Scarlet que viu – contou Win. – Ela está atrás de você.

Agradeci novamente.

Apertei a mão do meu irmão.

– Estou aqui – falei, e olhei para ele. A convulsão parou, o que significava o fim da crise. Ele tinha convulsões de vez em quando desde o acidente, mas já fazia bastante tempo que não tinha uma. Imaginei que as luzes piscando ou a música alta eram as responsáveis dessa vez. – Está tudo bem com você?

Leo assentiu com a cabeça, mas não parecia convencido.

– Você consegue andar? – perguntou Win.

– Consigo – respondeu Leo. – Acho que consigo.

Win se apresentou enquanto ajudava Leo a ficar de pé.

– Meu nome é Win – disse ao meu irmão. – Sou da escola da Anya.

– Leo.

Scarlet se juntou a nós.

– Meu Deus, Annie, procurei você em todos os cantos! Que bom que você encontrou a gente! – Scarlet se jogou em cima do Leo. – Fiquei tão preocupada com você – disse a ele. Os olhos dela estavam cheios de lágrimas.

– Não precisa se preocupar. Estou bem – Leo disse para Scarlet. Dava para perceber que ele estava constrangido por ser visto daquela maneira pela Scarlet. – Não foi nada.

– É? Mas não parece que não foi nada – disse ela. – Pobrezinho.

– A gente devia ir andando. – Win se manifestou.

Ele estava certo. A polícia estava em toda parte e já era quase hora do toque de recolher. Melhor ir embora.

O andar do Leo estava um tanto desencontrado, então Scarlet ficou do lado dele, segurando seu braço, e Win foi do outro lado. Eu fui andando atrás deles. A garota oferecida tinha desaparecido. Jacks também.

Nossa pequena caravana era lenta e irregular, e a viagem de volta para o meu apartamento demorou bem mais que a ida para a boate. Quando chegamos, já tinha passado a hora do toque de recolher e Win telefonou para casa para avisar aos pais que ia passar a noite no apartamento.

Scarlet foi ao banheiro para cuidar das bolhas nos pés causadas pelo sapato e eu fui colocar o Leo na cama. Ajudei meu irmão a trocar a roupa suada por causa da convulsão pelo pijama limpinho.

– Boa noite – disse eu, e o beijei na testa. – Eu te amo, Leo.

– Você acha que a Scarlet viu? – perguntou ele, assim que apaguei a luz.

– Viu o quê? – perguntei.

– Que eu... fiz xixi?

– Não. Duvido que ela tenha notado. E não foi culpa sua. Mesmo que tenha visto, ela te ama, Leo.

Ele concordou.

– Desculpa se eu estraguei sua noite, Annie.

– Por favor – falei. – Minha noite já estava péssima antes de você aparecer. Na verdade, você deixou tudo mais interessante.

Espiei o quarto da Natty. Apesar de ter doze anos, ainda parecia uma criança quando estava dormindo.

Fui até o banheiro, onde Scarlet fazia um curativo nas bolhas.

– Antes de você dizer qualquer coisa, srta. Balanchine, valeu a pena – disse ela. – Eu estava incrível.

– Verdade – concordei. – Por que você não leva um cobertor na sala pro Win? – sugeri.

Scarlet sorriu.

– Esse garoto – disse ela com sotaque estranho, ligeiramente espanhol. – Ele não é pra mim.

– Mas vocês dois gostam de chapéus – falei.

– Eu sei. – Ela suspirou. – E ele é adorável. Mas, socorro, não... – voltou a usar aquele sotaque esquisito. – Como posso dizer isso? Não tem química, *señorita*.

– Que pena – respondi.

Ela passou a falar francês.

– *C'est la vie. C'est l'amour* – falou, tirando a maquiagem com algodão. – Você devia ir levar um cobertor pra ele, Anya.

– Como assim? – perguntei.

– Como assim que eu não me incomodo se você levar o cobertor pra ele na sala.

– Eu não sou a fim dele – protestei –, se é isso que você está pensando.

Scarlet me deu um beijo no rosto.

– Ainda assim, eu não sei onde você guarda a roupa de cama.

Fui até o corredor e peguei um jogo de lençol para levar para o Win.

Na sala, ele já tinha tirado a camisa, mas ainda estava de calça e camiseta branca.

– Obrigada, de novo – falei.

– Tudo bem com seu irmão? – perguntou Win.

Fiz que sim com a cabeça.

– Constrangido, principalmente. – Arrumei o sofá com a roupa de cama. – Isso é pra você. O banheiro é no corredor.

Segunda porta depois do meu quarto, antes do da Natty e do Leo, mas se você for parar no quarto da minha avó que está morrendo, pode ter certeza de que andou demais. A cozinha é logo ali, mas está praticamente vazia. Hoje é sexta-feira e só posso comprar produtos racionados durante o fim de semana. Boa noite, dorme bem.

Ele se sentou no sofá e seu rosto foi iluminado pelo abajur. Vi que tinha uma marca vermelha na bochecha, que provavelmente estaria roxa no dia seguinte.

– Ah, não! Leo fez isso?

Ele tocou no rosto.

– Ele me deu uma cotovelada. Acho que foi durante a... era uma convulsão forte, não era?

Concordei.

– Minha irmã também tinha convulsões – disse ele. – Então, foi isso. A cotovelada. Não doeu na hora, achei que não ia ficar marca.

– Vou pegar gelo pra você.

– Está tudo bem.

– Não, vai diminuir o hematoma – insisti. – Espera um segundo.

Fui até a cozinha, peguei um pacote de ervilha congelada e levei para a sala. Ele me agradeceu e pressionou a embalagem contra a bochecha.

– Fica um pouco comigo. Não vou conseguir dormir enquanto seguro essas ervilhas no rosto.

Eu me sentei na poltrona vinho que ficava ao lado do sofá. Segurei uma almofada azul-turquesa – como um escudo, eu acho.

– Aposto que você se arrependeu de ter saído com a gente – falei.

Ele balançou a cabeça.

– Não exatamente. – Ele fez uma pausa, rearranjando o pacote de ervilha. – Parece que sempre tem alguma coisa interessante acontecendo quando você está por perto.

– É. Eu sou um problema.

– Eu não acredito nisso. Você é só uma garota que tem muita coisa com que lidar na vida.

A maneira como ele disse isso foi tão doce que eu quase acreditei. Com certeza, eu queria poder acreditar.

– Você falou que sua irmã costumava ter convulsões. Ela parou de ter?

– Parou. – Ele fez uma pausa. – Ela morreu.

– Desculpa.

Ele fez um aceno com a mão.

– Já faz muito tempo. Aposto que você também tem uma porção de histórias tristes pra caber num livro.

Mas é claro que ninguém anda muito interessado em livros hoje em dia. Levantei e coloquei a almofada na poltrona.

– Boa noite, Win.

– Boa noite, Anya.

Por volta das cinco horas da manhã, acordei com gritos. Eu nunca me permitia ter um sono muito profundo, então só precisei de um segundo para saber que vinham do final do corredor e eram da minha irmã.

Quando acendi a luz, Scarlet estava sentada no saco de dormir, os olhos sonolentos e aterrorizados.

– É só a Natty. Ela provavelmente está tendo mais um dos pesadelos de sempre – disse para Scarlet, saindo da cama.

– Pobrezinha. Quer que eu vá com você?

Balancei a cabeça. Eu estava acostumada a lidar com os pesadelos da minha irmã. Isso acontecia desde a morte do papai, sete anos antes.

Win já estava no corredor.

– Posso ajudar?

– Não – falei pra ele. – Volta a dormir. – Eu estava irritada por ter tanta gente em casa. Saber da sua vida particular dá muito poder às pessoas.

Fui até o quarto da Natty e bati a porta na cara do Win.

Eu me sentei na cama da minha irmã. Ela estava enrolada nos lençóis, suando. Os gritos estavam mais fracos, agora, mas ela ainda dormia.

– Shhhhh – falei. – É só um pesadelo.

Natty abriu os olhos e começou a chorar imediatamente.

– Mas, Annie, parecia tão real.

– Você sonhou com o papai? – O pesadelo típico da Natty girava em torno da noite do assassinato do meu pai. Aconteceu no nosso apartamento e nós duas estávamos em casa na hora. Ela só tinha cinco anos; eu tinha nove. Leo estava no colégio interno, e sou muito grata por isso. Uma pessoa não precisava ser testemunha do assassinato do pai e da mãe.

Os matadores chegaram enquanto meu pai estava trabalhando. Não só eu e Natty estávamos em casa, como estávamos no quarto com ele. Ninguém nos viu, porque estávamos brincando aos pés dele, escondidas pelo mogno maciço da mesa. Ele escutou os invasores antes de vê-los. Inclinou a cabeça na nossa direção e fez sinal de silêncio. "Não se mexam" foram as últimas palavras dele, segundos antes de levar um tiro na testa. Apesar de ainda ser criança, fui esperta o bastante para tapar a boca da Natty para ninguém escutar seus soluços. E apesar de não ter ninguém para tapar a minha, eu não chorei.

Atiraram no meu pai uma vez na testa e três no peito, depois fugiram. Da minha posição embaixo da mesa eu não vi quem atirou, e a polícia considera o crime não desvendado até hoje. Não que tenham investigado muito. Meu pai era um chefe do crime – do ponto de vista deles, seu assassinato era uma questão de tempo, fazia parte do esperado etc. Talvez achassem também que o assassino lhes fizera um favor.

– Você sonhou com o papai? – perguntei novamente.

Ela me olhou, amedrontada.

– Não. Sonhei com você.

Eu ri.

– Melhor você me contar. Vai se sentir melhor e eu vou poder dizer como você é boba.

– Foi tipo a noite da morte do papai – falou ela. – Eu estava debaixo da mesa quando escutei os invasores entrando. Mas aí percebi que você não estava comigo. Comecei a te procurar por toda parte...

Interrompi minha irmã.

– Esse é fácil. É uma metáfora. Você está com medo de ficar sozinha. Provavelmente anda angustiada com minha ida pra universidade. Mas eu já te falei que não vou sair de Nova York, você não devia se preocupar com isso.

– Não! Você não ouviu o resto. Assim que os invasores entraram, olhei pra cima e você estava sentada no lugar do papai. Você era o papai! E eu vi os homens atirarem na sua cabeça. – Ela começou a chorar novamente. – Foi horrível, Annie. Eu vi você morrer. Vi você morrer.

– Isso nunca vai acontecer, Natty – falei. – Não desse jeito, pelo menos. O que o papai sempre disse pra gente?

– O papai dizia um monte de coisas – resmungou ela.

Revirei os olhos.

– O que ele disse sobre a nossa segurança?

– Ele disse que ninguém encostava nos familiares.

– Exatamente – falei.

– Mas e o que aconteceu com mamãe e o Leo? – perguntou Natty.

– Isso foi um equívoco. O tiro era pro papai. Acontece que a mamãe e o Leo estavam no caminho. Além disso, as pessoas que planejaram isso já morreram.

– Mas...

– Natty, isso nunca aconteceria hoje em dia. Ninguém vai tentar matar nenhum de nós, porque a gente não tem mais envolvimento nos negócios da família. Eles não precisam se preocupar com a nossa existência. Você está sendo ridícula!

Natty considerou o que eu disse. Ela franziu a testa e levou a ponta da língua ao nariz.

– É, acho que você está certa. Agora me senti meio idiota.

Natty se deitou novamente e eu cobri minha irmã.

– Você se divertiu com o Win? – perguntou ela.

– Te conto amanhã. – Baixei a voz. – Ele ainda está aqui.

– Annie! – Ela arregalou os olhos, satisfeita.

– É uma longa história e, provavelmente, muito menos interessante do que a que eu acho que você está imaginando, Natty. Ele só está usando nosso sofá.

Estava prestes a apagar a luz quando minha irmã me chamou.

– Espero que ele não tenha escutado meus gritos – disse ela. – Vai me achar uma bebê chorona.

Prometi que explicaria para ele sem dar muitos detalhes da nossa vida, e Natty sorriu.

– Você não é uma bebê chorona porque tem pesadelos, Natty. Aconteceu uma coisa horrível quando você ainda era muito pequena e é por isso que essas coisas acontecem. Não é culpa sua.

– Você não tem pesadelos. – Ela me lembrou.

– Não. Eu saio por aí atirando macarrão com molho de tomate na cabeça dos garotos – falei.

Natty riu.

– Boa noite, Anya, a corajosa.

– Bons sonhos, Natty. – Mandei um beijo para ela e fechei a porta.

Fui até a cozinha para beber um copo d'água. Quando estava no jardim de infância, os professores ensinavam uma musiquinha idiota sobre conservação da água que se chamava "Pense antes de beber". Eu acho que fiquei com isso na cabeça, porque, até hoje, não consigo abrir a torneira sem calcular mentalmente o custo do meu ato. Ultimamente, andava pensando bastante nessa canção, pois, como eu era responsável pelo orçamento da casa, comecei a perceber que o preço por milímetro cúbico tinha começado a subir mensalmente. Meu pai nos deixou bastante dinheiro, mas mesmo assim eu gostava de estar atualizada com esse tipo de coisa.

Terminei o primeiro copo, depois tomei outro. Graças a Deus a água não era racionada. Eu estava desesperada de sede e, apesar de ter fingido não ser nada, o pesadelo de Natty tinha me deixado desconfortável.

Eu não tinha contado duas coisas para ela.

Primeiro, eu mataria qualquer um que tentasse ferir meus irmãos.

E segundo: eu não era corajosa. Também tinha pesadelos. Mais noites com do que sem eles. Diferentemente da Natty, eu era craque em gritar só dentro da minha cabeça.

Ouvi Win tentando dormir na sala.

– Desculpa a gente fazer tanto barulho – gritei.

Ele veio até a cozinha.

– Não tem problema – respondeu. – Às seis acaba o toque de recolher, e daqui a pouco eu posso começar a pensar em ir pra casa.

Sob a luz da aurora, consegui ver que o rosto dele estava bastante inchado da cotovelada do Leo.

– Coitado do seu rosto! – exclamei.

Ele olhou para o próprio reflexo na torradeira de alumínio.

– Meu pai vai pensar que entrei numa briga. – Ele sorriu.

– Ele vai ficar irritado?

– Provavelmente vai achar que tudo isso molda o caráter, esse tipo de coisa – respondeu. – Ele acha que eu sou muito suave.

– Você é? – perguntei.

– Bom, eu não sou o meu pai, isso é certo. – Fez uma pausa, depois continuou. – Nem ia querer ser.

O relógio do forno mostrou seis horas.

– Vou levar você até a porta – eu disse.

Na porta, nós dois ficamos com aquela sensação esquisita e eu não sabia como me despedir dele. Win tinha presenciado muita coisa da minha vida. Tinha gente do colégio que me conhecia havia anos e sabia muito menos da minha vida pessoal. Namorei o Gable quase nove meses e ele não sabia nada dos pesadelos da Natty. Nem ia querer saber – de certa forma, o desinteresse era uma das maiores qualidades dele.

– O que foi? – perguntou Win.

Resolvi falar a verdade.

– Você sabe muita coisa a meu respeito.

– Hum – respondeu ele. – Talvez fosse mais inteligente me matar.

Eu ri. Talvez você ache que esse tipo de brincadeira me ofende, mas vindo do Win, não me ofendeu. De certa forma, era pior quando a pessoa não sabia nada do meu passado.

– Não – disse eu –, meu pai teria considerado esse movimento prematuro. Me aconselharia a esperar e ver se você é confiável primeiro.

– Ou eu poderia te contar todos os meus segredos – disse ele. – Você não precisaria se preocupar comigo, porque teria informação suficiente pra me manter de boca calada. Seria um pacto entre nós.

Balancei a cabeça.

– É interessante em teoria, mas acho que prefiro o método de esperar pra ver.

– Não é muito corajoso da sua parte – respondeu ele.

Eu disse que não era muito corajosa. Que, ao contrário do que aparentava, era muito reservada.

– É – disse ele. – Dá pra ver. Pena, porque eu acho que não me importaria se você guardasse os meus segredos. Ainda não tenho tantos amigos assim na cidade.

De pé no corredor, tive a nítida sensação de como seria bom dar um beijo nele. Eu poderia perfeitamente beijar aquele rosto ferido, depois encontrar a boca. Então, pigarreei e me desculpei mais uma vez pela insanidade da noite anterior.

– Sempre que você quiser – disse ele, e virou as costas.

Não sei por quê, mas fiquei assistindo enquanto ele ia embora. Talvez quisesse enxergar pela última vez o que eu estava perdendo? Quando ele entrou no elevador, gritei:

– Boa noite, Win!

– Na verdade, é bom dia! – respondeu ele enquanto as portas do elevador se fechavam.

Scarlet foi embora depois do almoço.

– Obrigada pela companhia no meu plano fracassado de seduzir o Win – disse ela enquanto esperávamos o elevador. – Você é realmente uma boa amiga, sabe disso? – Ela pigarreou e depois disse, rapidamente: – Tudo bem se você quiser ficar com ele. É óbvio que o Win gosta de você.

– Talvez – disse eu. – Mas não estou exatamente procurando um namorado no momento.

– Bom, quando você resolver procurar, quero que saiba que eu não sou boba. Nossa amizade não vai ser destruída por causa do Win. Eu sei como é duro pra você, Annie...

— Por favor, você não precisa dizer nada disso, Scar!

— Preciso, sim. Você tem que saber como é importante pra mim. E isso nunca vai impedir que você fique com um garoto que não é a fim de mim. Você merece um namorado bacana de verdade — não necessariamente o Win, mas, definitivamente, não alguém feito Gable Arsley.

— Scarlet! Você está dizendo bobagens.

— Eu também mereço um namorado legal — disse ela antes de ser engolida pelo elevador.

O restante do sábado foi tranquilo e eu finalmente pude colocar meu dever de casa em dia, o que incluía ler um artigo enorme e chato sobre dentes. A única coisa que aprendi foi que Win provavelmente estava certo em relação à mancha no esmalte. Nossa peça de estudo estava doente, e, pelo tamanho do estrago, estava doente havia bastante tempo. Pensei em ligar para ele para dizer que estava certo, mas mudei de ideia. A informação podia ser guardada até segunda-feira e eu não queria que ele ficasse com a impressão errada.

VI. entretenho dois convidados indesejados; me confundem com outra pessoa

No domingo, recebemos duas visitas e eu poderia passar muito bem sem elas.

A primeira foi Jacks. Ele apareceu depois que eu cheguei da igreja e não ligou perguntando se podia vir.

Abri a porta.

– O que você quer?

– É assim que se dá as boas-vindas a alguém da família? – Jacks estava carregando uma caixa de madeira. – E aqui estou eu, só pra ver a Galina. Ela disse que estava ficando sem Balanchine Special Dark.

– Você sabe que não deve andar por aí carregando essas coisas – eu disse. Peguei a caixa, depois praticamente joguei o chocolate no hall.

– Ficaria preocupada, caso eu fosse preso?

– É muito descuido – respondi.

Jacks encolheu os ombros.

– Bom, vou entregar o chocolate pra minha avó – eu disse em um tom que indicava que ele podia ficar à vontade para ir embora.

– Você não vai me convidar pra entrar?

– Não – respondi. – Leo e vovó estão descansando. Não tem ninguém aqui que queira te ver, Jacks.

– Por que você está tão irritada, priminha? Pensei que a gente tinha, finalmente, feito algum progresso lá no Little Egypt.

Estreitei os olhos.

– A gente fez. Depois você fez o seu número de sempre: desaparecer.

Jacks perguntou do que eu estava falando.

– Você praticamente abandonou o Leo!

– Abandonei? Deixa de ser infantil! – Jacks deu de ombros, parecia seu gesto favorito. – Estavam fechando a boate. Todo mundo teve que ir embora. Imagino que o Leo tenha chegado em casa, não?

Então me dei conta de que Jacks não sabia da convulsão do Leo e me perguntei se deveria contar: isso faria com que se convencesse de que devia deixar meu irmão em paz ou revelaria uma fraqueza a alguém em quem eu, particularmente, achava que não devia confiar? Resolvi ficar de boca calada.

– É, ele chegou em casa. Não graças a você. Eu, pessoalmente, gosto de ir embora com as pessoas que foram comigo pra algum lugar.

Ele balançou a cabeça.

– Você é protetora demais. – Ele fez uma pausa e me encarou. – Mas eu entendo. A vida fez você ficar assim, certo, prima? Você e eu somos resultados das circunstâncias.

– Obrigada pelo chocolate – disse eu.

– Fresquinho. Diz pro Leo que vão precisar dele lá na Piscina na quarta-feira – respondeu Jacks.

– Não pode ser na semana que vem? Leo pegou uma gripe. Não seria bom passar pra todo mundo da *bravta*. – Tentei fazer com que isso soasse como uma espécie de piada. Mas foi um equívoco. Eu nunca fazia piada com o Jacks, então é claro que levantei suspeitas. Meu pai sempre dizia que a pessoa tinha que ter uma personalidade consistente nos negócios, e que qualquer mudança de tom ou de jeito era considerada com muito cuidado.

– Pense antes de fazer as coisas – falava ele. – Escorregões não passarão despercebidos pelos amigos e, principalmente, pelos inimigos. – O engraçado era que eu não entendia o que ele queria dizer na época. Eu simplesmente concordava e dizia "Tudo bem, papai". Mas agora que estava mais velha, suas palavras voltavam o tempo todo, com muito mais frequência e com muito mais facilidade do que o rosto.

Jacks olhou para mim com curiosidade.

– Claro, Annie. Diz pro Leo que pode ser segunda-feira.

O segundo visitante apareceu às onze da noite de domingo. Também não ligou antes de chegar.

Vi o rosto do Gable pelo olho mágico, e depois de tudo que tinha acontecido na semana anterior, resolvi que não abriria a porta.

– Vai embora – sussurrei.

– Por favor, Annie – disse Gable. – Me deixa entrar.

Eu me certifiquei de que a corrente estava trancada antes de abrir uma fresta da porta.

— Honestamente, não acho uma boa ideia — respondi. — Você tem que ir pra casa, senão vai acabar perdendo o toque de recolher.

— Olha só, me deixa entrar. Estou me sentindo um idiota aqui nesse corredor — falou ele, enfiando o rosto na fresta da porta. Estávamos tão perto que deu para sentir o cheiro de café no hálito dele. — Não se preocupa — continuou —, eu não tenho rancor por causa do que aconteceu. Você estava chateada porque eu terminei com você. Entendo totalmente.

— Não foi isso que aconteceu! — Era como se ele nem mesmo se desse conta de que estava mentindo.

— Os detalhes não têm importância, Annie. Só passei aqui pra dizer que quero continuar seu amigo. Não quero que você saia da minha vida.

— Ótimo! — respondi. — Agora, vai pra casa! — Como foi que aguentei tanto tempo esse imbecil?

— Que tal uma barra de chocolate pro caminho? — perguntou Gable.

Balancei a cabeça. Então era isso que "continuar meu amigo" queria dizer, na verdade, imagino.

— Vai, Annie. Eu pago.

— Não sou traficante, Arsley. — Pelo canto do olho, vi a caixa novinha trazida pelo Jacks. Abri a tampa e tirei duas barras. Passei pela fresta. — Aproveita — eu disse, e fechei a porta.

Escutei o barulho do papel sendo rasgado antes mesmo do Gable entrar no elevador. Ele era um porco. Não pela primeira vez, considerei a possibilidade de grande parte do interesse dele por mim ter a ver com meu acesso ao chocolate.

Peguei a caixa e levei para o cofre no quarto da vovó. Quando estava guardando a última barra, escutei minha avó dizer o nome da minha mãe.

– Christina!

Não respondi. Imaginei que ela estava tendo um pesadelo.

– Christina, venha aqui! – disse ela.

– Não é a Christina, vó. É Annie, sua neta. – Me confundir com a minha mãe estava virando uma coisa cada vez mais frequente. Fui até a cama e ela pegou minha mão. Com uma força incomum. Com a mão livre, acendi a luz. – Viu, vó? Sou eu.

– Vi – disse ela. – Agora eu vi que não é a Christina. – Ela riu. – Que bom que você não é a Christina O'Hara. Nunca gostei daquela vagabunda, sabe. Falei com o Leo para não se casar com ela, que ia ser um problema. Ela era da polícia. Essa história toda deixou seu pai fraco. Tolo apaixonado. Que decepção ele acabou sendo para mim.

Verdade, eu já tinha ouvido tudo aquilo antes. Lembrava a mim mesma que era a combinação dos remédios com a doença, e não a minha avó.

– Espero que você nunca tenha de enfrentar uma decepção dessas, menina – continuou ela. – É... É... – Uma lágrima rolou em seu rosto.

– Ah, não, vovó, por favor, não chora. – Vi o livro da Imogen no parapeito da janela. – Quer que eu leia pra você?

– Não! – respondeu gritando. – Eu posso ler sozinha! Sua vadia, por que você acha que eu não posso ler sozinha? – Tirou a mão da minha e, apesar de eu não achar que era intencional, ela acabou dando um tapa no meu rosto com as costas da mão. Por um instante, não consegui me mexer. Não era a dor, mas...

ela nunca tinha me batido. Ninguém na minha família tinha me batido. Eu brigava na escola, mas isso era muito pior.

– Saia do meu quarto! Ouviu? Não quero você no meu quarto! Saia, agora! *Saia*!

Apaguei a luz e saí.

– Boa noite, vó – sussurrei. – Eu te amo.

VII. sou acusada; pioro as coisas

Na segunda-feira de manhã, eu estava absolutamente pronta para voltar à Holy Trinity. Comparada à minha vida doméstica, a escola era como estar de férias.

Scarlet guardou um lugar para mim no almoço. Win também estava lá – acho que éramos as únicas pessoas que ele conhecia.

– Aposto que está feliz de ter se livrado daquela touca – disse Scarlet.

– Nem. – respondi. – Eu já estava me acostumando. Com o trabalho na hora do almoço também. Acho que devia ir atrás do Arsley e jogar outra tigela de... o que é que tem pra comer hoje, mesmo? – Olhei para a bandeja do Win. O almoço era uma coisa branca com um molho escuro grosso e outra coisa roxa de acompanhamento.

– Ação de Graças em setembro – informou Win. – Não é uma comida particularmente boa de ser jogada na cabeça dos namorados. – Ele pegou um punhado da coisa com o garfo. –

Muito gosmenta. Ia ficar presa na bandeja e ele ia ter tempo de desviar.

– É, acho que você tem razão. O certo seria jogar com estilingue. – Olhei para o outro lado do refeitório, onde Gable costumava se sentar. Ele não estava lá. – Bem, de qualquer maneira, o Arsley não está aí.

– Ele não estava na aula também – disse Scarlet. – Será que está doente?

– Mais provável que esteja matando aula – falei. – Encontrei com ele ontem à noite e estava tudo bem.

– Encontrou? – perguntou Scarlet.

– Não é o que você está pensando. Ele queria... – parei de falar. O pai do Win sendo manda-chuva da polícia, realmente não sei se era boa ideia mencionar os negócios da minha família.

– O que ele queria? – perguntou Scarlet. Ela e Win estavam esperando eu terminar de falar.

– Desculpa – disse eu. – Estava pensando numa coisa que aconteceu com a minha avó. Conversar. Ele queria conversar.

– Conversar! Isso não é nem um pouco a cara do Gable. Ele queria conversar sobre o quê? – perguntou Scarlet.

– *Scarlet*. – Levantei a sobrancelha. – Sobre o término. Essas coisas. Te conto depois. Win não tem nenhum interesse nesse assunto.

Win deu de ombros.

– Eu não me importo.

– Mas eu não quero falar nisso – respondi, levantando da mesa. – Além do mais, é melhor eu pedir minha maçaroca de Ação de Graças antes que esfrie.

* * *

Não fiquei sozinha com a Scarlet até a aula de esgrima na manhã seguinte.

– Então, sobre o que você conversou com o Gable? – sussurrou ela enquanto nos alongávamos.

– Nada – respondi, também aos sussurros. – Ele queria chocolate. Não podia dizer isso na frente do Win.

– Esse Gable é muito cara de pau! – gritou Scarlet. – Honestamente, não consigo acreditar nas coisas que ele faz, às vezes!

– Srta. Barber – disse o professor Jarre. – Será que a gente pode baixar um pouquinho o tom, durante o alongamento?

– Desculpa, professor Jarre – disse ela. – Sério – sussurrou para mim. – Ele é o fim. Aliás, ele faltou aula de novo.

– Por quê?

– Sei lá – respondeu ela. – Provavelmente anda afogando gatos por aí. – Ela riu. – Por que os bonitinhos sempre são psicopatas?

– O Win não parece ser – respondi sem pensar.

– Ah, *sério*? Então você acha que ele é bonitinho? Pelo menos, agora está admitindo.

Balancei a cabeça. Scarlet era incorrigível.

– Admitir é o primeiro passo, Annie.

Eu estava na aula de Ciência Forense II quando fiquei sabendo que Gable Arsley estava no hospital.

Chai Pinter, que sempre parecia saber tudo da vida de todo mundo, fez uma visita especial até a minha mesa no laboratório para contar a novidade.

– Você soube do Gable? – perguntou. Fiz que não com a cabeça e é claro que ela ficou felicíssima em me contar. –

Parece que ficou doente na segunda de manhã, mas os pais acharam que não era nada sério. Falaram pra ele ficar em casa. Aí ele passou a terça-feira inteira vomitando, mas mesmo assim acharam que era alguma virose. Como quinta-feira de noite ele ainda não tinha melhorado, finalmente foi pro hospital. E ainda está lá! Ryan Jenkins ouviu dizer que ele foi até operado! – Chai parecia chocada com a possibilidade de um dos nossos amigos ter sido operado. – Mas eu não sei se é verdade. Você sabe como as pessoas inventam as coisas.

Eu sabia.

– Achei que você talvez soubesse melhor como está o Gable, já que namoraram tanto tempo. Mas acho que você não sabe – disse Chai, cheia de animação.

A professora Lau bateu palmas para começar a aula e Chai voltou para sua mesa.

A aula foi sobre as diferentes manifestações que uma doença pode ter num corpo em decadência, mas eu realmente não consegui prestar atenção. Não porque eu me preocupasse particularmente com Gable, mas a notícia era chocante. Eu fui a última pessoa que ele viu no domingo à noite. E se isso fosse mesmo verdade, eu não conseguia evitar pensar se essa coincidência me causaria problemas no futuro. Ou antes. Eu não podia ter mais problemas. Provavelmente estava sendo paranoica, mas... A vida realmente me ensinou que pessoas inteligentes antecipam o pior. Assim, sobra mais tempo para montar uma estratégia. Em algum momento, Win sussurrou:

– Tudo bem com você?

Fiz que sim com a cabeça, mas não era verdade. Queria telefonar para dr. Kipling. Tipo, imediatamente. Resolvi que isso provavelmente não era uma boa ideia, ser vista saindo às pressas da sala de aula para ligar para o advogado. Então, continuei sentada, dobrei as mãos no colo, encarei a professora e não escutei uma palavra do que ela disse.

– Posso te ajudar? – Win murmurou.

Balancei a cabeça, irritada. O que ele poderia fazer? Eu precisava de tempo e silêncio.

Assim que o sino tocou, saí andando até a cabine telefônica em frente à sala da diretoria. Precisava ligar para minha avó e para dr. Kipling. Andei com passo apressado, mas me esforcei para não correr.

Antes de chegar lá, senti uma mão no meu ombro. Era a diretora.

– Anya – disse ela –, essas pessoas precisam dar uma palavrinha com você. – Quando me virei, não fiquei particularmente surpresa ao dar de cara com vários policiais atrás dela. Eles não estavam de uniforme – detetives com roupa civil, imaginei –, mas dava para sentir o cheiro da polícia mesmo assim.

– Diretora – disse eu –, quanto tempo isso vai levar? Tenho prova de inglês. *Beowulf*. – No final do corredor, vi meus colegas olhando curiosos para mim. Fiz o possível para ignorar o fato. Precisava me concentrar.

– Não se preocupe com isso. Vou providenciar para que você possa fazer o teste depois – disse ela, colocando a mão nas minhas costas. – Senhores, vamos para um lugar mais reservado.

Na rápida caminhada até a sala tentei resolver se valia a pena usar meu direito de não responder a nenhuma pergunta sem meu advogado. Porque eu realmente me sentiria melhor ao lado do dr. Kipling, mas sabia como funcionam essas coisas – pedir a presença do advogado faria com que eu parecesse culpada. Apesar de ser meu direito, se chamasse dr. Kipling eles talvez transferissem meu interrogatório para a delegacia. Isso seria definitivamente pior. Calma, Anya, disse para mim mesma. Vamos esperar e ver o que acontece.

Eram três detetives da polícia – uma mulher e dois homens. Ela tinha uns trinta e poucos anos, cabelo curto, meio frisado e louro. (Apesar do meu preconceito, não pude evitar pensar que ela deveria usar alguns cupons de produtos para cabelo.) Se apresentou como detetive Frappe. Os dois homens eram quase idênticos (cabelo muito curto, rosto redondo). A diferença é que um estava de gravata vermelha (detetive Cranford) e o outro de gravata preta (detetive Jones).

A detetive Frappe parecia ser a chefe, era quem mais falava.

– Anya, você realmente nos ajudaria muito se respondesse algumas perguntas.

Concordei.

– Imagino que tenha ouvido falar sobre Gable Arsley – disse ela.

Considerei minha resposta cuidadosamente.

– As pessoas estão comentando, mas a única coisa que sei com certeza é que ele anda faltando aulas – disse eu.

– Ele está no hospital – disse ela. – Está muito doente. Talvez até morra. Por isso, é muito importante que você nos diga tudo que sabe.

Concordei novamente.

– Posso fazer uma pergunta?

Frappe e Cranford se entreolharam. Ele fez um sinal de cabeça bem sutil, e passei a achar que talvez ele fosse o chefe.

– Não vejo por que não – disse Frappe.

– O que é que ele tem? – perguntei.

Mais uma vez aquela troca de olhares entre Frappe e Cranford. Ele, mais uma vez, assentiu com a cabeça.

– Gable Arsley foi envenenado.

– Oh – eu disse. – Pobre Gable. Jesus. – Balancei a cabeça. – Desculpa minha maneira de falar, diretora. É que fiquei chocada.

– Como é que você se sente? – perguntou Frappe.

Pensei em balançar a cabeça e pronunciar o nome de Deus em vão, dizendo que chocada era a melhor maneira de expressar o que eu sentia, mas...

– Mal, é claro. Até outro dia ele era meu namorado.

– Isso, a diretora nos contou. Por isso mesmo nós quisemos falar especificamente com você, Anya.

– Sim.

– Ele terminou com você?

Se esqueci de mencionar antes, Jones estava digitando toda a conversa, e eu não queria que ficasse "registrado" que Gable Arsley tinha terminado comigo.

– Não – respondi.

– Você terminou com ele?

– Acho que se pode dizer que a decisão foi mútua – eu disse.

– Você poderia explicar melhor?

Balancei a cabeça.

– É meio pessoal.

– É importante, Anya.

– A questão é que eu não gostaria de contar na frente dela. – Olhei para a diretora. – É meio... vulgar – acrescentei. – E constrangedor.

– Vá em frente, Anya – disse a diretora. – Não vou julgar você.

– Tudo bem. – Dava para ver aonde aquilo ia parar. Imaginei que sem saber o suficiente sobre o envenenamento do Gable, e como isso tinha ou não a ver comigo, seria pior se eu começasse a mentir ou esconder coisas agora.

– Gable Arsley queria transar comigo, e quando eu disse não, ele continuou tentando mesmo assim. Só parou quando meu irmão entrou no quarto.

Cranford inclinou o tronco, se aproximando de Frappe, e sussurrou alguma coisa no ouvido dela. Tive a sensação de ver os lábios formando a palavra *motivo*. O arredondado do *m-o*, a língua dele encontrando o céu da boca no *t-i* e voltando ao arredondado do *v-o*. *Motivo*. Eu hein, é claro que eu tinha motivo.

– Você diria que estava com raiva de Gable Arsley? – Foi a vez de Cranford fazer a pergunta.

– Estava, mas não porque ele tinha tentado transar comigo. Fiquei com raiva porque ele mentiu para todo mundo sobre o que aconteceu. Foi por isso que joguei a lasanha na cabeça dele. Imagino que vocês já saibam dessa história, mas se não, com certeza a diretora vai ficar mais do que satisfeita em contar. – Fiz uma pausa. – Eu preciso esclarecer uma coisa, detetives, eu não envenenei Gable Arsley. E se quiserem me fazer mais alguma pergunta, vão ter que fazer isso na presença do meu advogado. Provavelmente vocês sabem quem foi o meu

pai, mas minha mãe era policial e eu conheço os meus direitos.
– Levantei. – Diretora, posso ir pra aula, agora?

O corredor estava vazio, mas eu não conseguia ter certeza de que não estava sendo observada. Fingi que ia para a aula de inglês, mas passei pela sala de aula e segui adiante. Fui para o jardim. Enfim parecia outono. Normalmente, a mudança de estação me deixaria feliz.

Cruzei o jardim e fui até a igreja. Depois, até a secretaria. Ninguém lá, como eu imaginava – a secretária tinha sido demitida na semana anterior. Peguei o telefone, digitei o código para ligações externas (nem pense em me perguntar como eu sabia disso) e liguei para casa. Leo atendeu.

– Você está sozinho? – perguntei.
– Estou. Minha cabeça ainda está doendo, Annie – disse ele.
– Imogen está aí?
– Ainda não chegou.
– Vovó está acordada?
– Não. O que foi? Sua voz está estranha.
– Escuta, Leo, devem aparecer umas pessoas aí em casa, logo, logo. Você não precisa ficar com medo.

Ele não disse nada.

– Leo, eu não ouvi você confirmando. A gente está no telefone.
– Eu não vou ficar com medo – falou ele.
– Eu preciso que você faça uma coisa muito importante – continuei. – Mas você não pode contar pra ninguém, principalmente para as pessoas que devem aparecer aí.
– Tudo bem – respondeu Leo, não parecendo muito confiante.

– Pega o chocolate no armário da vovó e joga no incinerador.

– Mas, Annie!

– É importante, Leo. Pode dar problema a gente ter isso aí.

– Problema? Não quero que ninguém tenha problema – disse ele.

– Ninguém vai ter. Agora, não esquece de apertar o botão. E não deixa a vovó ver que você fez isso.

– Acho que eu consigo fazer isso.

– Escuta, Leo. Eu devo chegar tarde hoje à noite. Se isso acontecer, liga pro dr. Kipling. Ele vai saber o que fazer.

– Você está me assustando, Annie.

– Desculpa. Explico tudo mais tarde – falei. – Eu amo você.

Cruzei os dedos, na esperança de que o Leo conseguisse se livrar do chocolate antes que a polícia chegasse.

Desliguei e telefonei para dr. Kipling.

– A polícia veio atrás de mim no colégio hoje. Alguém envenenou meu ex-namorado e eles acham que fui eu – falei, assim que ele atendeu a ligação.

– Você ainda está na escola? – perguntou dr. Kipling, depois de uma pausa breve.

– Estou.

– Vou encontrar você aí. Aguente firme, Anya. Vamos resolver isso.

Nessa hora, a porta da secretaria foi aberta.

– Aqui! – gritou detetive Jones. – Ela está no telefone! – Então, olhou para mim. – Vamos precisar levar você até a delegacia para maiores esclarecimentos, seu namorado acabou de entrar em coma. Os médicos acham que ele vai morrer.

– Ex-namorado – disse eu baixinho.
– Anya? – falou dr. Kipling no telefone. – Você ainda está aí?
– Estou, dr. Kipling – respondi. – Será que o senhor poderia me encontrar na delegacia, em vez de no colégio?

Eu não tinha medo de delegacias. Mesmo assim, também não ficava empolgada com a possibilidade de ser detida numa. Apesar de ter crescido na presença de criminosos, certamente nunca fui acusada de um crime.

Os guardas me levaram para uma sala. Na parede dos fundos ficava um espelho, então, imaginei que pessoas me observavam do lado de fora. Tinha um lustre com lâmpada fluorescente em cima da minha cabeça e o aquecedor parecia ligado, apesar de a temperatura não pedir isso. Os policiais ficaram sentados de um lado da mesa; eu do outro. Eles tinham uma jarra d'água. Nada de bebida para mim. As cadeiras deles eram acolchoadas; a minha era toda de metal. É óbvio que a intenção daquela sala era fazer com que o acusado (eu) ficasse desconfortável. Patético.

Os detetives eram os mesmos do colégio: Frappe e Jones, apesar de Cranford ficar do lado de fora. Como sempre, Frappe era quem mais falava.

– Srta. Balanchine – começou ela –, quando foi a última vez que viu Gable Arsley?

– Não vou responder nenhuma pergunta até meu advogado, dr. Kipling, chegar. Ele deve estar...

Exatamente nesse momento, dr. Kipling passou pela porta e entrou na sala de interrogatórios. Estava completamente careca e ligeiramente gordinho, mas tinha olhos azuis muito gentis (apesar de meio esbugalhados). Ele suava e arfava, e nunca fiquei tão feliz de ver uma pessoa na minha vida.

— Desculpa, eu me atrasei — sussurrou ele. — Fiquei preso no trânsito. Acabei saltando do carro e correndo até aqui. — Dr. Kipling voltou sua atenção para os dois detetives. — É realmente necessário arrastar uma menina de dezesseis anos com ficha limpa a uma delegacia? A mim parece excessivo. Assim como a temperatura desse termostato!

— Senhor, isso é uma investigação de tentativa de assassinato, e srta. Balanchine está sendo tratada apropriadamente — respondeu Frappe.

— Discutível — disse dr. Kipling. — Interrogar uma menor na escola, sem um tutor ou conselho presente me parece um tanto exagerado. Pessoalmente, não consigo evitar me perguntar por que a polícia de Nova York insiste em dizer que os problemas digestivos de um menino merecem uma investigação de tentativa de assassinato.

— O menino está em coma. Talvez morra, dr. Kipling. Gostaria de continuar interrogando srta. Balanchine, e tempo é uma preciosidade nesse caso — disse Frappe.

Dr. Kipling fez um gesto de consentimento.

— Srta. Balanchine, quando foi a última vez que viu Gable Arsley? — perguntou ela.

— Domingo à noite — respondi. — Ele foi à minha casa.

— Por quê? — perguntou a detetive.

— Ele disse que se sentia mal com o que tinha acontecido e queria que continuássemos amigos.

— Mais alguma coisa? Alguma outra razão para ele ir até sua casa?

Eu sabia aonde ela queria chegar.

O chocolate.

Claro, era o chocolate. Era sempre o chocolate. Eu só quis que o Leo destruísse tudo porque era ilegal ter em casa, e não queria problemas para minha família se a polícia resolvesse vasculhar o apartamento. Mas e se eles achassem que eu tinha envenenado o Gable com chocolate? Então ia parecer que eu tinha instruído meu irmão a destruir as provas. Eu devia ter pensado nisso antes. Devia ter avaliado melhor as coisas, mas realmente não tive tempo. Aconteceu tudo tão rápido.

E, em minha defesa, digamos que Gable não era nenhum escoteiro. Era um glutão saudável e profundo conhecedor de substâncias contrabandeadas. Quem saberia em que tinha se metido? Além disso, não existia nenhuma razão para se duvidar da integridade dos chocolates Balanchine. Apesar de ter convivido com a ilegalidade do chocolate a vida inteira, nunca me preocupei com a possibilidade de ser envenenada. Meu pai era sempre tão vigilante quanto ao controle de qualidade, mas ele não gerenciava a Balanchine Chocolate havia muito tempo.

– Srta. Balanchine – repetiu Frappe.

A única coisa a fazer era ser honesta.

– É, ele foi lá por outro motivo também. Gable queria saber se eu tinha chocolate.

– E tinha?

– Tinha – respondi.

Frappe sussurrou alguma coisa para Jones.

Dr. Kipling disse:

– Antes de vocês dois se animarem, gostaria de lembrar que a família da srta. Balanchine tem ligações com importação e exportação de chocolates. Produzem uma linha de barras chamada Balanchine Special, disponível na Rússia e na Europa, onde o produto ainda é legal. Nada mais natural que ter sobras de chocolate em casa, portanto não acho atípico que srta. Balanchine tivesse barras guardadas.

– Se a pessoa para quem ela deu o chocolate acabou envenenada... – Jones ressaltou.

– Ah, agora você fala? – perguntou dr. Kipling. – Mesmo que Arsley tenha sido envenenado, que provas vocês têm de que foi por chocolate? O veneno poderia estar em qualquer coisa.

Frappe sorriu, antes de dizer:

– Na verdade, temos cem por cento de certeza de que o chocolate foi a fonte do envenenamento. Quando srta. Balanchine se propôs a envenenar Gable Arsley, deu a ele duas barras.

– Sua menina não gosta de deixar coisas ao acaso – disse Jones.

– Ela deu a ele duas barras de chocolate, mas Arsley só comeu uma – continuou Frappe. – A mãe encontrou a outra no quarto do rapaz e ela foi imediatamente enviada a um laboratório, onde foi confirmada a presença de enormes quantidades de Fretoxin.

– Você sabe o que Fretoxin faz com uma pessoa, Anya? – perguntou Jones. – Tudo começa com uma dor de estômago. Você nem se sente tão mal.

– O pobre rapaz provavelmente pensou que estava com uma virose – interveio Frappe.

– Mas a história fica ainda melhor – prosseguiu Jones. – O atraso excessivo no tratamento faz com que úlceras se formem no estômago e no intestino. O fígado e o baço param de funcionar, depois outros órgãos começam a falhar. Enquanto isso, cistos irrompem na pele. Finalmente, o corpo não aguenta mais. Ou a pessoa tem um ataque cardíaco fatal, ou septicemia por conta das várias infecções tomando conta do organismo. É uma falência total do sistema, e a parte triste é que você nem liga. Reza a Deus para que dê logo um fim ao sofrimento.

– É preciso ter muito ódio de alguém para fazer isso, não acha? – perguntou Frappe.

– E você odiava Gable Arsley, não? – encerrou Jones.

– Eu não sei como isso aconteceu! Eu nunca ia envenenar o Gable! – gritei. Mas mesmo enquanto gritava, parte de mim sabia que era inútil. Isso seria resolvido hoje.

Depois que tiraram minha fotografia e minhas impressões digitais, fui colocada numa solitária dentro da delegacia. A acomodação era só por uma noite. Na tarde seguinte, uma corte juvenil decidiria o que fazer comigo enquanto eu esperava um julgamento pela tentativa de assassinato de Gable Arsley e por posse de substâncias ilegais. Dr. Kipling achou que provavelmente me mandariam de volta para casa com um rastreador plugado no meu ombro, já que eu não tinha ficha criminal.

– Talvez você tenha que ficar comigo e com Keisha por um tempo, se o juiz não for capaz de ficar de olho em você. – Keisha era a mulher do dr. Kipling.

– Ela não vai se importar?

– Não. Ela vai adorar. Ela sente muita falta de uma filha. Então, aguente firme, Anya – dr. Kipling me disse isso do lado de fora da cela. – Tudo *vai* ser esclarecido, eu prometo.

Concordei, mas não estava convencida.

– Você precisa saber – sussurrei – que Jacks Pirozhki foi quem me deu o chocolate envenenado.

Ele prometeu averiguar.

– Vamos esperar antes de contar à polícia sobre Pirozhki até termos mais informações. Estão obviamente convencidos de que foi você, precisamos ter cuidado. Não seria bom dar munição a eles sem querer.

– Eu também mandei o Leo destruir o resto do chocolate – sussurrei novamente. – Foi uma besteira, eu sei. Mas eu não estava raciocinando. Fiquei com medo de fazerem uma busca lá em casa e descobrirem o contrabando.

Dr. Kipling fez um gesto de concordância.

– Eu sei. Leo me telefonou. A polícia estava batendo na porta exatamente no momento em que entrava no closet da Galina. Ele não teve tempo de destruir as barras.

– Isso é bom – eu disse. – Ainda bem que não envolvi o meu irmão por acidente nisso. – Minha voz se partiu quando falei *nisso*. Senti o nó na minha garganta que levaria às lágrimas. Mas não me permiti chorar.

– Não se preocupe, Anya – disse dr. Kipling. – Isso, com certeza, será esclarecido. Tenho certeza de que existe uma explicação lógica para tudo.

Olhei para ele. Seus olhos estavam injetados e o rosto pálido, até mesmo um pouco verde.

– Está tudo bem? – perguntei.

– Só estou cansado. Foi um dia longo. Agora, não vá você se preocupar comigo. Quero que tente ter uma boa noite de sono, ou pelo menos a melhor noite de sono possível numa delegacia.

Ele apontou para a cama de metal e seu colchão com a espessura de papel, o cobertor de lã grossa.

– O travesseiro não parece tão mal – falei. Era surpreendentemente fofinho.

– Essa é a minha garota – disse dr. Kipling. Passou as mãos entre as barras e acariciou meu rosto com o indicador. – Vejo você amanhã, Annie. No tribunal. Vou passar na sua casa agora para ver se Leo, Natty e Galina precisam de alguma coisa.

Os guardas se esqueceram de tirar meu colar de platina com crucifixo. Tirei o cordão e entreguei para dr. Kipling. Era da minha mãe e não queria acabar perdendo ou sendo roubada naquele lugar.

– Melhor ficar guardado – falei.

– Eu trago de volta amanhã – prometeu ele.

– Obrigada, dr. Kipling. Por tudo. – E por tudo eu quis dizer sobre nem mesmo me perguntar se eu era inocente. Ele sempre pensou o melhor de mim. (Talvez esse fosse o trabalho dele, não?)

– Não há de quê, Anya – disse ele, e foi embora.

Então, fiquei só.

Era estranho estar só. Em casa, tinha sempre alguém solicitando o meu tempo ou a minha atenção.

Eu talvez até gostasse da sensação, não fosse o fato de estar dentro de uma cela.

Na manhã seguinte, um policial me levou para o tribunal. Apesar de eu não saber o que me esperava, tive uma sensação de felicidade ao sair daquela cela. Era um dia ensolarado e, no caminho, fiquei otimista em relação a tudo. Talvez dr.

Kipling estivesse certo. Talvez existisse uma explicação lógica para aquilo. Talvez isso tudo não passasse de férias do colégio. A pior parte é que eu teria toneladas de dever de casa para compensar a ausência.

Quando cheguei ao tribunal, dr. Kipling não estava lá. Ele era conhecido por chegar cedo nesse tipo de evento, mas não fiquei muito preocupada.

Frappe estava presente e tinha outra mulher, que imaginei ser a promotora. Às nove horas e um minuto, a juíza chegou.

– Srta. Balanchine? – Ela olhou para mim e eu concordei, acenando com a cabeça. – A senhorita sabe onde está seu advogado?

– Dr. Kipling disse que me encontraria aqui. Talvez esteja preso no trânsito? – sugeri.

– Seu tutor está presente? – perguntou a juíza. – Estou ciente de que seus pais são falecidos. Talvez seu tutor possa telefonar para seu advogado.

Disse a ela que minha avó era minha tutora e guardiã, mas estava confinada a uma cama.

– Que infortúnio – disse ela. – Podemos prosseguir sem um advogado, mas como você é menor de idade, prefiro não fazer isso. Devemos adiar?

Então, um menino que não parecia muito mais velho que eu adentrou o tribunal. Estava de terno.

– Desculpe, me atrasei, meritíssima. Sou colega do dr. Kipling. Ele teve um ataque cardíaco e não poderá comparecer ao tribunal. Vou representar srta. Balanchine na sua ausência. Meu nome é Simon Green.

Assim que ele chegou à mesa, ofereceu a mão.

— Não precisa se preocupar — sussurrou ele. — Está tudo bem. Não sou tão jovem quanto aparento e, na verdade, entendo mais de processos criminais que dr. Kipling.

— Ele vai ficar bom? — perguntei.

— Ainda não sabem dizer — respondeu Simon Green.

— Srta. Balanchine? — A juíza se dirigiu a mim. — A senhorita está de acordo com isso? Ou devemos adiar a sessão?

Considerei a pergunta. A verdade é que eu não estava nem um pouco confortável com a situação, mas adiar me parecia tão ruim quanto — não suportaria outra noite na cadeia ou em algum lugar pior. Se a sessão fosse adiada, não me mandariam pra Rikers Island, mas as chances de eu ser enviada para um abrigo juvenil enquanto as coisas se ajeitavam eram enormes. E seria difícil cuidar de Natty, Leo e minha avó de uma instituição desse tipo.

— Por mim, podemos seguir com dr. Green — falei.

— Ótimo — disse a juíza.

A promotora esclareceu a evidência que tinham contra mim e a juíza pareceu fazer muitos sinais de concordância, assim como dr. Green. Ela concluiu com a recomendação do que achava que devia acontecer comigo:

— Srta. Balanchine deve ser enviada a uma prisão juvenil enquanto aguarda julgamento.

Esperei que dr. Green objetasse, mas ele não disse nada.

— Detenção me parece certo exagero, num caso juvenil — disse a juíza. — A jovem ainda não foi condenada.

— Normalmente, eu concordaria — disse a promotora. — Mas devemos considerar a severidade do crime e o fato de existir a possibilidade de falecimento da vítima. E também há o histórico criminal da família – comecei a odiar essa mulher –, que sugere que a suspeita represente alto grau de periculosidade.

Cutuquei Simon Green.

– Você não vai dizer nada? – sussurrei.

– Agora é hora de ouvir – respondeu ele, também em sussurros. – Falarei mais depois de escutar tudo.

A promotora continuou:

– Tenho certeza de que todos sabem que o pai, Leonyd Balanchine, foi um chefe do crime organizado bastante conhecido, o que provavelmente indica que Anya Balanchine é muito bem relacionada...

– Licença, meritíssima – disse eu.

A juíza olhou para mim por um instante, como se tentasse decidir se me penalizaria pela interrupção.

– Sim? – disse ela, finalmente.

– Não vejo o que a minha família possa ter a ver comigo. Não tenho ficha criminal, e nunca fui condenada por nada. Se eu fosse mandada pra uma instituição juvenil, seria duro demais pra mim.

– Você está se referindo à perda das aulas? – perguntou a juíza.

– Não. – Fiz uma pausa. – Eu sou responsável pela minha irmã. Minha avó é doente e a saúde do meu irmão mais velho é... – Qual a melhor palavra? – Delicada.

– Sinto muito – disse a juíza.

– O que srta. Balanchine descreve é exatamente a questão – interveio a promotora. – Essa avó doente é a tutora da menina. Se vocês permitirem que Anya Balanchine volte para casa, me parece que estará completamente fora do alcance de uma supervisão.

A juíza olhou para mim, depois para Simon Green.

– O senhor pode falar sobre a situação doméstica da jovem? – perguntou-lhe.

– Hum, desculpe... Só peguei este caso hoje e... e... – Simon Green gaguejou. – Minha área de especialidade é o direito criminal, não de família.

– Bem, preciso de mais tempo para pensar e descobrir alguém que saiba mais sobre o assunto – disse a juíza. – Enquanto isso, enviarei srta. Balanchine para o abrigo juvenil. Não se preocupe, srta. Balanchine. Isso é só até termos as coisas mais claras. Voltaremos ao tribunal na semana que vem.

A juíza bateu o martelo e tivemos de deixar o recinto.

Sentei num banco de mármore do lado de fora e tentei pensar no que faria a seguir. Ouvi a promotora falar alguma coisa sobre arranjar meu transporte até a instituição.

– Desculpa, Anya – disse Simon Green. – Gostaria muito de ter tido tempo para me preparar.

De certa forma, a culpa era minha. Se eu tivesse ficado de boca calada, sem falar que precisava tomar conta da Natty, do Leo e da minha avó! Expor a minha situação só piorou as coisas para mim. Em minha defesa, posso dizer que Simon Green não parecia saber muito bem o que estava fazendo. Alguém tinha que dizer alguma coisa.

– Anya – repetiu ele. – Desculpe.

– A gente não tem tempo pra isso – respondi. – Preciso que você faça umas coisinhas pra mim. Pessoas pra quem vai ter que ligar. Dr. Kipling tem os números. Tem uma mulher, chamada Imogen Goodfellow. Ela é enfermeira da minha avó. Você vai ligar pra ela e dizer que ela precisa ficar na minha casa *full time*. Diz que eu pago o preço normal, mais a metade pelas horas extras.

Simon Green fez que sim com a cabeça.

– Você precisa anotar o que eu acabei de falar? – perguntei. Era impossível confiar menos naquele homem.

– Estou gravando tudo – respondeu ele, tirando um gravador do bolso. – Por favor, continue.

Meu pai jamais teria concordado com conversas gravadas, mas eu não tinha tempo para me preocupar com isso.

– A Scarlet Barber é minha amiga do colégio. Diz pra ela levar e buscar a Natty.

– Tudo bem – disse ele.

– E, por último, preciso que você ligue pro meu irmão, Leo. Fala pra ele que eu não quero que ele aceite o trabalho na Piscina, porque preciso que cuide de tudo em casa. Duvido que ele vá argumentar, mas se isso acontecer, fala que... – Vi a promotora e a assistente social vindo na minha direção e perdi minha linha de raciocínio. Eu não tinha muito tempo.

– E?

– Não sei o que dizer pra ele. Inventa alguma coisa que faça sentido.

– Tudo bem, eu posso fazer isso – disse Simon Green.

A assistente social se aproximou de mim.

– Meu nome é dra. Cobrawick – disse ela –, e vou levar você até o abrigo juvenil. O Liberty Children's.

– Nome irônico pra uma cadeia – falei, fazendo uma piada rápida.

— Não é uma cadeia. Simplesmente um lugar para crianças com problemas. Crianças como você.

Sra. Cobrawick era uma dessas pessoas excessivamente sérias e empenhadas.

— Claro — disse eu. A cadeia era para onde eu seria mandada depois, como uma adulta, caso não conseguisse me livrar da acusação de ter envenenado Gable Arsley. Fiz um sinal afirmativo na direção de Simon Green. — Vou ter notícias suas?

— Vai — garantiu ele. — Vou te visitar no final de semana.

Fiquei observando enquanto ele ia embora.

— Dr. Green! — chamei.

Ele se virou.

— Por favor, diz pro dr. Kipling que eu desejo que ele melhore logo!

Então, aconteceu. Minha voz ficou embargada na palavra *melhore* e comecei a chorar. Nada mais me faria chorar, mas, de alguma maneira, pensar no dr. Kipling no hospital fez com que me sentisse mais sozinha do que jamais tinha me sentido na vida.

— Calma, calma — disse sra. Cobrawick. — Não vai ser tão ruim assim no Liberty.

— Não é isso — comecei a dizer, mas mudei de ideia. Pelo menos, minha demonstração de fraqueza não tinha acontecido na frente de ninguém conhecido.

— Sempre acho que os casos mais difíceis são os que derramam mais lágrimas — comentou sra. Cobrawick.

Que ela pense o que quiser. Meu pai sempre dizia que só se deve explicar as coisas para quem realmente interessa.

VIII. sou posta em liberdade; também sou tatuada!

Sra. Cobrawick e eu fomos de barca para o Liberty Children's. A vista não era necessariamente encorajadora: muitas estruturas baixas de concreto cinza, pareciam *bunkers* com poucas janelas em volta de um pedestal. Em cima desse pedestal, ficavam dois pés femininos, meio esverdeados, calçando sandálias, e a bainha de uma saia, tudo isso feito do que imagino ser cobre velho. Acho que meu pai uma vez me contou alguma história sobre o que aconteceu com o resto da estátua (talvez tenha sido quebrada aos poucos?), mas naquele momento eu não conseguia me lembrar de nada, e a mulher sem corpo me deu a impressão de trazer má sorte. Tinha uma inscrição na base do pedestal, mas as únicas palavras que consegui enxergar foram *cansaço* e *liberdade*. Eu estava mais próxima da primeira que da segunda. A ilha toda era rodeada por uma cerca, e tive certeza, por causa das estruturas no topo, de que era eletrificada. Disse para mim mesma que não ficaria ali muito tempo.

– Quando minha mãe era pequena, o Liberty era uma atração turística – informou sra. Cobrawick. – As pessoas podiam escalar o vestido da mulher, e na parte de baixo ficava um museu.

O que não tinha sido um museu? Metade dos lugares do meu bairro tinha sido museu.

– Aquilo que você disse no tribunal? O Liberty não é uma cadeia – continuou sra. Cobrawick. – E você não devia pensar assim. Temos muito orgulho dessa instituição e pensamos nela como um lar.

Eu sabia que devia ficar de boca calada, mas não consegui evitar a resposta.

– Então, pra que a cerca eletrificada?

Sra. Cobrawick estreitou os olhos, me encarou, e percebi que minha pergunta talvez tivesse sido um equívoco.

– Para manter as pessoas em segurança – disse ela.

Não comentei.

– Você me ouviu? Eu disse que a cerca está ali para manter as pessoas em segurança.

– Entendi – foi minha resposta.

– Ótimo – disse sra. Cobrawick. – Só para que você saiba, é educado demonstrar interesse quando a pessoa responde a uma pergunta feita por você.

Pedi desculpas e disse que não tinha tido a intenção de ser rude.

– Estou cansada – expliquei –, e um pouco fora do ar com o que está acontecendo.

Ela assentiu com a cabeça.

– Fico feliz em ouvir isso. Fiquei com medo que sua rudeza fosse sinal de educação ruim. Estou ciente da sua formação,

Anya. Do seu histórico familiar. Não me surpreenderia se lhe faltasse certo refinamento.

Eu sabia que ela estava me provocando, mas não cairia. O barco estava se aproximando da ilha e logo eu estaria livre daquela mulher.

– A verdade, Anya, é que sua temporada aqui pode ser muito fácil ou muito difícil – disse ela. – Depende exclusivamente de você.

Agradeci o conselho, me esforçando para não parecer sarcástica.

– Quando soube da sua situação, hoje de manhã, me ofereci pessoalmente para fazer seu transporte até a ilha, apesar de normalmente esse tipo de responsabilidade estar abaixo das minhas funções. Pode-se dizer que me interesso por você. Veja bem, fui amiga de faculdade da sua mãe. Não éramos propriamente amigas, mas nos víamos com frequência no campus e eu detestaria ver você terminar como ela. Descobri que intervenções logo cedo podem fazer uma enorme diferença em casos limítrofes como o seu.

Respirei fundo e mordi a língua. Literalmente. Senti gosto de sangue.

O barco parou e o capitão pediu que todos os que fossem para o Liberty Children's desembarcassem.

– Bom – disse eu –, muito obrigada por me trazer até aqui.

– Vou entrar com você – respondeu ela.

Eu achava que ela trabalhava no tribunal, não no abrigo, mas, claro, isso foi tolice minha. Me perguntei como ela sabia que eu seria mandada para o Liberty, considerando a rapidez do processo. Será que meu destino tinha sido decidido antes mesmo da minha chegada ao tribunal?

– Sou a diretora aqui – disse sra. Cobrawick. – Algumas pessoas me chamam de carcereira pelas costas – acrescentou, com um sorriso estranho. – Espero que você não seja uma delas.

Quando estávamos fora do barco, minha anfitriã me levou até uma sala de concreto que tinha uma placa onde estava escrito: ORIENTAÇÃO INFANTIL. Uma moça loura de jaleco de laboratório e um homem de avental amarelo esperavam por mim.

– Dra. Henchen – disse sra. Cobrawick para a loura –, essa é Anya Balanchine.

– Oi – disse dra. Henchen, me olhando de cima a baixo. – O processo dela é de tempo curto ou longo?

Sra. Cobrawick considerou a pergunta.

– Não temos certeza absoluta ainda. Vamos pensar em processo longo, para trabalharmos com margem de segurança.

Eu não fazia ideia do que seria prazo curto, mas orientação de longo prazo seria uma das maiores humilhações da minha vida até o presente momento. (*OBS. Isso é uma antecipação, queridos leitores – muitas e mais profundas humilhações ainda estão por vir...*)

– Peço desculpas, srta. Balanchine – disse dra. Henchen em tom educado e sem emoção. – Nos últimos meses, tivemos surtos de bactérias, então, para evitar situação semelhante, nosso procedimento de entrada se tornou bastante severo. Principalmente para residentes de longo prazo, que estarão expostos à população local. Isso não será muito agradável para você. – Ainda assim eu estava despreparada para o que viria a seguir.

Eles me mandaram tirar a roupa e fui lavada por uma mangueira, manejada por um homem, de água fervendo. Depois, me enfiaram num banho antibactericida que pinicava cada parte do meu corpo e lavaram meu cabelo com uma coisa que imagino ser um composto químico contra piolhos. A parte final foi uma série de dez injeções. Dra. Henchen disse que aquilo era para me proteger contra viroses, doenças sexualmente transmissíveis e para me relaxar, mas, naquela altura, minha mente estava em outro lugar. Eu sempre era capaz de fazer isso – separar meu corpo de alguma coisa horrível que estivesse acontecendo.

O que quer que tenham me dado me derrubou, porque acordei no dia seguinte, na cama de cima de um beliche de metal num dormitório de meninas absolutamente impessoal. Meu braço doía no lugar das injeções. Minha pele estava ressecada. Meu estômago, vazio. A cabeça, zonza. Precisei de uns minutos para me lembrar até mesmo de como tinha ido parar ali.

As outras internas (ou seja lá qual for o termo que sra. Cobrawick inventou para nós) ainda dormiam. As janelas eram estreitas – não mais que fendas – mas consegui perceber que estava quase amanhecendo. Das minhas muitas preocupações, a mais imediata era o café da manhã.

Sentei-me na cama e gastei alguns segundos para perceber que estava vestida. Minha última lembrança era de estar pelada. Foi bom descobrir que não estava mais. Um macacão de algodão azul-marinho – particularmente nada estiloso, mas melhor do que a nudez. Sentada, me dei conta de uma ardência aguda no tornozelo direito, como se fosse uma picada de formiga, daquelas que queimam. Olhei para baixo e descobri que eu tinha sido tatuada. Um código de barras pequenininho ligava minha pessoa à minha ficha criminal inaugurada. (Isso era uma prática comum. Meu pai também tinha uma.)

Um alarme soou e o quarto virou um caos. Um turbilhão de meninas disparou em direção à porta. Saí da cama e me perguntei se devia fazer a mesma coisa ou não. Percebi que a garota da cama debaixo da minha não se juntou ao frenesi, então lhe perguntei o que estava acontecendo.

A garota balançou a cabeça e não disse uma palavra. Estendeu um bloco na minha direção. Na primeira página, estava escrito: *Meu nome é Mouse. Sou muda. Posso te escutar, mas tenho que escrever minhas respostas.*

– Ah – eu disse. – Desculpe. – Não sabia por que estava me desculpando.

Mouse deu de ombros. A garota era certamente pequena e quieta – Mouse era um bom nome para ela. Acho que tinha a idade da Natty, embora os olhos escuros a fizessem parecer mais velha.

– Para onde as pessoas estão indo?

Chuveiro, ela escreveu. *Uma vez por dia. Água ligada por dez segundos. Todo mundo junto.*

– Então, por que você não foi?

Ela deu de ombros. Mais tarde, eu entenderia que essa era a maneira que tinha de mudar de assunto, muito útil, principalmente quando o assunto era complexo demais para ser expresso de maneira concisa. Ela deixou cair o bloco e estendeu a mão para que eu apertasse, coisa que eu fiz.

— Meu nome é Anya — falei.

Mouse assentiu com a cabeça e pegou o bloco. *Eu sei*, escreveu.

— Como? — perguntei.

Noticiário. Ela ergueu o bloco, depois escreveu mais um pouco: *Filha de Mafioso Envenena Namorado com Chocolate.*

Que maravilha.

— Ex-namorado — disse eu. — Que foto eles estão usando?

Uniforme de colégio, Mouse escreveu.

Eu andava de uniforme desde que comecei a frequentar a escola.

Recente, ela acrescentou.

— Falando nisso, eu sou inocente — eu disse.

Ela revirou os olhos escuros.

Todo mundo aqui é inocente, escreveu.

— Você é?

Eu não. Sou culpada.

Não nos conhecíamos havia tempo suficiente para eu perguntar o que ela tinha feito e mudei de assunto.

— Algum lugar pra comer por aqui?

O café da manhã era mingau de aveia. Surpreendentemente comestível, ou eu estava com muita fome.

O refeitório do reformatório feminino parecia muito com o do colégio: hierarquia de assentos, as meninas ou gangues mais influentes tinham as "melhores" mesas. Mouse parecia não pertencer a nenhum grupo, e nós duas comemos sozinhas na mesa aparentemente menos desejável daquele lugar — nos fundos, longíssimo das janelas, perto do lixo.

— Você come aqui todo dia? — perguntei.

Mouse deu de ombros.

Fora o fato de ser muda, ela parecia bastante normal. Eu me perguntei se o motivo de estar sozinha era uma escolha ou se era desprezada pelas outras por causa da sua mudez, ou ainda se ela era nova ali, como eu.

– Há quanto tempo você tá aqui?

Ela baixou a colher e escreveu: *menos 198. Faltam 802.*

– Uma sentença de mil dias. É muito tempo – falei, apesar de ter sido um comentário idiota. Bastava olhar para Mouse para saber exatamente o que representavam esses mil dias.

Ia me desculpar pelo comentário imbecil quando uma bandeja laranja de refeitório atingiu a parte traseira da cabeça da Mouse. Um pouco de mingau de aveia respingou no rosto e no cabelo dela.

– Se liga, Mouse – disse a garota segurando a bandeja. A voz sarcástica pertencia a uma menina alta, impressionante (linda e assustadora), de cabelo preto, liso e comprido. Era escoltada por uma loura grandona e por uma garota baixinha, mas forte e de cabeça raspada. Cabeça Raspada tinha várias tatuagens no lugar que deveria ser ocupado pelo cabelo. Eram palavras interligadas dispostas de maneira hipnotizante, como uma trama de tecido.

– Tá olhando o quê? – perguntou Cabeça Raspada.

Suas tatuagens incríveis, fiquei com vontade de dizer. (*Aparte: sério, não dá para você tatuar palavras na cabeça e não esperar que alguém tente ler.*)

– Qual é o problema, Mouse? O gato comeu sua língua? – perguntou a garota segurando a bandeja.

A loura respondeu.

– Ela não te ouve, Rinko. Ela é tipo surda.

– Não. Ela não fala. É diferente, Clover. Deixa de ser ignorante – respondeu Rinko. Ela inclinou o tronco, ficando bem de frente para o rosto da Mouse. – Ela ouve tudo que a gente diz. Você poderia falar se quisesse, não?

Mouse, é claro, não respondeu.

– Ah, eu queria ver se te enganava – continuou Rinko. – Não tem nada de errado com essa sua língua. Mas você não faz nada, não é? Julgando todo mundo, se achando melhor quando, na verdade, é a pior das piores.

– Assassina de bebê – falou a tatuada.

Mouse não se mexeu.

– Você não vai escrever um bilhete de amor pra mim? – disse Rinko, puxando o bloco que ficava pendurado no pescoço da Mouse.

– Ei! – gritei. O grupo olhou para mim pela primeira vez. Mudei para um tom um pouco mais bem-humorado e disse: – Como ela vai escrever um bilhete se você está segurando o bloco?

– Olha só, a Mouse fez uma amiguinha nova – disse Rinko. Ela estudou meu rosto. – Ei, você devia se sentar com a gente, sabia?

– Estou bem aqui, obrigada – respondi.

Rinko balançou a cabeça.

– Escuta, você ainda não sabe como as coisas funcionam aqui, então vou fingir que você não disse isso. A Mouse não é sua amiga, e você vai precisar de amigas num lugar como este.

– Eu vou arriscar – falei.

Clover, a loura, debruçou-se na minha direção. Rinko acenou e Clover obedeceu.

– Deixa ela – Rinko exigiu. – Você e eu vamos ser grandes amigas – disse ela para mim. – Você só não sabe disso ainda.

Depois que Rinko e companhia saíram de perto, Mouse escreveu um bilhete para mim: *Não seja boba. Você não me deve nada*.

– Verdade – falei. – Mas não gosto de ameaças.

Mouse fez um gesto afirmativo.

– Sabe, apesar de ser pequena, você devia tentar se defender. Esse tipo de gente gosta de se fazer em cima de quem acha que é fraco.

Seus olhos me disseram que eu não estava falando de nada que ela já não soubesse.

– Então, por que você aguenta?

Ela pensou na pergunta, depois respondeu: *Porque eu mereço*.

O abrigo tinha aulas durante a semana, mas os sábados eram dias de visita. Apesar de ter várias visitas naquele sábado, a regra era ver uma pessoa de cada vez.

A primeira foi Simon Green. Perguntei como ia dr. Kipling e ele me respondeu:

– Estável. – Aparentemente, dr. Kipling ainda estava no respirador e indisponível para consultas. – Infelizmente. – acrescentou Simon Green.

E isso *era* terrível. Apesar da minha preocupação com meu advogado, estava igualmente preocupada comigo e com a minha família.

– Fiz as ligações que você me pediu, Anya – disse Simon Green. – Tudo foi arranjado. Srta. Goodfellow concordou em ficar. Srta. Barber vai levar e buscar sua irmã. Seu irmão, por enquanto, não vai aceitar o emprego na Piscina. Também falei com sua avó... – Simon Green titubeou. – Ela parece estar com a mente...

– Indo embora. – Terminei a frase pra ele.

– É você quem comanda o show, não é? – perguntou ele.

– Isso – respondi. – É por isso que eu nunca teria envenenado Gable Arsley. Não poderia correr um risco desses.

– Vamos falar um instante sobre Gable Arsley. – Simon Green aproveitou a deixa. – Você tem alguma teoria sobre como o veneno foi parar no chocolate?

– Tenho. Jacks Pirozhki levou a caixa na minha casa. Acho que a intenção era de que alguém da minha família comesse. O Gable entrou no caminho.

– Eu conheço Jacks Pirozhki. É um ninguém dentro das organizações Balanchine. Considerado bom e fácil – respondeu ele. – Por que ele ia querer envenenar você e seus irmãos?

Contei como Jacks Pirozhki andava rodeando meu irmão havia semanas e que tinha sido o responsável pelo convite para o Leo trabalhar na Piscina.

– Talvez ele achasse que matar os filhos de Leonyd Balanchine fosse uma espécie de gesto simbólico? Que subiria no conceito dos inimigos do meu pai.

Simon Green considerou o que eu disse, depois balançou a cabeça.

– Duvido. Mas o comportamento dele é bastante suspeito e vou, com certeza, ter uma palavrinha com sr. Pirozhki. Você gostaria de ouvir as acusações do estado contra você?

Aqui vão os pontos principais:

1. Eu tinha dado não um, mas dois chocolates envenenados para Gable Arsley.
2. Cometi ato de violência anterior contra ele (o incidente da lasanha).
3. Fui vista fazendo ameaças contra ele.
4. Tinha um motivo (era uma mulher com raiva por ter sido chutada ou atacada sexualmente, dependendo da história em que se quisesse acreditar.)
5. Tinha pedido que meu irmão destruísse evidências.

– De onde eles conseguiram essa última informação? – perguntei.

– Quando a polícia chegou ao seu apartamento, Leo estava tirando o chocolate do armário da sua avó. Ele não admitiu nada, mas seu comportamento pareceu bastante suspeito. Claro que confiscaram todas as barras.

– A única razão pra eu ter pedido que ele fizesse isso foi porque não queria a vovó se complicando por ter chocolate em casa – falei.

– Ela não vai se complicar – prometeu Simon Green. – Estão responsabilizando você pela posse de substâncias ilegais também. Mas não precisa se preocupar, ninguém vai preso por causa disso. Anya, alguma coisa não me cheira bem nessa história. E apesar do meu péssimo desempenho no tribunal na quinta-feira, vou descobrir o que é – Simon Green me garantiu. – Você vai ser liberada e voltará para sua casa, com Galina, Natty e Leo.

– Como você foi trabalhar com dr. Kipling? – perguntei.

– Devo minha vida a ele, Anya – disse ele. – Contaria a história toda para você, mas não quero trair a confiança do dr. Kipling.

Eu respeitava isso. Observei Simon Green por um instante. Ele tinha pernas e braços muito compridos e, de terno, parecia uma aranha de pernas compridas. Era pálido, como se passasse os dias não dentro de casa, mas numa caverna. Os olhos eram mais verdes que azuis e pareciam perspicazes. Não, inteligentes. Permiti a mim mesma uma ligeira sensação de encorajamento por ter essa pessoa ao meu lado.

– Quantos anos você tem? – perguntei.

– Vinte e sete – disse ele. – Mas me formei como primeiro da turma de direito e sou do tipo que aprende rápido. Mas os casos do dr. Kipling são complexos, para dizer o mínimo, e peço desculpas por não saber mais sobre a sua situação. Só me associei ao escritório dele na primavera passada.

– É, acho que ele falou alguma coisa sobre ter alguém novo trabalhando lá – falei.

– Dr. Kipling protege muito você e estava planejando nos apresentar depois que estivesse com ele há um ano. Nós dois esperávamos que eu pudesse ser seu substituto um dia, mas nenhum de nós imaginou que isso aconteceria tão cedo.

– Pobre dr. Kipling.

Simon Green olhou para as próprias mãos.

– Eu não quero me desculpar por nada, mas acho que parte da minha incompetência no tribunal pode ser atribuída ao choque pela reviravolta repentina na saúde do dr. Kipling. Peço desculpas novamente. Como estão te tratando?

Disse que preferia não falar disso.

– Quero que você saiba que minha prioridade número um é te tirar daqui. – Simon Green balançou a cabeça. – Se eu tivesse me saído melhor, nunca teriam te mandado para cá, para começo de conversa.

– Obrigada, dr. Green – eu disse.

– Por favor, me chame de Simon. – Eu ainda preferia dr. Green.

Apertamos as mãos. O aperto dele não era forte nem fraco demais e as palmas eram secas. Sem falar que o homem sabia pedir desculpas.

– Você tem outras visitas, além de mim. Vou deixar você com eles – disse Simon Green.

As outras visitas naquela tarde eram Leo e Scarlet, mas quase desejei que ninguém tivesse aparecido. Visitas eram exaustivas. Todos queriam ter certeza de que eu estava bem e eu não estava a fim disso. Scarlet me contou que Natty queria vir, mas que tinha sido desencorajada por ela.

– Win também quis vir – acrescentou. Seus instintos estavam certos nos dois casos. – Sua foto está em todos os noticiários – ela me informou.

– Ouvi dizer – respondi.

– Você está famosa.

– Difamada seria uma palavra mais adequada.

– Pobrezinha. – Scarlet se debruçou para me dar um beijo e uma guarda gritou: – *Nada de beijo!*

Scarlet riu.

– Talvez achem que eu sou sua namorada. Seu advogado é gatinho, diga-se de passagem. – Aparentemente, ela e Simon tinham se encontrado na sala de espera.

– Você acha todo mundo gatinho – respondi. Eu não ligava que meu advogado fosse gatinho; só queria que fosse competente.

Depois que as visitas foram embora, sra. Cobrawick se aproximou. Estava muito mais arrumada que no dia anterior. Vestido bege justo, pérolas, maquiagem, o cabelo preso num coque meio francês.

– A regra só permite duas visitas por pessoa, mas abri uma exceção pra você – disse ela.

Respondi que eu não sabia disso e garanti que não aconteceria novamente.

– Não precisa, Anya. Basta me agradecer – falou sra. Cobrawick.

– Obrigada. – Agradeci, mas não estava nem um pouco confortável por receber um favorecimento daquela mulher.

– Vi seu irmão aqui, mais cedo. Ouvi dizer que ele era ingênuo, mas me pareceu perfeitamente normal – comentou sra. Cobrawick.

Eu não queria falar do Leo com essa mulher.

– Ele se sai bem – disse eu.

– Vejo que esse assunto te deixa desconfortável, mas sou sua amiga e você pode ter liberdade de discutir qualquer coisa comigo. O que está achando da orientação?

Orientação era a palavra usada por ela para descrever o que tinha acontecido comigo na quinta-feira?

– Achei bastante medieval – respondi.

– Medieval? – Ela riu. – Você é esquisita, não?

Não respondi.

Uma mulher com uma câmera passou por nós e perguntou:

– Uma fotografia para a newsletter do nosso doador, sra. Cobrawick?

– Meu Deus! Bem, acho que não se pode escapar das demandas do público. – Sra. Cobrawick me envolveu com o braço. O flash disparou. Esperei estar com a aparência pelo menos decente, apesar de duvidar muito. Eu sabia como essas coisas funcionavam. A foto seria vendida, e suspeitei que em poucos dias, se não poucas horas, a imagem estaria no noticiário ao lado da minha foto de colégio.

– Quanto você acha que vale? – perguntei.

Sra. Cobrawick mexeu no colar de pérolas.

– Quanto vale o quê?

Eu sabia que provavelmente não devia insistir, mas continuei.

– A minha foto – disse eu.

Ela me encarou, séria.

– Você é uma mocinha muito cínica, não é?

– É – respondi. – Provavelmente.

– Cínica e desrespeitosa. Talvez essas sejam coisas a trabalhar enquanto você estiver aqui. Guarda!

Um guarda apareceu.

– Sim, senhora.

– Essa é srta. Balanchine – disse sra. Cobrawick. – Teve uma vida privilegiada e acho que pode se beneficiar de um tempo no porão.

Ela se afastou, deixando o guarda comigo.

– Você deve ter deixado sra. Cobrawick muito irritada – disse ele quando ela estava longe.

Fui levada vários andares abaixo, para o porão do prédio. O cheiro era podre, uma combinação de excrementos e umidade. Apesar de não ver ninguém, ouvi gemidos e barulho de arranhões na parede, pontuados por gritos ocasionais. O guarda me deixou num quarto pequeno, imundo, sem luz e com pouco ar. Não tinha nem espaço para ficar de pé. Só dava para sentar ou deitar, parecia um canil.

– Quanto tempo vou ficar aqui? – perguntei.

– Varia – disse o guarda ao fechar a porta e me trancar lá dentro. – Normalmente, até sra. Cobrawick achar que você aprendeu a lição. Odeio esse trabalho. Tente não enlouquecer, menina.

Essas foram as últimas palavras que escutei em muito tempo.

O guarda tinha me dado um bom conselho, que se tornou quase impossível de seguir.

Na ausência de informação visual, a mente inventa todo tipo de intriga. Sentia ratos escalando minhas pernas, baratas nos braços, pensei sentir cheiro de sangue, perdi a sensação das pernas, minhas costas doíam e eu estava absolutamente apavorada.

Como tinha ido parar ali?

Tive pesadelos terríveis demais pra descrever. Natty levando um tiro no Central Park. Leo batendo a cabeça mil vezes nos degraus da Little Egypt. E eu, sempre atrás de grades, incapaz de agir.

Uma vez, acordei porque ouvi alguém gritando. Bastou um segundo para descobrir que era eu.

Apesar de duvidar que era essa a intenção da sra. Cobrawick, aprendi algumas coisas sobre insanidade enquanto estava lá. As pessoas enlouquecem não porque são loucas, mas porque é a melhor opção que têm. De certa forma, teria sido mais fácil perder a cabeça, porque não precisaria estar presente.

Perdi a noção do tempo.

Rezei.

Perdi a noção do tempo.

Tudo tinha cheiro de urina.

Imagino que fosse minha, mas tentei não pensar no assunto.

O único contato humano que tinha era quando alguém enfiava uma comida estragada e um copo de metal pela portinhola da porta. Eu não identificava os intervalos entre as refeições.

Quatro se passaram.

Depois cinco.

No sexto, uma guarda diferente abriu a porta.

– Você pode ir – disse ela.

Não me movi, sem ter certeza de que a guarda não era uma alucinação.

Ela apontou a lanterna para o meu rosto e a luz feriu meus olhos.

– Eu disse que você pode ir.

Tentei me arrastar para fora, mas descobri que não conseguia mexer as pernas. Ela me puxou pelos braços e minhas pernas acordaram um pouco.

– Preciso sentar – gemi. Minha voz nem parecia minha. A garganta estava muito seca para falar.

– Anda, meu bem – falou a guarda. – Vai ficar tudo bem. Vou levar você pra tomar um banho e depois você pode ir embora.

– Ir embora? – perguntei. Precisei me apoiar nela. – Você está falando que eu posso ir embora do porão?

– Não. Eu quis dizer ir embora do Liberty. Você foi absolvida.

IX. descubro um amigo influente e, depois, um inimigo

Minha estimativa conservadora para o tempo que fiquei no porão seria de uma semana, apesar de que não me surpreenderia se chegasse a um mês ou até mais.

Na verdade, foram só setenta e duas horas.

E muita coisa aconteceu durante esse tempo.

A subida do porão foi muito mais cansativa do que a descida. Parecia estranho o fato de ficar sentada ou deitada ser tão debilitante fisicamente, e descobri um novo ponto de empatia pela minha avó.

A guarda, que me disse se chamar Quistina, me levou para um chuveiro privativo.

– Você precisa se lavar, agora – disse ela. – Tem gente esperando pra falar com você.

Concordei. Ainda me sentia tão pouco eu mesma que nem me dei o trabalho de perguntar quem estava esperando por mim, nem como isso tudo tinha chegado ao fim.

– Esse banho tem tempo limite? – perguntei.

– Não – disse Quistina. – Pode levar o tempo que quiser.

A caminho do chuveiro, me olhei no espelho. Eu parecia uma selvagem. Meu cabelo estava embaraçado e todo grudado, cheio de nós. Os olhos estavam vermelhos e as olheiras debaixo deles pareciam hematomas. Na verdade, existiam hematomas de verdade e marcas nos meus braços e pernas. (Sem falar na tatuagem no meu tornozelo.) Minhas unhas estavam quebradas e ensanguentadas – nem mesmo me dei conta de que tinha arranhado o chão, mas era a única explicação. Eu estava coberta de poeira. Quando entrei no chuveiro, percebi também o quanto eu cheirava mal.

E não fiz por menos. Tomei um banho bem demorado. Provavelmente o mais demorado da minha vida.

Quando saí, meu uniforme de colégio estava na bancada da pia do banheiro. Alguém tinha lavado minha roupa e até engraxado meu sapato.

Ao me vestir, me dei conta de ter perdido peso. A saia que cabia perfeitamente alguns dias antes estava agora alguns centímetros mais larga na cintura, e se acomodou no meu quadril.

– Sra. Cobrawick gostaria de falar com você antes que vá embora – disse Quistina.

– Ah. – Eu não estava nem um pouco ansiosa para encontrar aquela mulher novamente. – Quistina, será que você sabe por que resolveram me liberar?

Ela balançou a cabeça.

– Não sei as especificidades nem tenho permissão pra falar com você sobre isso, na verdade.

– Tudo bem – respondi.

— Mas — sussurrou ela —, no noticiário estão dizendo que todo mundo na cidade está indo parar no hospital por causa de chocolate envenenado...

— Jesus... — disse eu e me benzi. Essa notícia significava que a contaminação de Fretoxin devia estar no lote todo. Não era só o Gable. Provavelmente, ele tinha sido o primeiro porque a minha família recebia os chocolates antes de todo mundo. A questão não era se eu tinha envenenado o Gable, mas quem tinha atacado toda a remessa de Balanchine Special. Esse tipo de caso podia levar anos para ser resolvido.

Eu estava usando o banheiro particular da sra. Cobrawick e, de acordo com Quistina, ela estava me esperando na sala, que ficava no final do corredor.

Sra. Cobrawick usava um vestido preto, formal, como se estivesse de luto. E estava sentada na pontinha de uma cadeira apropriadamente também preta. O único som na sala era o das unhas da sra. Cobrawick tamborilando na mesa de centro de vidro.

— Sra. Cobrawick?

— Pode entrar, Anya — disse ela num tom bastante diferente do que costumava usar comigo. — Sente-se.

Disse a ela que preferia ficar de pé. Estava exausta, mas aliviada por poder andar novamente. Além do mais, não estava exatamente animada com a possibilidade de uma visita longa à sra. Cobrawick e, de pé, talvez desencorajasse tal possibilidade.

— Você parece cansada, *querida*. E é educado sentar — disse ela.

— Passei os últimos dias sentada — respondi.

— Isso tem a intenção de ser uma espécie de reclamação? — Foi o que ela perguntou.

– Não – respondi. – É a constatação de um fato.

Sra. Cobrawick sorriu para mim. Tinha um sorriso bastante largo – todos os dentes apareciam e os lábios sumiam.

– Vejo como você pretende jogar agora – disse ela.

– Jogar? – perguntei.

– Você acha que foi maltratada aqui – disse sra. Cobrawick.

Não fui?, pensei.

– Mas eu só quis te ajudar, Anya. Achei que fosse ficar um bom tempo – eram tantas as evidências contra você – e eu acho que facilita bastante quando sou dura com os recém-chegados. Na verdade, essa é minha política não oficial. Principalmente para quem vem de família privilegiada como você...

Eu não suportava mais ouvir aquilo.

– A senhora continua mencionando meus privilégios do passado. Mas a senhora não me conhece. Talvez pense que sabe coisas a meu respeito. O que já leu nos jornais sobre a minha família e tal, mas a senhora não sabe nada sobre mim.

– Mas... – disse ela.

– Sabe, algumas das meninas daqui são inocentes. E mesmo as que não são inocentes, seja lá como for, estão tentando fazer o que podem pra seguir em frente. Talvez a senhora devesse tratar as pessoas com base na sua experiência com elas. Talvez isso fosse uma boa política extraoficial. – Dei as costas para ir embora.

– Anya – chamou ela. – Anya Balanchine!

Não olhei para ela, mas senti que vinha atrás de mim. Alguns segundos depois, senti suas mãos de garras no meu braço.

– O que foi?

Sra. Cobrawick agarrou a minha mão.

– Por favor, não diga para seus amigos da promotoria que foi maltratada aqui. Eu não preciso de mais problemas. Fui... fui uma tola por não ter considerado as conexões da sua família.

– Eu não tenho amigos na promotoria – respondi. – Mesmo se tivesse, criar problemas para a senhora é um dos últimos itens da minha lista. O que eu mais quero é não ter que ver este lugar, ou a senhora, nunca mais na vida.

– E Charles Delacroix?

O pai do Win?

– Não conheço. Nunca vi – falei.

– Bem, ele está esperando por você lá fora. Veio pessoalmente buscá-la para levá-la de volta para Manhattan. Você realmente é uma garota de sorte, Anya. Tem amigos tão poderosos e nem mesmo sabe disso.

O pai do Win me encontraria na Sala de Saída, área reservada para quem estava deixando o abrigo. Era a parte de decoração mais elaborada daquele lugar, com exceção dos aposentos da sra. Cobrawick. Sofás confortáveis, abajures dourados, fotografias em preto e branco de imigrantes chegando a Ellis Island. Sra. Cobrawick esperou comigo. Eu teria preferido mil vezes esperar sozinha.

Apesar de achar que um homem tão poderoso andasse com uma comitiva, Charles Delacroix chegou sozinho. Parecia um super-herói sem capa. Era mais alto que Win e o maxilar era mais largo, forte, como se passasse os dias comendo árvores e pedras. As mãos eram grandes e poderosas, mas mais suaves que as do Win. Nada de fazenda para Charles Delacroix.

– Você deve ser Anya Balanchine – disse ele, animado. – Sou Charles Delacroix. Vamos pegar a barca? – Ele se comportava como se não existisse nada que preferisse estar fazendo além de levar uma filha da máfia para um passeio de barco até Manhattan.

Sra. Cobrawick não se aguentou.

– Ficamos tão honrados com sua visita à nossa instituição, sr. Delacroix. Meu nome é Evelyn Cobrawick, sou a diretora daqui.

Charles Delacroix ofereceu a mão.

– Isso. Que indelicadeza a minha. Muito prazer, sra. Cobrawick.

– Talvez o senhor queira conhecer nossas instalações, já que está aqui?

– Hoje estou sem tempo, que pena – disse Charles Delacroix. – Mas realmente precisamos marcar uma visita.

– Por favor – disse sra. Cobrawick. – Adoraria que conhecesse a Liberty. Temos muito orgulho da nossa humilde instituição. A verdade é que pensamos neste lugar como um lar. – Ela pontuou o comentário com um sorriso modesto.

– Lar? – repetiu Charles Delacroix. – É assim que vocês encaram o abrigo?

– Isso – respondeu sra. Delacroix. – Pode parecer tolice, mas é assim que encaro este abrigo.

– Não é tolice, sra. Delacroix, mas talvez seja pouco sincero. Veja bem, fui criado numa instituição desse tipo. Não era um reformatório, mas um orfanato. E, acredite, as pessoas confinadas num lugar assim não pensam em lar. – Charles Delacroix olhou para mim. – Mas a senhora tem sorte. Srta.

Balanchine vai voltar comigo e imagino que seja capaz de atestar as qualidades do seu abrigo durante nossa viagem de volta.

Fiz que sim com a cabeça, mas não disse nada. Não daria mais assunto a sra. Cobrawick. Cruzei os braços, o que fez Charles Delacroix reparar que uma das marcas de injeção estava inflamada, com pus.

– Isso aconteceu aqui? – perguntou ele em tom gentil.

– Foi. – Baixei a manga da minha camisa. – Mas não está doendo muito.

Seus olhos percorreram meu braço até minha mão, notando a pele dilacerada nos meus dedos.

– Isso também, eu imagino.

Não respondi.

– Fico pensando, sra. Cobrawick, se esse é o tipo de ferimento que as crianças conquistam num lar. – Charles Delacroix pegou meu braço. – Vamos agendar aquela visita, sra. Cobrawick. Pensando melhor, acho que virei sem avisar.

– Seu antecessor nunca teve problemas com a maneira como administro este estabelecimento – retrucou sra. Cobrawick.

– Eu não sou meu antecessor – respondeu ele.

Quando estávamos no barco de volta para Manhattan, Charles Delacroix me disse:

– Lugar assustador. Que bom que você não está mais lá. Imagino que também esteja feliz com isso.

Concordei.

– Mulher assustadora também – continuou. – Conheci gente como sra. Delacroix a minha vida inteira. Burocratas de mente retrógrada apaixonados por seus pequenos poderes. – Charles Delacroix balançou a cabeça.

– Por que o senhor não toma uma providência em relação ao Liberty, então? – perguntei.

– Acho que em algum momento terei de fazer isso. Mas a cidade tem tantos problemas sérios, e, francamente, não tenho como lidar com tudo de uma vez só. O Liberty é um fiasco. Aquela mulher é um fiasco. Mas são fiascos controlados. – Sr. Delacroix contemplou a paisagem além da grade da balsa. – É o que chamamos de *triagem*.

Triagem era uma coisa que eu compreendia muito bem. Era o princípio organizador da minha vida.

– Gostaria de me desculpar por você ter sido mandada para esse abrigo. Foi um erro. As pessoas no meu gabinete ficaram excessivamente animadas com a ideia de uma adolescente criminosa e absolutamente histéricas com o fato de a criminosa ser filha de Leonyd Balanchine. Eles são bem-intencionados, mas... precisamos de alguns dias, mas você está completamente liberada, é claro. Seu advogado, dr. Green, foi absolutamente presente na sua defesa. Por sinal, o jovem... Gable, é isso?

Fiz um gesto afirmativo.

– Ele começou a melhorar. Tem um longo período de recuperação pela frente, mas, definitivamente, vai ficar bom.

– Que bom ouvir isso – eu disse, sem entusiasmo. Era como se estivesse anestesiada, não me sentia eu mesma.

– Você é colega de colégio do meu filho? – perguntou Charles Delacroix.

– Isso – respondi.

– Win gosta muito de você – disse ele.

– Eu também gosto dele – respondi.

– É. Acho que sim. – Charles Delacroix me olhou nos olhos. – Escute, Anya. Se incomoda se eu te chamar de Anya?
– Não.
– Então, Anya, dá para perceber que você é uma menina que tem a cabeça no lugar, é justa. Como sei disso? Lá no abrigo você teve a oportunidade de destruir sra. Cobrawick na minha frente. Não fez isso. Você estava pensando nos próximos passos. Em sair daquele lugar. Admiro essa atitude. Inteligência de rua, acho que é assim que chamam, é uma coisa que falta ao meu filho. E vejo por que Win gosta de você. Você é bastante atraente e sua história é excitante, para dizer o mínimo. Mas você nunca poderá namorar o meu filho.
– Como assim?
– Não posso aceitar que você namore Win. Nós dois somos pessoas práticas, Anya. Somos realistas. Então, sei que você me entende. Meu trabalho é muito complicado. A verdade é que, não importa o quanto eu tente limpar essa cidade, a culpa sempre será minha. – Charles Delacroix baixou a cabeça, como se o peso de suas responsabilidades fosse demais. – Vou começar outra vez. Você sabe como chamam meu antecessor, Anya? O promotor cofrinho, apelido conquistado graças às propinas de muita gente, inclusive, seria omisso da minha parte não mencionar, da Balanchine Chocolate.
– Eu não sabia disso.
– Claro que não, Anya. Como saberia? Você tem o sobrenome, não assina os cheques. E os interesses do meu antecessor, sendo educado, eram amplos. É assim que funciona: racionamentos e proibições bem-intencionados – mesmo que não façam sentido – geram mercados paralelos, poluição, e,

claro, crime organizado, e crime organizado gera corrupção. Tudo isso levou nosso governo a situações em que burocratas do cofrinho de todo tipo têm espaço para crescer. Minha missão pessoal é banir esses burocratas. Não serei conhecido como um procurador cofrinho. Mas se meu filho começa a namorar a filha de Leonyd Balanchine, o conhecido chefão do chocolate, isso pode parecer inapropriado. Seria um golpe na minha credibilidade. Não posso permitir. Essa cidade, que já foi maravilhosa, não suportaria se eu levasse um golpe desse tipo. Não é culpa sua, e eu realmente gostaria que o mundo fosse diferente. As pessoas... as pessoas são preconceituosas, Anya. Elas se apressam em julgar. Tenho certeza de que você sabe disso melhor do que ninguém.

– Sr. Delacroix, acho que o senhor entendeu mal as coisas. Win e eu somos só amigos.

– Ótimo. Esperava que você me dissesse isso – respondeu ele.

– Além disso, se não quer que eu namore o Win, por que não diz isso a seu filho? – perguntei. – Você é pai dele, não meu.

– Porque se eu o proibir, ele vai querer mais ainda. Meu filho é um bom menino, mas é romântico, idealista, gosta de polêmicas. A vida dele é muito fácil. Win não é prático como eu e você.

A buzina da barca apitou. Estávamos prestes a ancorar.

– Então, temos um acordo? – perguntou Charles Delacroix. Ele estendeu a mão, para que eu apertasse.

– Meu pai dizia que não se deve fazer acordos, a menos que se saiba exatamente o que se ganha com isso – respondi.

– Boa garota. Admiro seu espírito.

O barco chegou à doca. Vi Simon Green esperando por mim. Com o resto de energia que ainda me restava, corri para longe de Charles Delacroix.

Alguém que não reconheci gritou:

– É ela! É Anya Balanchine!

Virei-me em direção à voz e fiquei temporariamente cega pela tempestade de flashes. Quando recuperei a visão, vi uma barricada da polícia à direita de onde Simon Green estava. Logo atrás, pelo menos cinquenta repórteres e paparazzi gritavam perguntas ao mesmo tempo.

– Anya, aqui!

Sem perceber, fiz o que me foi pedido.

– Anya, como é o Liberty?

– Férias – respondi.

– Planos de processar a cidade por prisão indevida?

Senti o braço de Charles Delacroix envolvendo minha cintura. Mais uma onda de flashes.

– Por favor, gente. Srta. Balanchine foi muito corajosa e útil, e imagino que ela só queira chegar em casa e reencontrar a família. Vocês podem falar comigo – declarou Charles Delacroix.

– Sr. Delacroix, alguma pista de como os chocolates foram envenenados?

– A investigação está em andamento. É só o que posso dizer, por enquanto. Mas posso afirmar que srta. Balanchine é cem por cento inocente.

– Sr. Delacroix, em relação ao estado de saúde do advogado Silverstein. Ninguém o vê em público há semanas.

– Não costumo comentar a saúde do meu chefe – respondeu sr. Delacroix.

– O senhor deve ser considerado o defensor público em exercício?

Ele riu.

– Quando tiver uma comunicação a fazer, vocês serão os primeiros a saber.

Enquanto sr. Delacroix falava com a imprensa, consegui escapar.

Simon Green tinha um carro particular esperando por mim. Isso era um luxo naquela época – a maior parte das pessoas andava de transporte público ou a pé – e gostei do gesto. A última vez que andei num carro particular foi quando Gable e eu fomos à festa de final de ano do colégio e, antes disso, no enterro do meu pai.

– Achei que você ia querer alguma privacidade – disse Simon Green, abrindo a porta do carro para mim.

Concordei, balançando a cabeça.

– Desculpa. Eu não contava com esse circo todo. Com esse grau de interesse em você.

– Charles Delacroix provavelmente queria a operação foto – falei e escorreguei no banco de couro.

– É, provavelmente você tem razão – concordou Simon Green. – Apesar de que ele me pareceu um homem bom quando acertávamos os detalhes da sua liberação hoje de manhã ao telefone. Isso quando consegui falar com ele, claro.

– Ele é o que se espera dele – falei.

O carro começou a se mover. Encostei a cabeça na janela.

– Dr. Kipling me pediu para devolver isso para você. – Ele colocou um crucifixo na palma da minha mão.

– Ah, obrigada – respondi. Coloquei o colar no pescoço, mas quando fui fechar, meus dedos cansados não conseguiram fazer o que devia ser feito.

– Deixa eu fazer isso – disse Simon Green. Ele suspendeu meu cabelo e as pontas dos seus dedos encostaram no meu pescoço. – Pronto. Você deve estar exausta, Anya. Trouxe comida, caso esteja com fome.

Balancei a cabeça.

– Tem água?

Ele me entregou uma garrafa térmica com água. Bebi tudo num gole só. Um pouco escorreu pelos cantos da minha boca, e me senti mal pelo desperdício.

– Nossa, você estava com sede – comentou Simon Green.

– É, eu... – De repente, tive certeza de que ia vomitar. Pressionei o botão, abri a janela, e consegui mirar a maior parte fora do carro. – Desculpa. Não devia ter tomado tanta água de uma vez só. Acho que estou meio desidratada.

– Não precisa se desculpar. Assim que estiver tudo calmo, vou pessoalmente prestar queixa contra a maneira como te trataram no Liberty.

Eu não queria pensar em nada disso, então mudei de assunto.

– Como foi que aconteceu? – perguntei. – A minha liberação?

– Durante o final de semana, mais e mais casos de envenenamento por Fretoxin começaram a aparecer nos hospitais da cidade. Acho que o número acabou na casa das centenas, ficou claro que a contaminação estava no lote.

Concordei.

– Mesmo assim eu não conseguia fazer ninguém da defensoria pública me escutar. Dr. Kipling é quem tem amigos – tanto na sua família quanto na lei. As pessoas não confiam em mim. E apesar de você ser filha do Leonyd Balanchine, ninguém das organizações Balanchine quis me ajudar também. Não que não tenham acabado ajudando, mas não na hora certa. Eles tinham um problema interno para resolver – o veneno estava no chocolate deles.

– Você deve ter sido bastante persistente – falei. – Obrigada.

– Bem, na verdade, Anya, não posso receber todos os créditos. Uma parte foi sorte. Você tem um amigo de colégio que se chama Goodwin Delacroix, não tem?

– Win.

– Falei várias vezes com seu amigo. E acho que foi Scarlet que falou com ele, e ele...

– Falou com o pai. É, faz sentido.

– Daí para a frente, as coisas começaram a andar. O problema era o seu nome. Apesar de você não ter ligações, é claro, com um envenenamento de grandes proporções, ainda carrega o nome Balanchine, e acho que a defensoria pública estava relutante em soltar uma Balanchine no meio desse circo. Foi preciso uma conexão pessoal...

Bocejei.

– Desculpa.

– Tudo bem, Anya. Você está cansada. E eu nunca entendi por que bocejar é considerado tão grosseiro.

– Não estou tão cansada assim – insisti. – Eu só... – Minhas pálpebras estavam fechando. – Eu tenho que agradecer a Scarlet quando voltar pro colégio... e ao Win também... – Bocejei novamente e peguei no sono.

x. convalesço; recebo visitas; tenho notícias de Gable Arsley

Quando acordei estava na minha cama e era quase como se toda aquela tormenta nunca tivesse acontecido.

Eu digo quase porque Natty estava deitada do meu lado e Leo cochilava na cadeira da minha escrivaninha. Essas não eram nossas acomodações normais na hora de dormir.

– Está acordada? – sussurrou Natty.

Eu disse que sim.

– Imogen disse pra gente deixar você descansar – informou Natty. – Mas eu e o Leo não queríamos estar longe na hora que você acordasse, então a gente ficou aqui a maior parte do tempo.

– Que dia é hoje? – perguntei.

– Quinta.

Eu tinha dormido por dois dias.

– Você não devia estar no colégio?

– Já fui. É noite já. – Então foram dois dias e meio de sono.

Leo se ajeitou na cadeira.

– Natty, você não devia estar falando! Vai acordar... – Então ele me viu. – Annie! – Leo pulou na cama e me abraçou. – Ah, Annie, senti tanto a sua falta! – Ele beijou minha testa e meu rosto.

Eu ri.

– Eu também.

Quando abracei meu irmão, percebi que meu braço estava ligado a um tubo com soro.

– O que é isso? – perguntei.

Aparentemente, Imogen tinha me declarado subnutrida e desidratada.

– Pobre Annie – disse minha irmã.

No dia seguinte, eu quis voltar para o colégio – estava tão atrasada nas matérias –, mas Imogen não deixou.

– Você ainda está muito fraca.

– Estou me sentindo muito melhor – garanti.

– Vai se sentir melhor ainda na segunda-feira – foi a resposta da enfermeira.

Lembrei a ela que cuidava da minha avó, não de mim. Ela não achou o argumento convincente.

– Pode voltar para a cama, Annie.

Em vez de fazer isso, resolvi ver como estava a vovó.

Fui até o quarto e beijei-a no rosto. Ela me reconheceu imediatamente, o que achei bom sinal. Talvez estivesse num de seus bons dias.

– Oi, Anyaschka – disse ela, apertando os olhos na minha direção. – Você está tão magrinha.

– Você não lembra? Imogen te contou que eu estava sendo investigada por um crime.

– Um crime? Não, isso não faz o menor sentido. Não foi você. Isso era coisa do seu pai – respondeu ela.

– Acharam que eu tinha envenenado um garoto chamado Gable Arsley.

– Gable Arsley! Parece nome inventado. Nunca ouvi falar dessa pessoa. – Minha avó balançou a mão.

– Ele era meu namorado. Vocês se viram uma vez. – Levantei para ir embora. Vovó parecia agitada e eu não queria acabar levando outro tapa na cara.

– Annie! – ela me chamou.

– Oi.

– O Leo aceitou aquele emprego na Piscina?

Fiquei surpresa de que ela se lembrasse disso. A saúde mental da minha avó era cada vez mais um mistério para mim. Sentei novamente.

– Ainda não – respondi. – A gente anda muito ocupado por aqui.

– Bom, bom. Porque eu andei pensando no assunto – disse ela. – Não tenho certeza se é uma boa ideia.

Como eu não tinha nada melhor para fazer, debatemos as implicações de Leo aceitar o trabalho por um tempo. Nenhuma novidade. Depois, realmente comecei a me sentir cansada e disse para vovó que precisava ir.

– Pegue um chocolate, meu anjo – disse ela. – E divida com alguém que você ama.

Não existia nada no mundo que eu quisesse menos do que um chocolate e eu sabia que a polícia tinha confiscado todas as barras, de qualquer maneira. Mesmo assim, fui até o armário e fingi pegar um, para deixar minha avó feliz.

* * *

Sexta-feira à noite, Scarlet teve permissão para me visitar, e foi uma distração muito bem-vinda. Apesar de apreciar a preocupação de Imogen, Leo e Natty, a solicitude deles fazia com que me sentisse uma inválida. Eu precisava que alguém se comportasse normalmente perto de mim.

– E aí? O que anda acontecendo na Holy Trinity? – perguntei, depois que Scarlet ficou à vontade na minha cama.

Ela riu.

– Está brincando? Você é a única coisa acontecendo. Você e o Gable.

– Que ótimo – falei.

– Sério, só se fala nisso. – Scarlet cruzou as pernas. – Como eu tenho informações privilegiadas, virei a garota mais popular do colégio.

– Parabéns.

– É, com certeza eu fiz um monte de amizades duradouras nos últimos nove dias – disse Scarlet. – Agora você tem muita concorrência.

Agradeci a Scarlet por levar e buscar Natty todos os dias. E depois agradeci por ela ter pedido ao Win que falasse com o pai.

– Win? Eu não tive nada a ver com isso. Ele falou com o pai por conta própria. – disse ela.

– Mas deve ter algum dedo seu nessa história – insisti.

– A gente conversou sobre você, é claro. Mas ele não me falou que ia pedir nada pro pai e eu também não pedi. Pensei nisso – ah, não me olha com essa cara de surpresa, Annie! A tonta da sua melhor amiga pensa nas coisas, de vez em quando.

Pensei nessa possibilidade, mas não fiz nada porque não tinha certeza de que isso talvez não fosse piorar a sua situação.

– Então, por que Win fez isso? A gente mal se conhece.

Scarlet revirou os olhos.

– Tenho certeza de que ele é capaz de te dar um motivo.

Isso era irritante. Não gostava da ideia de dever um favor para Win. Principalmente depois daquela conversa com o pai dele.

– Chega de franzir essa sobrancelha! Não é um grande mistério. Ele gosta de você, Annie. A única coisa que ele quer é a parceira de laboratório de volta, e talvez um agradecimento. E talvez ir com você ao Baile de Outono.

Suspirei.

– Ah, pobre Annie, o novato gatinho gosta dela – provocou Scarlet. – Que vida trágica. – Ela caiu dramaticamente na cama.

– Eu estava num reformatório, você ficou sabendo?

– Eu sei – sussurrou ela. – Só estava te provocando. – Seus olhos grandes e azuis se encheram de lágrimas. Era fácil fazer a Scarlet chorar. – Fico arrasada com as coisas que aconteceram com você. É realmente terrível. Não gosto nem de pensar. Só estava tentando fazer você rir.

Eu ri. A expressão em seu rosto era doce e cheia de pedidos de desculpa.

– Quando entrei no quarto, não acreditei em como você parecia fraca. Natty tinha me avisado, mas... foi muito ruim? – perguntou Scarlet.

Dei de ombros. Não tinha o menor interesse em ficar relatando meus dias no Liberty, nem para Scarlet nem para ninguém.

— Me tatuaram. — Mostrei o código de barras no meu tornozelo, sob a meia.

— Bem radical — comentou ela.

Coloquei a meia no lugar.

— Como anda Gable?

— Vai sobreviver, eu acho — respondeu ela. — Chai Pinter ouviu dizer que ele teve que fazer enxerto no rosto. Várias partes da pele dele caíram por causa do Fretoxin.

— Oh, meu Deus.

— Bem, Chai não é a fonte mais confiável do planeta. Eu não sei nem onde ela consegue a maioria das informações. Acho que inventa a maior parte. O que a diretora anda dizendo é que Gable não volta às aulas até o semestre que vem, pelo menos. Ele está numa clínica de reabilitação em algum lugar. Ele realmente quase morreu, Annie.

— Você acha que eu devia mandar um cartão? — perguntei. — Ou fazer uma visita?

Scarlet deu de ombros.

— Gable foi péssimo. Foi péssimo com você. E doente deve ser pior ainda. — Ela deu de ombros novamente. — Mas se você acha que precisa, é melhor eu ir junto. Você não deve ir sozinha.

— Eu também não estava falando de ir amanhã. Quem sabe em novembro? — Eu tinha toneladas de dever para fazer e muitos problemas em casa.

Leo entrou.

— Oi, Scarlet! Natty disse que você estava aqui. — Leo deu um abraço na Scarlet. — Você está linda!

Ela estava de moletom e camiseta, o que era bastante informal para ela. O cabelo louro estava solto e embaraçado. Pouca maquiagem. Será que era isso que Leo achava lindo? Scarlet tinha uma pele ótima, mas quase sempre coberta de maquiagem.

– Obrigada, Leo! – disse ela. – Pra falar a verdade, não estava me sentindo nem um pouco bonita, mas, depois do seu elogio...

Leo ficou vermelho.

– Você está sempre linda, Scarlet. Acho que talvez você seja a garota mais linda do mundo.

– Ei! – eu me queixei.

– Você é linda, gênero irmã – falou Leo. – A Scarlet é *lindaaaaa*...

Eu e Scarlet rimos, fazendo com que Leo corasse ainda mais.

– Imogen disse que está na hora de você ir embora, Scarlet. Annie precisa dormir.

– Dormir é a única coisa que eu tenho feito! – protestei.

– Ela avisou que você ia falar isso – continuou meu irmão. – Disse que era pra ignorar.

Scarlet se levantou e me beijou no rosto.

– Eu passo aqui na segunda de manhã, pra gente ir pro colégio. – Quando saía do quarto, deu um beijo em Leo também. – Obrigada pelo elogio, Leonyd.

No domingo de manhã, meu tio e enteado da minha avó, Yuri Balanchine (que também era o cabeça da família), passou lá em casa. Tio Yuri era só dez anos mais novo que minha avó e mancava. Acho que meu pai me disse uma vez que era um ferimento de guerra. E deve ter piorado desde a última vez que nos encontramos, porque agora ele estava numa cadeira de rodas.

Tio Yuri visitava vovó de vez em quando, mas naquele dia não estava ali para isso. A visita era para mim.

Ele tinha cheiro de charuto e era rouco, porque fumava havia muitos anos. Vinha escoltado por vários guarda-costas; Jacks, seu filho com uma prostituta; e Mikhail Balanchine, seu filho "legítimo" e herdeiro. Tio Yuri lhes disse que esperassem no corredor. Mikhail reclamou:

– Pai, posso ficar?

– Não, Mickey, saia também – respondeu. – Tenho um assunto particular para discutir com a minha sobrinha.

Sentei-me no sofá.

– Pequena Anya – disse meu tio –, você ficou linda. Chegue mais perto. Deixe seu tio olhar para você, princesa. – Debrucei e ele afagou meu rosto. – Ainda me lembro do dia em que você nasceu. Como seu pai ficou orgulhoso!

Fiz que sim com a cabeça.

– Leonyd – Deus guarde sua alma –, achava você o bebê mais lindo da terra. Eu não via isso, mas agora ficou claro que ele sabia do que estava falando. – Tio Yuri suspirou. – Desculpa não visitar você e sua avó Galina com mais frequência. Esse apartamento me traz muitas memórias.

– Pra todos nós – lembrei-lhe.

– Claro – disse ele. – Que falta de atenção a minha. Para você mais do que para mim, com certeza. Mas hoje dei de cara com uma nova situação. Queria discutir esse incidente com o jovem.

– Gable Arsley, é isso?

– Isso – respondeu tio Yuri. – Queria me desculpar por não ter me manifestado na semana passada. A conexão com a Balanchine Chocolate fez com que nossas relações com a lei esfriassem bastante. Se tivesse me envolvido, talvez fosse impossível alguma ação por parte da defensoria. O homem responsável é novo e ainda não sabemos se ele é nosso amigo ou não.

Ele estava falando do pai do Win.

– Deu tudo certo no final – falei.

– Quero garantir a você que esteve no meu pensamento o tempo todo. Você é filha de Leonyd Balanchine e jamais seria deixada apodrecendo na prisão.

Concordei, mas não disse nada. Eram palavras carinhosas, nada mais que isso.

– Sei exatamente o que você está pensando. Palavras carinhosas do velho, mas para que servem agora? – Tio Yuri inclinou o tronco, se aproximando. – Dá para ver que você é uma garota inteligente. Tem o olhar sagaz do seu pai.

– Obrigada – falei.

– Você, como ele, guarda tudo pra si. Não entrega muita coisa. Admiro isso – disse tio Yuri. – Admiro essa contenção em alguém tão jovem.

Eu me perguntei se ele teria dito isso se tivesse me visto com a lasanha, no primeiro dia de aula.

– Estou envergonhado – continuou tio Yuri. – Sinto que nossa família falhou com você. Eu falhei com você. – Ele baixou a cabeça, depois a voz. – Quero que você saiba que existem grandes forças em jogo. Coisas ruins, fora do meu controle. Preciso desvendar esse assunto do chocolate, então vou poder me empenhar em compensar você. Seus irmãos também.

Ele estendeu a mão para que eu apertasse, o que eu fiz.

– Gosto de você, Anya Balanchine. É pena que não seja um menino.

– Pra morrer aos quarenta e cinco, como meu pai, você quer dizer? – perguntei baixinho.

Tio Yuri não respondeu. Não tive certeza se ele escutou o que eu disse ou não.

– Você se importaria de me empurrar até o quarto da sua avó Galina? Gostaria de fazer uma visita à minha madrasta antes de ir embora.

No corredor, ele me perguntou como minha avó estava.

– Depende do dia – respondi. – Tio Yuri, ouvi falar que o Leo ia trabalhar na Piscina.

– É, ouvi alguma coisa a esse respeito – disse tio Yuri.

– Preferia que ele não fosse.

– Você está preocupada com a possibilidade de corrompermos seu irmão? Você tem a minha palavra de que a única coisa que vai acontecer com o Leo é um contracheque pelo trabalho fácil. Nunca pediremos a ele que faça nada perigoso. Soube que ele perdeu o emprego. Oferecer um serviço temporário é o mínimo que posso fazer, não?

Com certeza, meu tio fez com que me sentisse melhor em relação àquela história do que Jacks. E considerando a situação delicada da minha avó e minha situação legal, seria realmente melhor que Leo, pelo menos, tivesse a sensação de estar bem empregado. Sem falar que eu não fazia ideia de quando a situação da clínica veterinária seria resolvida, principalmente agora que dr. Kipling não podia cuidar do assunto. (Como será que ele estava, falando nisso?) Tio Yuri e eu chegamos ao quarto da vovó. Abri a porta e chamei:

– Vó, você tá dormindo?

– Não, Christina, pode entrar – respondeu ela.

– Não é Christina – disse eu. – É Annie. E adivinha quem está aqui comigo? Seu enteado, Yuri!

Empurrei Yuri para dentro do quarto.

– Argh – disse vovó. – Yuri, por que você ficou tão velho? E tão gordo?

Me retirei feliz.

Mickey Balanchine estava de pé no corredor, em frente ao quarto da vovó.

– Você provavelmente não se lembra de mim, mas sou seu primo. – Ele se apresentou.

– E quem não é? – brinquei.

– É verdade. Toda vez que eu conheço uma garota de que gosto, tenho que checar pra ver se não é parente primeiro – disse ele. Mickey Balanchine era baixo, poucos centímetros mais alto que eu. O cabelo tão louro que era quase branco e a pele também muito clara, cheia de sardas no nariz e nas bochechas. Contrastando com a pele e o cabelo, a roupa era toda preta. O terno era muito bem cortado e até parecia novo. Apesar de não poder dizer com certeza, acho que as botas tinham um saltinho para fazer com que parecesse mais alto.

– Já ando com vontade de te conhecer faz um tempo – disse Mickey. – Agora que você cresceu. Quando eu era adolescente, costumava fazer umas coisas pro seu pai. Vim nesse apartamento algumas vezes. Já te vi pelada, menina Anya. – Ele apontou para o banheiro, no final do corredor. – Lá. Sua mãe estava te dando banho. Entrei por acidente.

Isso era informação demais.

– Então – continuou ele –, sobre o que você e o velho conversaram?

Nada, pensei, mas isso não era da conta do Mickey.

– Acho que, se fosse pra você saber, ele mesmo teria te falado – respondi.

Jacks apareceu no corredor.

– O que é que está acontecendo aqui? – perguntou.

– Só conversando com a minha prima – respondeu Mickey.

– Ela é minha prima também – disse Jacks.

– Talvez – disse Mickey.

– O que você quer dizer com isso? – perguntou Jacks. – O que você está tentando dizer, Mikhail? Que eu sou filho bastardo? – Seus olhos estavam injetados, e juro que consegui sentir o cheiro de testosterona que emanava dele. Jacks se aproximou, mas Mickey ficou firme. Ficou claro que Jacks não tinha o *yaytsos*.

– Ah, relaxa, Jacks! – disse Mickey. – Você está envergonhando a si mesmo na frente da minha prima.

– Annie, posso dar uma palavrinha com você? – perguntou Jacks.

– Fala – respondi.

– Em particular – especificou Jacks.

– Parece que ninguém quer conversar na frente do Mikhail hoje – comentou Mickey.

Ignorei-o. Nunca respondi a esse tipo de infantilidade. Além disso, eu também queria dizer umas coisinhas para o Jacks.

– Vamos lá na varanda – falei.

A varanda era nos fundos da sala de jantar. Dava para ver o Central Park e até um pedaço do Little Egypt. Deve ter sido uma vista bonita um dia.

Meu primo foi direto ao assunto.

– Olha só, Anya, queria pedir desculpas pela história do chocolate. Eu não fazia ideia de que estava contaminado. Pensei, honestamente, que era um favor à Galina, trazer uma caixa pra cá.

– Obrigada por me dizer isso. Porque o que pareceu pra mim é: você trouxe aquele chocolate logo cedo, pra garantir que a família inteira morresse depois de comer.

– Não! – protestou ele. – Não tenho o menor interesse em envenenar nenhum de vocês! O que eu ganharia com isso?

– Não faço a menor ideia, Jacks. Mas é isso que eu acho.

Ele passou os dedos no cabelo.

– Você provavelmente sabe disso sem precisar que eu diga, mas minha posição na organização não é boa. Ninguém me diz nada. Fui tão avisado quanto você do envenenamento do chocolate. Você precisa acreditar em mim!

– Por que quer tanto que eu acredite em você?

Ele baixou a voz.

– Porque as coisas estão mudando na Família. O susto com o chocolate foi só o começo. A percepção é que – e não estou dizendo que concordo – Yuri está enfraquecido. Acho que o envenenamento foi coisa de uma família rival.

– Tipo quem?

Jacks deu de ombros.

– Só estou especulando, mas pode ser coisa dos Mexicanos ou dos Brasileiros. Até mesmo dos Franceses ou dos Japoneses.

Qualquer um dos grandes do mercado negro de chocolate, mas eu não tenho informação suficiente pra ter certeza. Meu ponto é que você podia ter me acusado. Mas não acusou. Não sei o motivo, mas agradeço. Queria que você soubesse que eu nunca faria nada pra ferir você ou os seus irmãos.

– Obrigada – respondi. A verdade era que eu acreditava que o Jacks não tinha tentado envenenar a gente, mas só porque ele era fraco demais pra organizar (ou mesmo saber de) um esquema desse tamanho. A segunda verdade era que eu queria sair desse assunto e, quanto menos eu ouvisse dos meus parentes, melhor.

– Então, somos amigos? – perguntou ele, estendendo a mão. Apertei só porque seria mais estranho se me recusasse. Jacks não era meu amigo. Certamente não me escapou sua omissão durante meus problemas com a legalidade. Esse tipo de comportamento não me parecia exatamente coisa de amigo.

Depois que meus parentes foram embora, passei o resto do dia fazendo dever de casa e, antes que eu percebesse, o domingo tinha acabado. Por volta das nove da noite, ouvi o telefone tocar. Natty bateu na porta do quarto.

– É o Win – disse ela.

– Diz que estou dormindo.

– Mas você não está! – disse Natty. – E ele também ligou ontem.

Saí da escrivaninha e apaguei a luz.

– Estou dormindo, Natty. Viu?

– Eu te amo, Annie, mas não aprovo o que você está fazendo agora – disse ela. Ouvi seus passos de volta para a cozinha. Mal consegui escutar minha irmã mentindo por mim.

Deitei na cama e puxei o cobertor até o queixo. A temperatura pareceu cair.

Eu sabia que nada do que Charles Delacroix havia dito tinha a menor importância.

Mesmo assim, também sabia que tinha.

Meu pai sempre dizia que, se você sabe que uma opção vai ter um desfecho ruim, essa é uma opção idiota, ou seja, não é nem mesmo uma opção. E eu preferia pensar que meu pai não tinha educado uma idiota.

XI. defino *tragédia* para Scarlet

No colégio, passei a ser tratada com luvas de pelica. Como fui inocentada do caso de envenenamento do Gable Arsley, a administração temia pelo fato de ter piorado a minha situação – para começo de conversa, ter permitido que a polícia me interrogasse na própria escola sem convocar minha avó ou dr. Kipling – e acho que estavam preocupados que eu processasse o colégio ou, pior, começasse a contar histórias que denegrissem a imagem imaculada da melhor instituição de ensino de Manhattan. Meus professores diziam enfaticamente que eu podia usar o tempo que achasse necessário para me recuperar e, no geral, minha volta à vida acadêmica foi mais fácil do que eu imaginava.

Win já estava na sala de Ciência Forense II quando cheguei. Ele não mencionou o fato de ter me ligado duas vezes nem eu falei que tinha conhecido o pai dele, caso Charles Delacroix não tivesse se dignado a comentar com o filho sobre nosso encontro. Ele também não disse nada sobre a minha ausência, a não ser:

– Tive que apresentar nosso trabalho sobre os dentes sem você.

– Como foi? – perguntei.

– Bom – respondeu ele. – A gente tirou A menos.

Vindo da professora Lau, era realmente uma boa nota. Ela era durona. Honesta, mas durona.

– Nada mal – falei.

– Anya – Win começou a dizer, mas a professora deu início à aula. E, de qualquer maneira, eu não estava animada para bater papo com ele.

Ganhei um mês de férias da esgrima, e adorei. Estava me faltando ânimo para embates, mesmo os falsos. A administração deu um mês de férias para Scarlet também, para ela me fazer companhia. Prova adicional do tamanho da culpa que a escola sentia.

Scarlet aproveitou o tempo extra para se preparar para o teste para a apresentação de *Macbeth*, que estava para acontecer.

– Você está passando todas as falas comigo. Por que não tenta também? – Foi a pergunta da Scarlet. – Você podia fazer a lady Macduff, ou Hécate ou...

A verdade é que eu não tinha motivo algum para recusar, fora o cansaço e o fato de não estar nem um pouco interessada em exposições, depois de ter minha foto estampada nos noticiários durante uma semana.

– Você não pode parar de fazer tudo por causa do que aconteceu – disse ela. – Tem que seguir em frente. E ainda tem que preencher os formulários pra todas as universidades, de um jeito ou de outro. E as suas atividades extracurriculares estão definitivamente deixando a desejar, Annie.

– Jura? Ser filha de um criminoso célebre não conta como atividade extracurricular?

– Não – respondeu ela. – Mas o envenenamento do ex-namorado talvez pudesse virar alguma coisa.

Ela estava certa. Claro que estava certa. Se estivesse vivo, meu pai teria dito a mesma coisa. Não em relação à parte extracurricular. Mas à de seguir em frente.

– Vamos fazer do seu jeito – eu disse.

Scarlet me jogou um exemplar antiquíssimo de *Macbeth*.

Estudamos juntas as falas até o final do capítulo e fomos almoçar. Win estava nos esperando na nossa mesa de sempre.

Scarlet mandou eu me sentar, disse que tinha prometido a Imogen que providenciaria o almoço para nós duas.

– Para, vai – disse eu. – Não estou inválida.

– Senta – ordenou ela. – Win, não deixa ela levantar daí.

– Eu não sou um cachorro! – protestei.

– Pode deixar – falou ele.

– Ela é mandona, isso sim – comentei.

Win balançou a cabeça.

– Tenho que admitir – começou a dizer, depois parou. Desejei sinceramente que ele não trouxesse o assunto do pai, nem qualquer outro tema que eu não estivesse a fim de debater. Talvez tenha percebido meu desconforto. – Tenho que admitir – repetiu – que subestimei sua amiga. Scarlet parece ser uma garota boba à primeira vista, mas é muito mais que isso.

Fiz que sim com a cabeça.

– A maior qualidade da Scarlet é que ela é fiel até o fim.

— Isso é importante — concordou ele.

Apesar do fato de Win não poder ser meu namorado, me dei conta de que realmente gostaria que ele fosse meu amigo. E se fôssemos ser amigos, seria grosseiro não falar sobre a importância dele na minha liberação do Liberty. Mesmo que não fôssemos ser amigos, seria indelicado.

— Eu já devia ter te agradecido — eu disse. — Por ter falado com o seu pai.

— Isso significa que está me agradecendo agora? — perguntou Win.

— Isso — eu disse. — Obrigada.

— Não tem de quê — respondeu ele. Começou a desembalar seu almoço, que tirou da mochila. (Acho que não quis a opção do refeitório.) A refeição era composta de vários vegetais, incluindo uma batata doce assada e uma coisa branca que parecia uma cenoura.

— O que é isso?

— Pastinaca. Minha mãe está tentando cultivar, lá no Central Park.

— Que perigo — respondi.

— Quer provar?

— Não, é seu almoço.

— Vamos — disse ele. — É docinho.

Balancei a cabeça. Meu estômago ainda estava sensível e eu não queria vomitar em cima da mesa. (Apesar de não ser má ideia, já que isso afastaria totalmente a possibilidade de eu e Win sermos vistos como um casal... acho impossível alguém se sentir atraído por você depois de uma sessão de vômito.) Ele deu de ombros. Tirou duas laranjas da mochila.

— Laranjas! — falei. — Não via uma desde que era criança. Onde você conseguiu?

— Minha mãe também está tentando cultivar. Conseguiu uma licença pra fazer um pomar no nosso terraço. Ainda não está produzindo nada. Essas são da Flórida. Toma, pega uma.

— Não, obrigada. — Não queria lhe dever nada além do que já devia.

— Pega — falou ele.

— Fiquei realmente agradecida pelo que você fez — disse eu.

— Não precisa falar disso — disse ele.

— Preciso — respondi. — Não seria certo não falar, porque estou te devendo uma.

— Você não gosta de dever favores às pessoas, não é? — perguntou ele.

Admiti que, pensando em todos os aspectos, eu preferia não ter dívida com ninguém.

— Seguinte: não precisei fazer nada a não ser falar com meu pai. E, pode acreditar, Anya, ser filho do meu pai gera uma porção de complicações e poucas facilidades. Ainda que se possa dizer que — ele fez uma pausa — meu pai me deve alguns favores, não foi por isso que ele te ajudou. Ele interferiu porque concordou comigo que sua situação era injusta.

— Mas...

— Mas você não me deve nada, Anya. Apesar de eu ter trabalhado feito um condenado no projeto de Ciência Forense II.

— Desculpa por isso.

Então, Scarlet chegou com o almoço. Jogou as bandejas na mesa.

– Argh! Lasanha de novo! – reclamou. – E não tem nem um Gable Arsley pra gente usar de alvo! – Eu e Win não rimos, mas cheguei a esboçar um sorriso. – Talvez ainda esteja meio cedo pra fazer piada com Gable Arsley.

No meu quarto, de noite, vi que Win tinha colocado uma laranja dentro da minha mochila. Coloquei a fruta em cima da minha mesa. Mesmo com casca, perfumou o quarto inteiro. Apesar de saber que provavelmente não era uma boa ideia, resolvi ligar para o Win. Disse para mim mesma que se Charles Delacroix atendesse eu desligaria. Por sorte, foi Win.

– Você deixou uma coisa na minha mochila – falei.

– É, estava mesmo me perguntando o que tinha acontecido com a laranja – disse ele. – Acho melhor você comer então.

– Ah, não. Não vou comer – falei. – Nunca vou comer. Eu amo o cheiro. Laranja me faz lembrar do Natal. Meu pai tinha um sócio que sempre mandava caixas de laranja do México no Natal. A gente nunca comia. – Eu estava jogando conversa fora, e isso, além de constrangedor, era caro. – Preciso desligar.

Win perguntou:

– Você quer saber o motivo verdadeiro de eu ter tentado te ajudar?

– Não tenho certeza.

– Provavelmente você já sabe, mas talvez precise ficar registrado – disse Win. – É porque eu gostaria de te conhecer melhor. Isso ia ser muito difícil se você continuasse presa no Liberty.

– Ah... – Senti que estava corando. – Eu realmente tenho que desligar. A gente se vê no colégio. – E desliguei o telefone.

* * *

De manhã, Jacks apareceu aqui para levar o Leo para o primeiro dia de trabalho. Meu irmão ainda estava se vestindo, então fui falar com meu primo na sala.

– Se acontecer alguma coisa com ele... – falei.

– Eu sei, priminha. Não precisa se preocupar com o Leo.

Perguntei a Jacks que tipo de coisa planejavam que o Leo fizesse.

– Faxina. Buscar o almoço dos caras. Nada demais – ele me assegurou. – Você impressionou bastante o velho, por falar nisso.

– Você está falando do tio Yuri?

– Ele disse que casaria com você. Se não fosse parente. E se fosse cinquenta anos mais novo. Etc. Etc.

– Esses *se* são fundamentais, Jacks.

– O que eu quis dizer é que ele ficou impressionado com você – disse Jacks. – Eu também.

Eu disse que tinha que ir para o colégio.

Cruzei o corredor. Bati na porta do meu irmão e ele disse para eu entrar.

– Annie, estou atrasado. Me ajuda a escolher uma gravata.

– Cadê as opções? – perguntei.

Leo levantou uma gravata rosa, depois uma roxa, florida.

– Talvez sem gravata? Acho que não vai ser esse tipo de trabalho.

Leo assentiu e colocou as gravatas na cama.

– Você pode ligar pro colégio e mandar me chamar se alguma coisa der errado. Eu vou te buscar – lembrei a ele.

– Não preciso de uma babá indo me buscar!

– Não fica com raiva de mim, Leo. Eu não quis dizer nada com isso. Só lembrar que, se alguém pedir pra você fazer alguma coisa que você não queira, não é obrigado a fazer. Existem outros empregos por aí.

– Estou atrasado! – Leo pegou sua pasta no chão. Ele me beijou na cabeça e no rosto. – Vejo você de noite. Te amo, Annie!

– Leo – chamei. – Um dos seus sapatos está desamarrado! – Ele não escutou. Pelo menos, não se virou. Resisti ao impulso de correr atrás dele.

Naquela noite, Leo trouxe flores (rosas amarelas) para vovó, e pizza para todo mundo. Quando passou pela porta, parecia mais alto do que de manhã, e percebi que os dois sapatos estavam amarrados também. Não consegui evitar de me perguntar se eu estava errada em relação ao emprego na Piscina.

– Como foi? – perguntei, depois que todo mundo estava sentado para jantar.

– Foi tudo bem – respondeu ele e, de um jeito nada característico do meu irmão, não disse mais nada.

Quinta-feira, Scarlet e eu fizemos teste para *Macbeth*. Os testes foram na sala do professor Beery. Entrava uma pessoa de cada vez. Tínhamos que dizer que personagem queríamos interpretar e depois líamos um trecho da peça.

Scarlet queria fazer lady Macbeth, é claro.

– A menos que o professor Beery queira fazer uma troca no sexo dos personagens, mas eu duvido. Eu faria uma ótima lady Macbeth, você não acha?

– Você deve dizer isso pra ele – sugeri. – Mas provavelmente vai ter que cortar o cabelo.

– Eu corto! – disse ela. – Pela Macbeth, eu corto!

Minha amiga entrou primeiro, e eu fui logo depois.

Li um trecho da lady Macduff. O papel não era grande. A maior cena era quando conversava com o filho, então era assassinada, duas ou três cenas depois. Era para ser muito triste. Ela gritava "Assassino", quando os assassinos apareciam, o que era engraçado e, ao mesmo tempo, satisfatório. Eu preferia ser uma bruxa, mas a Scarlet achava que lady Macduff era um papel melhor para mim. ("Com certeza, o figurino vai ser mais legal", insistiu.)

– Nada mal – disse o professor Beery quando terminei. – Mas fiquei desapontado por você não ler lady Macbeth também.

Dei de ombros.

– Tenho mais a ver com lady Macduff.

– Queria que você lesse só um pedacinho – insistiu ele.

– Preferia não ler – respondi.

– Só um trechinho, Anya. Não é deslealdade com a sua amiga se você tentar ler um pouquinho pra mim. Acho que sua história de vida pode elucidar alguns aspectos interessantes da personagem.

Balancei a cabeça.

– Não tenho a menor vontade de fazer lady Macbeth, professor Beery. E seu comentário "sua história de vida pode elucidar alguns aspectos interessantes da personagem" foi ofensivo. Imagino que esteja dizendo isso porque tive contato com assassinos. Mas, na verdade, estive em situações muito parecidas às vividas pela lady Macduff, não pela lady Macbeth. Eu não tenho nenhuma ambição, sr. Beery, exceto entrar para a faculdade. E, se você me oferecesse o papel da lady Macbeth, eu não aceitaria. Também não estou dizendo isso como algum tipo de psicologia reversa. A única razão de eu estar fazendo teste pra essa peça é fazer companhia pra minha amiga.

– A srta. Barber não tem o seu brilho, Anya. Ela não tem a sua chama! – alegou ele.

– Acho que o senhor está enganado em relação a Scarlet, professor. – Conheci gente como ele ao longo da vida. Gente querendo enfeitar a minha pessoa (para o bem ou para o mal), por causa do meu histórico familiar. De certa forma, sr. Beery não era muito diferente da sra. Cobrawick.

– Muito bem, srta. Balanchine – disse ele. A lista do elenco sairá amanhã.

Quando saí da sala, Scarlet estava me esperando no corredor.

– Você ficou lá dentro um tempão – disse ela.

– Fiquei? – eu disse.

– Como foi? – perguntou ela.

Dei de ombros.

– Tudo bem, eu acho.

No dia seguinte, a lista foi colocada na porta do teatro do colégio. Scarlet ficou com o papel de lady Macbeth, como queria. Mas não fiquei surpresa por não ter tido meu desejo respeitado; fui escalada para fazer Hécate.

– Repete quem vai fazer a Hécate? – pedi a Scarlet.

– Bruxa-mor – repetiu ela. – É um bom papel!

Não tinha feito teste para esse personagem, mas o resultado se encaixava bem para mim.

Ainda estávamos conferindo a escalação do elenco quando Win veio nos cumprimentar.

– Chefe das bruxas – falou ele para mim. – É a bruxa mais importante de todas.

– Assim eu soube – respondi.

– Vai ter que colocar as outras bruxas na linha – disse ele.

– Acho que vou gostar de fazer isso. – Estava acostumada a colocar bruxas (e coisas muito piores) na linha.

E foi essa a minha semana. Ninguém foi preso. Ninguém morreu. Eu era bruxa-mor. Se nenhum dos meus problemas tinha desaparecido ou melhorado, nada ficou mais difícil também. Considerando a situação, nada mal.

Sexta à noite era aniversário de dezesseis anos da Scarlet, então, pedi para o meu primo Fats emprestar o salão dos fundos do bar. Por conta dos meus problemas legais e do estado de saúde do Gable, decidimos convidar poucas pessoas – alguns amigos de teatro da Scarlet, Natty, e só. Eu não estava planejando servir chocolate nem café nem nada do gênero, mas ainda não tinha certeza se devia ou não convidar Win. Como não era uma festa surpresa, discuti o assunto com a Scarlet. (Na verdade, não acredito em festa surpresa. Não gosto de ser surpreendida e não sei se alguém gosta.) Voltando ao Win:

– Ele sabe o que a sua família faz, Annie – falou ela. – Não é nenhum segredo. Eu acho que ele tem que ser convidado, com certeza.

Eu não tinha contado a minha conversa com o pai dele para Scarlet. Na verdade, não tinha comentado com ninguém. Achei que era muito constrangedor.

— Você convida se quiser – disse eu.

Ela pensou no assunto, depois fez que não com a cabeça.

— Já dei muita bandeira pra esse garoto, muito obrigada. Você convida.

— Tudo bem – falei. – Você se incomoda se eu convidar o Leo também?

— Claro que não! Por que eu me incomodaria? Amo seu irmão.

De certa forma, isso era meio problemático. Era cada vez mais claro para mim que Leo era a fim da minha melhor amiga e eu não queria que ele acabasse com o coração partido. Scarlet dava mole para todo mundo, mas eu tinha medo de que Leo não entendesse isso.

— E o seu advogado? – perguntou ela.

— Dr. Kipling? Ele ainda está no hospital.

— Não, não estou falando do dr. Kipling! O jovem. Simon, é isso? – disse ela.

Disse a ela que ele não era tão jovem.

— Que idade?

— Vinte e sete – eu disse.

— Também não é velho. Só onze anos a mais que eu.

— Você está ficando pior que a Natty – eu disse.

Scarlet fez um biquinho.

— Mas eu não gosto de nenhum dos garotos da minha idade.

Balancei a cabeça.

— Você não tem jeito – falei.

— Quando gosto de um cara, ele não gosta de mim.

* * *

Natty e eu chegamos no bar do Fats mais cedo para arrumar o salão dos fundos. As mesas e cadeiras eram de ferro e um bar de madeira ocupava toda a extensão da parede dos fundos. Supostamente, só serviam vinho ali, mas o lugar estava impregnado do cheiro de grãos de café. Era difícil se livrar do cheiro de café, e era meu preferido. Meus pais adoravam. Antes de ser proibido, sempre tinha um bule no fogão da minha casa.

Fats se ofereceu para ajudar.

– E aí, menina? – perguntou enquanto ajeitava mesas e cadeiras.

Mostrei meu tornozelo tatuado.

– Agora sim, você é uma verdadeira Balanchine – comentou ele.

Suspirei.

– O Leo está trabalhando na Piscina.

– Ouvi dizer – disse Fats.

– Você teve alguma coisa a ver com isso, não teve? – perguntei. Leo não tinha me contado que Jacks e Fats foram os primeiros a apresentar a Piscina para ele?

Meu primo balançou a cabeça.

– Pirozhki pediu pra eu apresentar o Leo pra ele, então apresentei.

– Por que o Pirozhki queria conhecer meu irmão?

Fats deu de ombros.

– Acho que ele falou alguma coisa sobre conhecer melhor a família.

Era uma resposta bastante suspeita, como se Fats estivesse escondendo uma parte. Teria encostado meu primo na parede, mas Scarlet apareceu na hora. Estava de vestido de festa tomara-que-caia de tafetá vermelho e uma faixa com uma pena no cabelo. Natty veio atrás dela.

– Scarlet não está linda? – disse minha irmã.

– Incrível – respondi. Apesar de ser verdade que minha amiga estivesse linda, também parecia um tanto maluca.

– Trouxe uma coisa pra você também – disse Scarlet. – Sabia que não ia ter trocado de roupa. – Ela estava certa; eu ainda estava de uniforme de colégio. Scarlet tirou da bolsa um vestido cintilante preto de cintura baixa. Não era o tipo de roupa que eu usaria e lhe disse isso.

– Anda, vai. É meu aniversário. E quero que você brilhe – insistiu Scarlet.

– Tudo bem, se você quer que eu fique ridícula. Você chegou cedo, diga-se de passagem. – Scarlet tinha me dito que o plano era chegar quinze minutos atrasada para fazer uma entrada triunfal.

– Não quis que você fizesse tudo sozinha – falou ela. – Eu saio e volto pra fazer minha aparição.

A festa foi um sucesso. A roupa da minha amiga foi bastante elogiada. (A minha também.) Fiquei encarregada da música e cuidei para que todos estivessem sempre servidos de bebida e comida. Gostava de ter alguma coisa para fazer, e também não estava a fim de muita conversa.

No final da noite, Leo e Natty acompanharam Scarlet até em casa e eu fiquei para colocar as mesas e cadeiras de volta no lugar e para agradecer ao Fats.

– Espera – Win se prontificou. – Deixa eu te ajudar com isso. – Pegou a cadeira que eu estava carregando e empilhou junto com as outras. – Eu termino isso pra você.

– Achei que você já tinha ido embora – falei. Não estava exatamente animada com a possibilidade de estar ali sozinha com ele, mas se o garoto queria empilhar cadeiras, tudo bem.

Ele pegou o chapéu, que estava pendurado num gancho de parede.

– Esqueci meu chapéu – falou ele, colocando-o na cabeça.

– Às vezes, eu acho que você esquece seu chapéu nos lugares de propósito – resmunguei.

Ele empilhou a última cadeira.

– E por que você pensaria isso, Anya?

Não respondi. Ele veio até mim. Estendeu a mão. No centro da palma, vi um vidrilho do vestido que Scarlet tinha me emprestado.

– Você perdeu isso aqui – falou ele.

Eu ri, ligeiramente constrangida por deixar pedaços de mim para trás.

– Estou desmontando.

– Eu deixei meu chapéu aqui de propósito – admitiu. – É difícil ficar sozinho com você, e tem uma coisa que ando querendo te perguntar... – E ele me convidou para o Baile de Outono. – Eu sei, é meio infantil, mas eu tenho que ir. Sou o entretenimento. Eu e uns outros caras vamos tocar, então...

– Você e uns caras vão tocar? Quer dizer que você tem uma banda? – perguntei.

– Não. Ainda não é uma banda. Só uns caras tocando juntos, pra animar a festa de outono da Holy Trinity. Detesto quando as pessoas tocam juntas há, sei lá, dois minutos e já dizem *somos uma banda!* – Ele disse isso incrivelmente rápido e gesticulando muito. Acho que estava nervoso. Tirou o chapéu, como se quisesse ocupar as mãos. – Então, é isso, eu vou com certeza. Com ou sem você – disse ele. – Mas preferia com. – Sorriu para mim e seus olhos pareceram doces e tímidos. Se eu fosse outro tipo de garota, que tivesse outro tipo de vida, talvez desse um beijo nele naquele instante.

– Então, Anya? Qual é a sua resposta?

– Não – eu disse, firme.

– Tudo bem. – Win colocou o chapéu de volta na cabeça. – Só pra eu saber. O problema é com o baile ou sou eu?

– Isso importa? – perguntei.

– Claro, porque se você não gosta de mim, eu paro de te perturbar – respondeu. – Não sou do tipo que insiste quando não é desejado.

Considerei a questão. Se eu fosse ser muito honesta comigo, diria que não gostava da ideia do Win parar de me perturbar. Mas era a única solução possível.

– Não é você – menti. – Só acho que, com o Arsley no hospital e do jeito que a minha vida está complicada, eu não devia pensar em sair com ninguém por enquanto. Triagem, entende?

– Entendo, mas acho que é desculpa esfarrapada – disse ele, depois foi embora, com o chapéu na cabeça dessa vez.

Naquele momento, gostei ainda mais dele. Dava valor ao fato de que se alguma coisa parecesse desculpa esfarrapada, ele dissesse isso.

Permiti me sentir feliz e com pena de mim mesma, mas só por um segundo. Meu pai sempre dizia que a emoção humana mais inútil é a autopiedade.

* * *

Na segunda-feira, Win foi cordial comigo na aula de Ciência Forense II, mas não se sentou conosco na hora do almoço. Em vez disso, ficou com os caras que eram, não tecnicamente, sua banda. Scarlet me perguntou se tinha acontecido alguma coisa entre nós e eu contei.

— Qual é o seu problema? — perguntou Scarlet. Ela parecia surpreendentemente irritada.

— Nada — respondi. — Talvez não seja boa ideia ter um namorado agora. Gable ainda está no hospital, entende.

— E o que é que o Gable tem a ver com isso? Você paquera descaradamente o Win desde que as aulas começaram!

— Não é verdade!

Scarlet revirou os olhos.

— Devo acrescentar que eu, com razão e generosidade, parei de dar mole pra ele porque achei que minha melhor amiga estava apaixonada.

— O momento não é bom, Scarlet.

Ela balançou a cabeça.

— Não te entendo, sabia? — Concentrou-se na lasanha (de novo!) e eu fiz a mesma coisa.

— De qualquer maneira, o que é que tem de tão maravilhoso em ser um casal? — perguntei. — Arruma um namorado, se você acha isso tão importante.

— Que maldade — disse ela. Scarlet balançou a cabeça para mim e, imediatamente, me arrependi da segunda parte do meu comentário. Apesar de Scarlet ser bonita e leal, era considerada um pouco esquisita e, por conta disso, raramente era convidada para sair. Minha avó, quando ainda era ela mesma, dizia que Scarlet era do tipo que seria muito mais apreciada quando fosse mais velha.

– Desculpa – eu disse. – Me desculpe, Scarlet. Eu não quis dizer isso.

Ela não respondeu. Pegou a bandeja e me deixou sozinha.

Durante todo o ensaio daquela tarde, Scarlet não falou comigo e não me esperou na saída também. Detestava o fato de ter ferido os sentimentos dela, então, passei em sua casa quando estava voltando para a minha, para me desculpar novamente. Ela morava na cobertura de um prédio de seis andares, sem elevador. Era uma escalada, por isso ela ficava tanto lá em casa.

– Desculpas aceitas – disse ela. – Cheguei à conclusão de que provavelmente exagerei na reação assim que cheguei ao corredor, mas aí já tinha ido embora e fiquei com vergonha de voltar. Só para completar: não é todo mundo que deve virar casal! Mas é óbvio que você gosta do Win e é óbvio que ele gosta de você. É simples, devia ser.

Olhei para ela.

– Nada é simples.

– Então, me explica – disse ela. – Por favor.

– Tudo bem – eu disse. – Mas você tem que prometer que nunca vai contar isso pra ninguém. Nem pra Natty. E principalmente pro Win. – Ela prometeu e eu contei o que Charles Delacroix tinha me dito sobre o filho namorar alguém como eu.

– Isso é horrível – falou.

– Eu sei.

– É horrível – continuou ela. – Mas, na verdade, não vejo qual é a importância.

— É a família dele — falei. — E família importa mais do que qualquer outra coisa.

— É, mas é a família do Win, então se ele quiser irritar o pai, isso deve ser uma escolha dele, não acha? — perguntou ela.

— Talvez — respondi. — Mas se você pensar bem, eu não vou casar com o Win, nem estou apaixonada por ele, então, pra quê? Existem bilhões de pessoas no mundo, pra que escolher um cara que tem um pai poderoso e absolutamente contra mim?

Scarlet pensou na minha pergunta.

— Porque pode ser bom. E talvez faça você feliz. Então, qual o problema, se provavelmente nem vai durar? — Scarlet me deu um beijo no rosto.

Como já mencionei umas cem páginas atrás, a Scarlet era uma romântica. Meu pai dizia que chamar alguém de romântico era como arrumar outra maneira de dizer que a pessoa agia sem pensar nas consequências.

— Scarlet, eu não posso — falei. — Eu queria poder, mas não posso. Tenho que pensar na Natty, na minha avó e no Leo. Imagina se Charles Delacroix resolvesse me retaliar?

— Retaliar! Que coisa mais ridícula e paranoica!

— Talvez seja, talvez não. O pai do Win me pareceu... tudo bem, acho que dá pra usar a palavra ambicioso. Não seria impossível que ele pedisse às autoridades da minha família pra me tirar de cena.

— Você parece louca, Annie — disse Scarlet. — Não tem a menor possibilidade de acontecer uma coisa dessas.

— Escuta, vou descrever um cenário que eu imaginei. Charles Delacroix sabe que eu e Natty não temos um guardião legal de verdade. A vovó não anda nada bem. Ela realmente enlouqueceu, Scar. Leo é... Leo é o que é. E se sr. Delacroix chamar o Serviço de Proteção à Criança? E se eu acabar voltando pro Liberty ou for mandada pra outro lugar, tipo, pra sempre? A Natty também pode ir parar num lugar desses! Meu ponto é: Win não vale isso tudo.

Os olhos da minha amiga se encheram de lágrimas.

– Por que você está chorando?

Ela fez um aceno de mão na frente do rosto, de um jeito que me pareceu quase cômico.

– O jeito que o garoto olha pra você! E ele nem faz ideia dos seus motivos... queria poder contar pra ele.

– Scarlet, não começa a inventar confusão.

– Eu jamais trairia sua confiança. Nunca! – Ela assoou o nariz na manga. – É tão trágico.

– Não é trágico – garanti. – Não é nada. Tragédia é quando alguém acaba morto. O resto são as pedras do caminho. – Que fique registrado, meu pai costumava dizer isso, mas tenho certeza de que Shakespeare concordaria com ele.

XII. amoleço; interpreto uma bruxa adequada

Apesar de não termos par, eu e Scarlet queríamos ir ao Baile de Outono, e fomos. Eu teria preferido não ir, mas, como diria meu pai, esse era o preço da amizade.

O tema do baile era "Grandes Romances" ou qualquer coisa idiota do tipo. Imagens de casais do passado supostamente grandes eram projetadas nas paredes do ginásio. Romeu e Julieta, Antonio e Cleópatra, Bonnie e Clyde etc. Acho que nenhum deles teve final feliz, mas suspeito que essa ironia tenha escapado às mentes dos organizadores do evento.

Não fiquei surpresa ao descobrir que Win estava com Alison Wheeler. Apesar de não ser amiga dela, não éramos inimigas e já tínhamos estudado juntas por um ano. Ela era bonita, quase linda, tinha o corpo esguio, cabelos compridos e ruivos, e parecia saída de um conto de fadas. Isso demonstrava que ele tinha bom gosto, e fiquei feliz por ver que tinha me esquecido tão rapidamente. Ninguém mais me convidou para ir ao baile, falando nisso. Imagino que temessem, justificadamente, terminar como Gable Arsley.

Lá pelo meio da festa, a banda do Win começou a tocar. (Só tocavam durante os intervalos do DJ.) Perguntei se Scarlet não queria ir embora.

— Não, isso seria indelicado — disse ela. — Ele ainda é nosso amigo, então vamos escutar pelo menos uma música, depois a gente vai embora.

Começaram com o *cover* de uma música realmente antiga, "You Really Got a Hold On Me". Win cantava com uma voz profunda, rouca, e também tocava muito bem violão.

— Ele é bom — disse Scarlet.

— É — respondi.

— Você quer ir agora? — perguntou ela. — Acenei pro palco, ele já sabe que a gente ficou.

Balancei a cabeça.

A "banda" sem nome tocou algumas músicas próprias e gostei mais delas do que do *cover*. As letras eram inteligentes, tocantes e sutis. Win era talentoso. Disso eu não tinha a menor dúvida.

Descobri que desejava muito ter ido embora. Teria sido mais fácil não saber que Win era tão talentoso.

Eles tocaram a quinta e última música. Era uma balada, mas não muito melosa. Talvez Win tenha olhado para mim, mas ele fez contato visual com todo mundo. Parecia completamente confortável no palco.

A banda agradeceu, e o DJ voltou para tocar mais algumas músicas. Fiquei feliz por ter acabado. Estava com calor e enjoada. Precisava sair pra respirar ar fresco.

– Vamos nessa – disse para Scarlet.

Foi então que um dos meninos da peça chamou Scarlet para dançar. Eu não quis ser chata, então falei para ela ir.

Scarlet foi para a pista e dançou com habilidade consideravelmente maior que o parceiro. Fiquei feliz que a festa não estivesse totalmente perdida para ela. Espiei Win dançando com Alison Wheeler, logo atrás. Ela estava com um vestido branco na altura do joelho que combinava com a cor da pele e do cabelo. Estava elegante e parecia madura. Win tinha tirado a gravata, dobrado as mangas da camisa e acho que devia estar com certo calor por causa da apresentação, porque o cabelo curto estava suado na altura das orelhas de um jeito que eu nunca tinha visto antes. Não sei por quê, mas achei isso ridiculamente irresistível e doce.

Como estava à beira de um ataque inútil de autopiedade, resolvi ir até o buffet para pegar um ponche.

Começou a tocar outra música, lenta, e senti uma mão tocando no meu ombro.

– Srta. Balanchine – disse Win.

Virei. Os olhos dele estavam brilhando e quase envergonhados.

Por alguma razão, o fato de ter ouvido suas músicas fez com que me sentisse estranha perto dele.

– Estou feliz que esteja aqui. Eu realmente gostei... você toca bem. – Não era o mais eloquente dos meus momentos, para dizer o mínimo.

– Dança comigo – pediu ele. – Eu sei que devo estar fazendo papel de bobo. Você provavelmente está pensando: "quantas vezes eu tenho que rejeitar esse cara? Será que ele não se toca?

Balancei a cabeça.

– Mas eu não me importo. Olho pra você de vestido vermelho, parada na mesa de bebidas, e uma parte de mim fica com vontade de continuar tentando. Penso: ela é uma pessoa que vale a pena conhecer.

– Você veio com outra pessoa – lembrei.

– Alison? Alison é minha amiga – disse ele. – Meus pais conhecem os pais dela há anos. Estou fazendo um favor pra ela. O pai não gosta do namorado, eu ajudo a despistar.

– Não foi isso que me pareceu – falei.

– Para, vai. Dança comigo. Só falta meia música. Que mal pode fazer?

– Não – respondi e, como não queria que ele ficasse com raiva de mim, acrescentei: – Eu queria poder, mas não posso.

Saí do ginásio e cruzei o corredor para pegar meu casaco. Scarlet ia ter que ir para casa sem mim. Win me seguiu.

– O que isso quer dizer? – perguntou. – Eu não consigo entender você.

Por alguma razão, eu não conseguia enfiar meu braço esquerdo na manga.

– Espera – disse ele. – Eu te ajudo. – Ele se inclinou sobre o meu corpo e guiou meu braço.

– Eu não quero a sua ajuda – disse eu, mas era tarde demais. Senti que estava saindo do meu corpo. Sabia que nada de bom resultaria disso, mas fiquei na ponta dos pés e dei um beijo nele. Na boca.

Seus lábios eram doces e salgados. Win levou um tempo para corresponder. Mas, meu Deus, quando correspondeu...

– Desculpa – falei. – Eu não devia ter feito isso.

– Que coisa horrível de se dizer – disse Win.

Saí correndo pela porta da frente e fui parar do lado de fora, no ar frio da noite de novembro.

O estranho foi que eu queria ter saído correndo sozinha, mas agarrei a mão do Win.

Acabamos indo parar no meu apartamento.

Nós nos beijamos um tempo na sala e, sendo honesta (Deus me perdoe!) comigo mesma, não me importaria de ter ido adiante. Mas não era esse tipo de garota e, graças a Deus, Win também não era esse tipo de cara.

Ficamos acordados a noite inteira conversando sobre nada específico.

Quando o sol nasceu, e sabendo que gostava dele do jeito que gostava, me dei conta de que teria que tocar num assunto bastante específico, ou seja, o pai dele.

– Eu gosto de você – falei.

– Que bom – respondeu ele.

– Quero te contar uma história – disse eu.

Ele disse que gostava de histórias e respondi que talvez não gostasse da minha. E contei sobre o dia em que conheci o pai dele.

Os olhos do Win se estreitaram e pareceram mudar de cor, de um azul claro cor do céu para um entardecer logo antes de um furacão.

– Eu não dou a mínima para o que ele pensa ou diz, Anya.

Mas eu duvidava que isso fosse verdade.

– Eu me importo com o que ele pensa – falei. – Eu preciso. – Expliquei que não queria nenhuma confusão para minha família. Diferentemente da Scarlet, Win não disse que eu estava sendo ridícula por pensar que isso seria possível. – Então é por isso que a gente não pode ficar junto.

Win considerou o que eu disse.

– Eu sinto muito que ele tenha dito isso pra você, mas meu pai que se dane. Sério, dane-se o meu pai – ele falou. – O que eu faço não é da conta de ninguém.

– Mas é, Win, eu entendo o argumento dele.

Win me beijou e, pelo menos por um momento, parei de enxergar o argumento de Charles Delacroix.

Eram sete e meia da manhã. Ainda de pijama, Natty apareceu na sala.

– Como foi a festa, Annie? – Depois, viu Win. – Ah!

– Oi – disse ele.

– Ele já estava indo embora – falei.

Win se levantou e eu o empurrei em direção à porta.

– Vamos falar com meu pai agora – disse ele, num tom que não consegui identificar se era sério ou brincadeira.

– E vamos falar o que pra ele?

– Que nosso amor é grande demais pra ser suprimido!

– Eu ainda não te amo, Win – falei para ele.

– Ah, mas vai amar.

– Tenho uma ideia melhor. A gente mantém segredo até saber se é sério. Pra que disparar alarmes se a gente nem sabe se vai continuar gostando um do outro tanto assim?

– Humpf – disse ele. – Acho que você deve ser a garota menos romântica que eu conheço.

– Vou aceitar isso como um elogio. – Ri. – Só estou sendo prática.

– Tudo bem – disse ele. – Vamos ser práticos.

O elevador chegou, ele foi embora e, com certeza, me senti a pessoa menos prática do mundo.

Dentro do apartamento, Natty estava me esperando.

– O que foi que aconteceu? – perguntou ela.

– Nada – respondi.

– Com certeza aconteceu alguma coisa – disse minha irmãzinha.

– Você está imaginando coisas – falei. – O que você quer de café da manhã?

– Ovos – disse ela. – E uma história de amor, se você tiver uma pra contar, Annie. Bem melosa, romântica, com toneladas de beijos e coisas do gênero.

Ignorei-a.

– Ovos.

– Você contou pra Scarlet? – perguntou Natty.

– Não, porque não tenho coisa alguma pra contar – respondi.

– Com certeza aconteceu alguma coisa – repetiu ela.

– Você já disse isso. – Quebrei dois ovos e joguei na frigideira. Natty continuou me olhando, cheia de expectativa. Os olhos úmidos e brilhantes como os de um cachorro, e alguma coisa naquela ansiedade doce me deu vontade de rir e confessar. A vida também não era fácil para Natty – tudo que tinha acontecido comigo também tinha acontecido com ela. Era bonito ver como ela ainda continuava inocente e generosa, o quanto se importava se a irmã estava tendo um romance. – Eu gosto dele, tudo bem?

– Você está *apaixonada* por ele!

Mexi os ovos na frigideira.

— E você tem que prometer que não vai falar pra ninguém. Nem pra vovó nem pro Leo nem pra Scarlet, ninguém!

— Eu gostei dele de cara — disse Natty, feliz. — Como é beijá-lo?

— Como é que você sabe que teve beijo?

— Eu sei — disse Natty. — Você estava toda corada e... e teve beijo. Você tem que me contar. Ele tem uma boca tão linda.

Eu ri.

— Foi bom, ok?

— Essa resposta não foi muito descritiva — minha irmã se queixou.

— Mas é só o que você vai conseguir. — Coloquei os ovos na mesa e reparei que ela tinha um hematoma no braço. — O que foi isso?

— Ah — disse ela. — Sei lá. Provavelmente eu me debati dormindo.

— Dói?

Natty deu de ombros.

— Tive um pesadelo, nada demais. Nem precisei te acordar. Talvez eu tenha batido o braço na parede, não sei. Quando você vai ver o Win de novo?

— Talvez nunca. Talvez ele nem me ligue. Os garotos às vezes se comportam como se gostassem de você, e depois nunca mais telefonam, Natty.

Nesse momento, o telefone tocou. Era Win.

— Você chegou rápido em casa — falei.

— Eu vim correndo — disse ele. — Quis te ligar antes que você mudasse de ideia. Posso te ver hoje à noite?

Parte de mim achou que não seria bom encontrar Win tão cedo, mas essa parte de mim ficou, curiosamente, muda.

– Pode – respondi. – Passa aqui.

– Quero te levar num lugar – disse ele.

– Onde? – perguntei.

– É surpresa.

Eu disse que ainda achava que seria uma boa ideia se mantivéssemos nosso relacionamento em segredo.

– Eu sei e concordo – disse ele. – Mas você não precisa se preocupar. Ninguém vai saber sobre nós aonde eu vou te levar.

Fomos de metrô até a última parada do Brooklin, que era Coney Island. Quando saltamos, demos de cara com uma passarela e um amontoado de montanhas russas de parques de diversão abandonados que pareciam teias de aranha coloridas.

– Eu conheço este lugar! – falei. Meus pais tinham levado a mim e ao Leo ali no verão anterior ao fechamento do parque. (Alguma coisa relativa a um surto infeccioso. Ou talvez tenha sido uma questão de disputa de poder. Eu era muito pequena para lembrar.) – Nada mais funciona.

– Não exatamente – disse ele, e pegou minha mão. Cruzamos a passarela. Ouvi vozes a distância e vi que uma roda gigante pequena, de criança, estava iluminada.

– Alguém informou à promotoria na semana passada que isso estava acontecendo – disse Win. – Essas pessoas construíram um gerador ilegal que tem energia suficiente pra fazer funcionar uma dessas a cada sábado. Meu pai não liga. A cidade tem problemas maiores. Você já ouviu o discurso dele.

– Já. Infelizmente. Mas acho que ele me pareceu querer fazer a diferença.

– A única coisa que ele quer é autopromoção.

O operador do brinquedo nos cumprimentou.

– Eu só preciso avisar que essa roda gigante não foi inspecionada e vocês podem, desculpem a falta de palavra melhor, morrer.

Win me olhou. Dei de ombros.

– Desde que saibam – reforçou o operador.

– Não é um jeito ruim de morrer – disse Win, e eu concordei.

Ele deu o dinheiro ao operador e subimos na roda gigante. Nunca tinha andado em uma antes. Nós nos sentamos lado a lado, apesar de ser bastante apertado, já que o brinquedo era para crianças e, mesmo eu sendo razoavelmente pequena, meu traseiro era considerável. Eu estava consciente de meu traseiro apertando o dele, mas ele passou o braço em volta do meu ombro, fazendo com que o espaço aumentasse um pouco, e parei de pensar nisso.

Foi tranquilo na roda gigante. Demorou uma eternidade para começar a girar, porque o operador esperou o brinquedo carregar. O ar de novembro era frio e eu senti cheiro de alguma coisa queimando a distância. Win tinha passado loção pós-barba de menta, mas não era forte o suficiente para encobrir o cheiro de fumaça.

Eu não estava muito a fim de bater papo e parece que Win entendeu.

Em algum momento, a roda gigante chegou ao topo. Dava para ver água, escuridão, terra e, depois, a silhueta de Manhattan, lugar onde eu tinha passado toda a minha triste vida. Quis poder ficar ali em cima para sempre. Tudo de terrível tinha acontecido lá embaixo. Ali em cima era seguro.

– Queria poder ficar aqui pra sempre – disse Win.

Eu me inclinei e o beijei. A cesta de metal em que estávamos começou a balançar e a ranger.

A única pessoa para quem contei foi Natty. Não disse nada nem mesmo para Scarlet. Minha amiga andava muito ocupada sendo lady Macbeth. (Hécate acabou se comprovando um papel muito menos exigente.) Se ela notou que Win voltou a almoçar em nossa companhia, não fez nenhum comentário. Além da peça, Scarlet andava ocupada com seu próprio romance – com Garret Liu, que fazia Macduff.

No colégio, Win e eu nos esforçávamos para nunca sermos vistos sozinhos. Scarlet quase sempre estava conosco e eu nunca ficava esperando por ele nos corredores nem em lugar nenhum.

Eu e Win ainda éramos parceiros em Ciência Forense II, e esse era o momento mais torturante do meu dia. Eu queria pegar na mão dele debaixo da mesa, mandar bilhetes, mas nunca fazia nada disso. Sabia que nosso relacionamento não poderia continuar se nossos colegas vissem e começassem a falar no assunto. Uma vez que isso acontecesse, certamente chegaria aos ouvidos do pai do Win, e não acho que nosso caso amoroso de adolescência sobreviveria.

Então, era tortura.

Mesmo assim, durante o tempo que durou, o segredo era excitante e tinha seu charme.

No dia antes da noite de estreia de *Macbeth*, Scarlet teve que dobrar os ensaios, então eu e Win fomos abandonados na mesa de almoço, sozinhos. Teria sido estranho se não comêssemos juntos, já que todo mundo sabia onde costumávamos sentar. Mesmo assim, sugeri que ele ficasse com os meninos da banda, mas ele achou que seria melhor se mantivéssemos nossa rotina de sempre.

Aquele almoço pareceu durar para sempre. Estar com ele sem estar com ele era desagradável. Era como estar sozinha, sem estar sozinha. Falamos sobre a peça, a banda, o tempo, sobre nossos planos de férias e outros assuntos seguros, como se tivéssemos medo de discutir alguma coisa mais interessante e isso revelar mais do que queríamos que fosse revelado. As mesas de madeira eram estreitas e, num certo momento, o joelho dele encostou no meu. Balancei de leve a cabeça e apertei os olhos. Naquele instante, Chai Pinter, na nossa sala de Ciência Forense II sentou do lado do Win.

– Oi, Win – disse ela. – Annie. – Ela começou a falar sem parar sobre o show que ela e as amigas iam assistir nas férias. Eu mal prestei atenção, porque ela não parava de tocar no Win. Não parava. Uma hora, ela pegou na mão dele. Dois segundos depois, no ombro. Daqui a pouco, no cabelo atrás da orelha. Eu me segurei para não voar em cima dela e estrangular a garota com minhas próprias mãos. Respirei fundo e me obriguei a me controlar.

– E você? Vai pra onde? – perguntou ela. – Porque eu tenho um ingresso sobrando. É um grupo grande, não é bem um encontro... a não ser que você queira.

O que estava acontecendo ali? Eu estava sendo obrigada a ver alguém convidando meu namorado, apesar de ser um namorado secreto, para sair? Na minha frente? Eu me perguntei se não estávamos fazendo um trabalho bom demais para encobrir nosso namoro. De novo tive o impulso de voar em cima da mesa, só que dessa vez queria agarrá-lo. Queria beijá-lo na boca na frente de todo mundo e deixar claro que ele era meu, meu, meu.

– Não, desculpa – ele estava dizendo. – É realmente um convite incrível, mas minha namorada não ia gostar disso.

– Ah – Chai disse –, você está falando da Alison Wheeler? Ela disse que vocês eram só amigos.

– Não. Do meu antigo colégio. É um namoro a distância. – Ele mentiu com tanta facilidade que me perguntei se não tinha, de fato, uma namorada do antigo colégio. O sinal tocou e ele se levantou para ir embora. – A gente se vê, Chai. – Ele acenou com a cabeça para mim. – Annie.

– Namorada a distância, é? – falou Chai. – Essas nunca duram.

– Não sei – murmurei. – Peguei meus livros e saí do refeitório. Cruzei o corredor às pressas e me dirigi à sala do sexto tempo do Win, que tinha mudado para Inglês. Sabia que podia me atrasar para minha aula, porque era o professor Beery e ele estava no teatro, terminando os ensaios da peça.

– Desculpa – falei. – Posso dar uma palavrinha com você?

Ele fez que sim com a cabeça, eu segurei a mão dele, levei-o até o depósito que ficava ao lado do teatro do colégio e dei um beijo nele. "Beijo" parece mais inofensivo do que o que aconteceu. Pressionei meu corpo contra o dele e enfiei a língua dentro de sua boca o mais fundo que pude, e então o abracei.

– Estou cansada desse segredo – disse eu.

– Eu sei – concordou ele. – Mas foi você quem disse que tinha que ser assim.

Quando saímos, os corredores estavam vazios. As aulas já tinham começado.

A porta do teatro se abriu na nossa frente e Scarlet apareceu.

– E aí? – disse ela. – De onde vocês saíram? – Ela parecia um pouco distraída, provavelmente por conta da noite de estreia.

– A gente estava ali dentro – respondeu Win, apontando para o depósito. O corredor não tinha saída, realmente não existia a possibilidade de estarmos vindo de outro lugar.

– Por que vocês estavam lá dentro? – perguntou ela. Não parecia suspeitar de nada, só curiosa.

– Porque Annie queria passar as falas dela e era o único lugar onde a gente poderia ficar sozinho – mentiu Win. Uau, pensei, ele é bom nisso. Mas dava para imaginar várias situações em que Win teria que mentir para um pai como Charles Delacroix.

– Por que você não me disse que estava com dificuldade de decorar suas falas? Eu teria te ajudado – insistiu Scarlet.

– Você está ocupada com o papel principal. Eu sou só uma bruxa. Não queria te atrapalhar. – Eu era péssima mentindo.

– Chefe das bruxas – disse ela. – Estou tão orgulhosa de você, Annie. Vou explodir de orgulho! – E ela estava orgulhosa de mim, dava para ver, e, sei lá por que razão, isso quase me deu vontade de chorar. Porque, apesar das circunstâncias da minha vida, nunca tive falta de amor. Minha irmã me amava. Meu irmão me amava. Minha avó me amava. Até mesmo me parecia que esse menino, Goodwin Delacroix, me amava. Mas orgulho de mim? Estava desacostumada a ter alguém orgulhoso de mim. A maioria das pessoas que poderia se orgulhar de mim estava morta havia muito tempo.

Acho que devo uma palavra ou duas sobre a peça. Era um espetáculo de colégio, talvez um pouco melhor, porque o professor Beery perdeu tempo e esforço significativos para que não fôssemos péssimos atores, e porque a escola era, como já mencionei, bem custeada. Scarlet era a melhor. (Provavelmente você adivinhou que eu diria essas palavras, mas isso não invalida a verdade.) Meu personagem? A melhor coisa que posso dizer é que fui a única bruxa que não precisou de peruca. Meu cabelo cacheado e escuro já era bastante apropriado e, pensando bem, não sei se não foi a única razão para eu ter ganhado o papel de Hécate.

XIII. cumpro uma obrigação (ignoro outras); poso para foto

No feriado do Natal, Win e eu pegamos o trem para visitar Gable Arsley no centro de reabilitação em Albany. Eu tinha dito para Win que poderia ir sozinha, pois seria estranho que meu novo e secreto namorado fosse comigo visitar meu ex-namorado muito ferido. Win argumentou que conhecia melhor que eu a região, e acabei aceitando. Tudo bem. A viagem era longa e, de qualquer forma, o rio Hudson, turvo e raso, não era uma paisagem muito animadora.

Na véspera do Natal, Gable tinha me mandado uma mensagem me pedindo para visitá-lo. Acho que o Natal fez com que ele entrasse em estado contemplativo ou talvez estivesse se sentindo só. No bilhete, dizia que tinha tido bastante tempo para pensar desde que adoecera e que sabia ter se comportado mal comigo. Os médicos achavam que logo estaria bem para voltar à escola, e ele queria ter certeza de que estava tudo bem entre nós antes que isso acontecesse.

Já tinha ido ao centro de reabilitação Sweet Lake antes, porque o Leo tinha passado um breve período lá depois de ter se machucado. Era um lugar legal, tão bom quanto um lugar desses pode ser considerado um lugar legal. Visitei um bocado de hospitais e centros de reabilitação na vida, e a coisa que mais me aterroriza neles não é o que se vê lá dentro, mas o odor. O cheiro de detergentes químicos, doce e terrível, encobrindo as doenças, as fraquezas e a morte. Ironicamente, não existe nenhum lago em Sweet Lake, só uma enorme cavidade de terra, onde talvez tenha existido um lago ou uma lagoa.

– Quer que eu entre com você? – perguntou Win quando chegamos à recepção. Estávamos longe de casa, então achávamos que podíamos ficar de mãos dadas, mas agora eu não queria, pois os pais, irmãos ou amigos de Gable podiam estar por perto.

Balancei a cabeça.

– Não – respondi. – Vou ficar bem.

– Acho que eu devia entrar com você. Esse não é o cara que tentou te forçar a transar com ele?

Dei de ombros.

– Honestamente, Win, não sei mais quem ele é, mas minha intuição me diz que sua presença no quarto vai deixar o Gable – busquei a palavra certa – irritado. Além do mais, sou forte. Cuido de mim há anos.

– Eu sei que você é forte. É uma das coisas que mais gosto em você. Só queria facilitar a sua vida de vez em quando.

– Você facilita – eu disse, depois dei um beijinho no nariz dele. Queria parar por ali, mas acabei dando outro, na boca.

Win assentiu com a cabeça.

– Tudo bem, durona. Vou ficar te esperando aqui. Se demorar mais de meia hora, vou atrás de você.

Dei meu nome para a recepcionista, e ela me informou o número do quarto do Gable, 67, e me indicou um corredor.

Bati na porta.

– Quem é? – Ouvi Gable perguntar.

– Anya – disse eu.

– Entra! – A voz dele estava estranha, de um jeito que eu não sabia definir exatamente.

Abri a porta.

Gable estava sentado numa cadeira de rodas de frente para a janela. Ele virou-se e vi seu rosto. A pele estava marcada em alguns pontos e em carne viva em outros, e tinha um pedaço estranho de pele costurado da bochecha esquerda até o canto da boca – era esse enxerto que dificultava a fala. Havia alguns dedos enfaixados. E o corpo parecia extremamente frágil e magro. Perguntei-me por que estava numa cadeira de rodas, então meus olhos se voltaram para as pernas, depois os joelhos, depois o pé. Sim, o pé – só havia um. O direito tinha sido amputado.

Gable me observou olhar para ele. Os olhos azul-acinzentados ainda eram os mesmos.

– Está com nojo de mim? – perguntou ele.

– Não – respondi honestamente. As circunstâncias da minha vida não me permitiam o luxo de ser fresca em relação a ferimentos.

Gable riu – um som metálico e uniforme.

– Então você é mentirosa.

Lembrei-lhe de que já tinha visto coisas piores na vida.

– Claro, claro que você já viu – disse Gable. – A verdade é que eu estou com nojo de mim mesmo, Annie. O que você me diz quanto a isso?

– Entendo que você se sinta assim. Sempre ligou demais para as aparências. Feito naquele dia, no colégio... Eu sei que você odiou aquele molho de tomate na sua roupa mais do que tudo na vida – fiz uma pausa para olhar para o Gable, e ele fez que sim com a cabeça, além de sorrir estranhamente diante da lembrança –, mas agora... Não se pode negar que você mudou muito, mas acho que não tanto quanto imagina.

A risada de Gable pareceu um berro.

– Todo mundo diz que eu não devo falar essas coisas, você não. É por isso que eu te amo, Annie.

Não senti necessidade de responder. Ele ainda era um mentiroso.

– Por muito tempo, desejei ter morrido – disse Gable. – Mas não desejo mais.

– Que bom – respondi.

– Chega mais perto – insistiu ele. – Senta na cama.

Durante a conversa, tinha permanecido à porta. Mesmo estando confinado a uma cadeira de rodas, eu ainda era cautelosa com ele. Coisas ruins aconteciam quando nós dois estávamos sozinhos.

– Não vou morder – falou ele, quase em tom de desafio.

– Tudo bem. – Como não existia nenhuma cadeira disponível, fui até a cama e me sentei.

– Você sabe por que perdi o pé? Septicemia. Nunca tinha ouvido falar nisso. É quando o corpo começa a parar de funcionar e atacar a si mesmo. Também perdi a ponta de três dedos. – Ele fez um gesto com a mão lesionada. – Mas dizem que tenho sorte. Vou voltar a andar e até a digitar. Não pareço um cara sortudo?

– Parece, sim. – Pensei em Leo, na minha mãe, no meu pai. – Você parece alguém que sobreviveu a uma coisa terrível.

– Não quero parecer isso – respondeu Gable. – Detesto sobreviventes. – Ele pronunciou a palavra *sobreviventes* de forma explosiva.

– Meu pai dizia que a única coisa que uma pessoa precisa na vida é ser sobrevivente.

– Ah, me poupe das pérolas de sabedoria do criminoso! Você acha que eu tenho alguma vontade de ouvir qualquer coisa que seu pai tenha dito? – perguntou Gable. – O tempo todo que fiquei com você era meu pai isso, meu pai aquilo. Seu pai já morreu há mil anos. Hora de crescer, Anya.

– Vou nessa – falei.

– Não! Espera! Não vai embora, Annie! Sou péssima companhia, desculpa. – A voz dele estava esganiçada e infantil. Acho que fiquei com pena.

– A questão é: você continua bonito – falei. E era verdade. A pele ia ficar boa. Ele ia aprender a andar de novo e seria o mesmo terrível Gable, quem sabe um pouquinho mais gentil e compreensivo do que a versão anterior.

– Você acha?

– Acho – garanti.

– Você é uma mentirosa de marca maior! – Gable se irritou. Ele moveu a cadeira de rodas para perto da janela. – Penso em você todos os dias, Annie – disse ele baixinho. – Esperei todos os dias que você aparecesse por conta própria, mas isso nunca aconteceu. Achei que você viria, considerando seu papel no meu destino, mas você não veio.

– Desculpa, Gable – disse eu. – A gente não estava exatamente no melhor dos momentos quando isso tudo aconteceu, mas eu queria vir. Não sei se você soube, mas fui mandada para o Liberty. E depois fiquei um tempo doente. Aí, perdi a noção do tempo, eu acho. Devia ter vindo antes.

– Devia. Podia. Teria. Não veio.

– Desculpa mesmo.

Gable não disse nada. Ainda estava de frente para a janela. Depois de vários segundos de silêncio, percebi que ele fungava.

Eu me aproximei dele. Havia lágrimas escorrendo pelo seu rosto destruído.

– Eu te tratei tão mal – lamentou ele. – Falei coisas terríveis de você. E tentei fazer...

– Esqueci tudo – menti. Jamais esqueceria o que Gable tinha quase feito, mas ele já tinha sido punido o bastante.

– E você me amava! O jeito que você me olhava. Nunca mais alguém vai olhar para mim daquela maneira.

Eu não tinha amado o Gable, mas parecia cruel e sem sentido mencionar isso agora.

– E você era minha única amiga de verdade. Nenhum dos outros significa nada para mim. Morro de vergonha – disse ele. – Você vai me perdoar algum dia, Annie?

Ele estava sendo realmente patético. Resolvi que poderia perdoá-lo, e então lhe disse isso.

– Vou precisar de amigos quando voltar para o Trinity. Podemos ser amigos?

– Claro.

Ele estendeu a mão "boa" e eu a peguei. Gable me puxou para perto dele, e o movimento foi tão inesperado que eu tropecei e caí em cima dele. Foi então que ele me beijou na boca.

– Gable, não! – Eu me levantei e afastei a cadeira de rodas com tanta força que ela acabou batendo na janela.

– O que foi? – perguntou ele. – Achei que você fosse minha amiga de novo.

– Não beijo meus amigos na boca – respondi.

– Mas você se jogou em cima de mim! – disse ele, nervoso.

– Você pirou? Eu tropecei!

Eu me virei para ir embora e, com velocidade e força surpreendentes, Gable mirou a cadeira de rodas em mim. Fui derrubada em cima da cama do hospital. Nesse momento, Win entrou correndo no quarto e empurrou a cadeira do Gable para longe.

– Sai de cima dela! – gritou Win.

Win cerrou o punho na direção do rosto de Gable.

– Não! Não machuca o Gable – disse para Win.

Win baixou o braço.

– Quem é esse? – perguntou Gable.

– Meu amigo – respondi.

– O tipo do amigo que você beija na boca, aposto – respondeu Gable. – É, agora isso faz sentido. Qual é o nome do seu amigo? Você me parece familiar.

Eu e Win trocamos olhares.

– Meu nome é Win, mas pode pensar em mim como o amigo da Annie que não gosta de homens que forçam mulheres a fazer coisas.

Fomos embora.

Não trocamos uma palavra até estarmos dentro do trem, indo para casa.

– Você não devia ter entrado daquele jeito – falei.

Ele deu de ombros.

– Eu tinha tudo sob controle – garanti.

– Eu sei disso, donzela. Você é a garota mais forte que eu conheço.

– Donzela? De onde você tirou essa palavra?

– Sei lá. Mas me deu vontade de te chamar assim. Te incomoda?

Pensei no assunto.

– É meio fresco, mas, não, acho que não me incomoda. – Apoiei a cabeça no braço dele. – Você estava esperando do lado de fora do quarto o tempo todo?

– Parece que sim.

– O Gable vai descobrir quem você é e, assim que fizer isso, todo mundo vai ficar sabendo da gente – eu disse.

– Talvez não seja tão ruim assim – disse ele. – Eu não me importaria se as pessoas soubessem. Além do mais, Gable pode decidir manter a informação em segredo.

– Por que ele faria isso?

– Bem... para chantagear a gente ou algo do gênero.

– Talvez. – Mas eu sabia que chantagem não era o estilo de Gable Arsley. Chantagem exigia planejamento, paciência. Gable era puro impulso.

Quando saltamos do trem em Nova York, os paparazzi nos esperavam.

– Ei, garotos! Aqui! Sorriso!

– Acho que Gable já descobriu – Win sussurrou pra mim.

– Anya, esse é seu namorado?

– É meu amigo do colégio – gritei. – Somos parceiros de laboratório.

– Até parece.

Na manhã seguinte, as fotos estavam por toda parte. Eles nos pegaram durante um beijo quando saíamos do trem. As manchetes eram mais ou menos assim: "Amor proibido? Princesa da máfia e filho do chefe da promotoria descobrem o amor na cidade."

Win me telefonou de tarde.

– Você tá me ligando para terminar? – perguntei.

– Não – respondeu ele, ligeiramente surpreso. – Meu pai quer que você venha jantar aqui hoje à noite.

– Ele está com raiva?

– Ele nunca me pediu para não te namorar. Pediu para você, lembra?

– Então você quer dizer que ele está com raiva de mim? Acho que prefiro não ir, obrigada.

– Você está com medo? Não é muito a sua cara.

Perguntei a que horas eu devia chegar.

– Sete – respondeu ele. – Posso ir te buscar se você não se importar com mais uma sessão de fotos – brincou ele.

– Por que você está com essa voz tão animada?

– Hum. Acho que estou feliz porque as pessoas sabem que você é minha namorada.

– O que devo vestir? – perguntei de forma ríspida.

– Gosto daquele seu vestido vermelho – disse ele.

* * *

Coloquei meu honrado vestido vermelho e peguei um ônibus para a casa do Win. Era um apartamento muito mais legal do que o salário de um assistente de promotoria (ou o próprio promotor, diga-se de passagem) podia pagar. Ou a mãe do Win andava ganhando rios de dinheiro com a fazenda (possível) ou eles tinham grana de família.

Charles Delacroix abriu a porta antes mesmo que eu tocasse a campainha. Estava me esperando. Parecia significativamente menor dentro daquele apartamento do que naquele dia no Liberty e no barco. Era como se tivesse a capacidade de se expandir e diminuir conforme exigia a situação.

– Você está com a cara boa, Anya. Muito melhor do que na última vez que nos vimos.

– É, estou me sentindo melhor – respondi.

– Win está com minha esposa procurando algum ingrediente essencial que está faltando para o jantar. Por que você não vem comigo até o escritório? Conversamos enquanto esperamos.

Eu o segui até o escritório, que tinha paredes cor de vinho, tapetes e estantes de mogno cheias de livros de papel.

– O senhor coleciona livros?

Charles Delacroix balançou a cabeça.

– O pai da minha esposa colecionava.

Pronto, questão resolvida. A mãe do Win era quem tinha dinheiro. Na tela do computador do sr. Delacroix estavam abertas matérias sobre mim e Win.

– A verdade é que eu planejei tudo isso – admitiu Charles Delacroix. – Queria que nos encontrássemos a sós, então irei direto ao assunto. Win me disse que está apaixonado por você. É verdade?

Fiz que sim com a cabeça.

– E você está apaixonada por ele? Ou é prática demais para esse tipo de indiscrição?

– A gente se conhece há muito pouco tempo – comecei a falar –, mas acho que talvez esteja apaixonada.

Charles Delacroix passou os dedos finos e macios no pescoço.

– Tudo bem, então. As coisas são o que são. – Ele suspirou. Parecia que continuaria falando, mas não disse mais nada. Em vez disso, serviu-se de um drinque de uma garrafa de cristal.

– Só isso? – perguntei.

– Que grosseria, a minha. Você também gostaria de beber alguma coisa?

Neguei com a cabeça.

– Eu quis dizer: é só isso que o senhor tem para me dizer?

– Escute, Anya, disse a você que era contra seu namoro com Win, e que talvez simplificasse meu trabalho se você tivesse tomado uma atitude diferente. Mas não sou um ogro. Se meu filho está apaixonado... – Charles Delacroix deu de ombros. – Ficamos assim. Gosto de você, Anya. E seria o pior dos hipócritas se usasse sua família contra você. Nenhum de nós escapa das circunstâncias do nascimento. Agora, se você resolver se casar com Win, a história muda de figura. Meus conselheiros dizem que minha campanha – campanha hipotética, eu quis dizer, e, por sinal, nada foi decidido quanto a isso, ainda –, pode sustentar um namoro entre vocês dois, mas casamento eles não têm tanta certeza.

– Prometo, sr. Delacroix, que não pretendo me casar com ninguém tão cedo.

– Ótimo! – Charles Delacroix riu e, depois, seu rosto ficou solene. – Win já te falou da irmã mais velha, Alexa? Ela morreu quando tinha mais ou menos a sua idade. Não gosto de falar nisso.

Assenti com a cabeça. Compreendia quando alguém não queria falar de alguma coisa.

– O que eu quero dizer é que, apesar do que eu disse naquele dia na barca, quero que meu único filho vivo seja feliz, Anya. Mas também quero que esteja em segurança. A única coisa que eu peço é que, se em algum momento você imaginar que meu filho corre algum perigo por causa das associações da sua família, você fale comigo. Entendido?

– Entendido – eu disse.

– Bom. E, é claro, se algum dia você cometer alguma indiscrição ilegal, vou ser obrigado a te processar. Não posso demonstrar nenhum tipo de favoritismo em relação a você. – Isso foi dito da maneira mais amigável possível com que se podem dizer essas coisas, e eu disse a ele que compreendia.

Win e a mãe chegaram.

– Charlie! – chamou uma voz feminina.

– Estamos no escritório! – respondeu sr. Delacroix.

Win e a mãe entraram na sala. Ela tinha cabelo preto comprido, olhos verde-claros, e tinha mais ou menos a altura e o tipo físico da minha mãe.

– Oi, meu nome é Jane – disse ela. – Você deve ser a Anya. Nossa, você é muito bonita.

– Você... – Então tive que parar, porque achei que fosse chorar. – Você me lembra alguém que eu conheci.

– Ah, bem, obrigada, acho. Imagino que deva perguntar se era alguém de quem você gostava ou não. – Ela riu.

– Era alguém de quem eu gostava – respondi. – De quem eu sinto muita falta. – Eu sabia que era estranho dizer isso, mas não queria falar que ela lembrava a minha mãe.

Depois do jantar, Win me levou em casa. Os paparazzi já tinham ido embora ou talvez tivessem se cansado da nossa história. Win quis saber se o pai tinha me tratado mal. Eu disse que não.

– Ele queria, principalmente, garantir que eu não fizesse você ser assassinado.

– O que você respondeu? – perguntou ele.

– Que eu ia tentar impedir que isso acontecesse, mas que não podia prometer nada.

E então estávamos de volta ao meu quarto.

Não transamos, nem chegamos perto, mas eu estaria mentindo se dissesse que o pensamento não passou pela minha cabeça. Podia sentir que estava me abrindo para ele como uma rosa numa estufa.

Mas eu não podia fazer isso. Pensava nos meus pais no céu, ou no inferno, pensava em Deus. Meu pai me disse uma vez: "Se você não souber no que acredita, Annie, será uma alma perdida." Compreendi uma coisa muito importante naquela noite. Tinha sido fácil não perder a virgindade com Gable, porque eu nunca tinha realmente sido a fim dele. Em outras palavras, nunca foi uma grande tentação. Era muito mais difícil me manter firme aos meus princípios no que dizia respeito a Win.

Naquela noite, ele falou sobre sexo, me perguntou no que eu acreditava em relação ao tema etc. E eu disse que queria me casar virgem. Sem perder um segundo, ele balançou a cabeça e disse:

– Então, vamos casar.

Bati nele.

– Você está tão desesperado assim pra transar?

– Não – respondeu ele. – Eu já transei.

– Eu tenho dezesseis anos! E a gente mal se conhece.

Ele segurou meu queixo e me olhou nos olhos.

– Eu te conheço, Anya.

Ele podia estar falando sério, mas eu fiz uma piada sobre o assunto.

– Você talvez se casasse comigo só pra irritar o seu pai.

Ele sorriu.

– Bem, com certeza isso seria um bônus.

– Por que você não gosta dele? – perguntei. – Ele parece legal.

– Em doses homeopáticas, de cinco minutos – resmungou Win. – Imagino que você tenha percebido que ele é bastante ambicioso.

– Com certeza. Meu pai também era. Mas estava do outro lado. Mesmo assim, eu amava meu pai.

– Ele... – Win começou a falar, mas parou. – Admiro meu pai. Ele veio do nada. Foi criado num orfanato. O pai e a mãe morreram num acidente de carro, mas ele sobreviveu. Ele acha que eu sou frágil, mas quem é capaz de competir com isso? – Ele olhou para mim. – Ah, claro. Você pode, não pode? Minha garota corajosa. – Win me deu um beijo na testa.

Eu disse que não queria falar de mim.

– Por que ele acha que você é frágil?

– Porque me meti em confusão, um tempo atrás... Coisa de garoto entediado. Posso te contar, mas é constrangedor.

– Agora você vai ter que contar!

– Não, eu tenho vergonha, donzela, e também não é nada muito interessante. Foi depois que minha irmã morreu e foi o mais baixo que eu desci. A questão é que meu pai acha que foi fraqueza minha e que minha mãe incentiva a minha vulnerabilidade.

– Seus pais se dão bem?

– Meu pai diz que a única pessoa que o amou na vida foi e é a minha mãe...

– Ela parece legal – disse eu.

– Ela é. Mas meu pai? Ele trai a minha mãe. Ela ignora, mas eu não consigo. Quero dizer, como posso respeitar um homem desses? – Então ele me perguntou se meu pai já tinha traído a minha mãe alguma vez.

Apesar das muitas falhas do meu pai, era impossível até mesmo imaginar que se comportasse dessa maneira. Disse que eu não tinha certeza, que eu era muito pequena para saber, mas que duvidava.

– Ele acreditava em casamento – falei.

– Meu pai também, mas isso não impede que ele aja do jeito que age – disse Win. – Eu nunca trataria você assim, Annie.

Eu sabia disso sem precisar que ele dissesse. Win era perfeito da sua maneira.

Eu poderia ficar horas falando sobre Win, mas, pessoalmente, detesto esse tipo de coisa. Meu pai sempre dizia que, se a pessoa tem sorte, é melhor guardar segredo. Win me parecia o maior golpe de sorte na minha vida havia muito tempo. (Pode enfiar o dedo na garganta, se quiser...) Mas é verdade, fui feliz por algum tempo. Virei o tipo de garota que normalmente detesto e me dei conta de que a única razão pela qual sempre detestei essas garotas era inveja. Clichê? Com certeza, mas isso também era verdade.

※

(*Aparte: Você deve estar se perguntando "E o trabalho do Leo?" "E o chocolate envenenado?" "E a tatuagem no tornozelo da Anya?" "E a saúde da avó dela?" "E os pesadelos da Natty?" Só porque agora arrumou um delicioso novo namorado, Annie não pode achar que isso seja desculpa para ignorar tudo e todos ao seu redor.*

A verdade é que muitas coisas definitivamente se perderam, mas na época eu não estava prestando atenção. Nem tudo o que estava por acontecer nos meses seguintes retiraria aqueles dias idiotas e felizes, doces e nebulosos, infindáveis e contados.

Correção: Uma vez, pensei na tatuagem do meu tornozelo. Estávamos no meu quarto e os lábios do Win estavam sobre ela. Ele disse que era "uma graça", depois cantou para mim uma música sobre uma garota tatuada.)

※

XIV. sou obrigada a oferecer a outra face

Não falei com a Scarlet durante as férias de inverno, e isso foi provavelmente a maior quantidade de tempo que a gente ficou sem se comunicar durante toda a história da nossa amizade. Ficamos sem nos ver até o primeiro dia de esgrima. Durante o alongamento, ela não falou sobre meu relacionamento com Win, mas, na verdade, ela mal falou comigo. Podia perceber que estava brava e que eu teria que tentar consertar as coisas.

– Então – brinquei, depois que fomos separados em duplas. – Talvez você tenha ficado sabendo. Arrumei um cara pra mim.

– É. Parece que a gente não se vê há séculos, mas pelo menos agora eu sei o motivo – disse Scarlet, me espetando com o florete. – Claro que eu preferia não ter ficado sabendo pelos jornais! Ótimas fotos, aliás. – Ela avançou novamente com o florete, e o movimento tinha mais peso por trás que os ataques típicos de aula.

– Toque duplo! – gritei.

– E?

– E cada uma ganhou um ponto – falei.

– Ah. Como você sabe disso? – Scarlet estava sem ar.

– Porque a gente faz esgrima há dois anos e meio.

Scarlet deu uma risada.

– Eu realmente devia aprender alguma coisa sobre esgrima. – Ela baixou o florete. – Sério, por que você não me contou?

– Porque você andava ocupada com a peça e com o novo namorado...

– Isso acabou – disse ela. – Foi um romance passageiro. Pelo menos foi o que ele disse quando terminou comigo. Mas acho que essa é a vida do teatro.

Eu disse que sentia muito.

– Você devia ter me ligado – falei.

– Eu quis ligar, mas fiquei sabendo de você e do Win e fiquei furiosa, aí não liguei. Annie, eu não estava tão ocupada a ponto de não querer saber de você e do Win. A gente almoçava todo dia e se via nos ensaios, ia pra casa no mesmo ônibus, a gente...

– Eu sei, desculpa. Eu realmente tinha decidido não contar pra ninguém. Achei que facilitaria as coisas.

– Mas a questão é que você estava mentindo pra mim, toda vez que a gente se encontrava. Naquele dia na despensa? Eu acreditei totalmente em você, e fui feita de boba. Eu nunca faria isso. Você é minha melhor amiga.

Ela estava certa. E devia ter lhe contado.

– Desculpa mesmo.

Scarlet suspirou.

– Desculpas aceitas – disse ela.

* * *

Quando estávamos trocando de roupa, depois da esgrima, Scarlet me perguntou:

– Posso dizer uma coisa? Eu sei que sua vida é difícil, muito mais difícil que a minha, até mesmo se a gente considerar o fato de que eu sou incapaz de manter um namorado pra salvar a minha existência. Mas ser sua melhor amiga também não é a coisa mais fácil do mundo. E eu acho que estive do seu lado em vários momentos ruins, não foi?

Fiz que sim com a cabeça.

– Então, quando uma coisa boa acontecer com você, eu gostaria de saber. Gostaria de estar do seu lado nos bons momentos também.

As palavras da Scarlet fizeram meu rosto corar de vergonha. Eu tinha me comportado pessimamente.

Quando fomos almoçar, Win já estava a nossa mesa.

– Gable Arsley voltou – disse ele. Scarlet e eu nos viramos pra olhar para o Gable. Não fomos as únicas.

Ele estava esperando na fila, de cadeira de rodas, a mochila pendurada na cadeira. Estava usando uma luva na mão dos dedos mutilados e um boné enterrado na cabeça, para esconder o rosto ainda ferido. Fiquei observando sua dificuldade para colocar comida na bandeja, usando apenas uma das mãos, e com uma tremenda desvantagem de altura.

– Por que não tem ninguém ajudando? – perguntou Win.

– Porque ele é um valentão – respondi.

– Porque ele nunca disse nada agradável pra ninguém – acrescentou Scarlet. – E também não é exatamente um cavalheiro.

– Vou lá, mas acho que o cara não vai querer me ver depois do nosso último encontro – disse Win.

– Por que você deveria ir? – perguntei. – Ele nos entregou para o mundo inteiro.

– A gente não tem certeza disso.

– E ele meio que tentou me forçar a transar com ele. – Talvez eu tenha passado por muitas coisas difíceis na vida, mas achei a simpatia do Win pelo Gable absolutamente irritante.

– Ele é uma pessoa horrível, Annie, mas simplesmente não sei como ele vai empurrar a própria cadeira de rodas e carregar a bandeja – disse Scarlet. E Gable começou a tentar se deslocar com a bandeja mal equilibrada no colo. A comida caiu – coincidentemente era a mesma lasanha que eu tinha jogado na cabeça dele meses atrás – e o molho pingou na calça comprida antes de respingar nos sapatos, um deles certamente contendo uma prótese de pé. Gable gritou um palavrão, e ouvi várias pessoas no refeitório darem risada. O garoto – é, naquele momento ele tinha voltado a ser um garoto para mim – ficou completamente perdido em relação ao que deveria fazer em seguida.

– Chega – falei. Estava começando a me sentir nada católica ao deixá-lo no meio do refeitório, e não queria que meus pais, estivessem onde estivessem, se envergonhassem de mim. – Eu vou lá.

– A gente vai com você – disseram Win e Scarlet.

Eu me levantei da mesa.

– Arsley, vem comer com a gente! – chamei.

Por um instante, pareceu que Gable diria alguma coisa grosseira, mas depois ele balançou a cabeça e sorriu para mim.

– Promete não tentar me envenenar, Balanchine! – disse ele, parecendo o velho Gable.

Algumas pessoas riram da piada.

– Vou ser sua provadora de comida oficial – avisou Scarlet.

– Vou contar com isso – respondeu Gable.

Scarlet foi até Gable e empurrou a cadeira até nossa mesa.

Win foi para a fila e pegou outra bandeja de comida. Eu fui ao banheiro e usei todas as moedas que eu e Scarlet tínhamos para pegar o máximo possível de toalhas úmidas pra limpar a roupa do Gable.

Quando sentamos novamente, ele comentou:

– Esse é o último lugar do mundo onde eu queria estar sentado. Com a filha da máfia, o idiota do chapéu e a madame dramática.

Fiquei calada.

– Também estamos amando a sua companhia – disse Win.

Gable teve dificuldade de alcançar os sapatos e as pernas com as toalhas de papel. Tive de ajudar. Graças a Deus, Scarlet se propôs a tomar o meu lugar.

– Não precisa – disse ele. – Está tudo bem.

– Pra mim também – respondeu ela, e se abaixou para limpar os pés dele.

– É – ouvi Gable sussurrar – constrangedor estar assim.

– Não – respondeu ela. – É só a vida como ela é.

Vi que ele gemeu quando Scarlet encostou numa mancha na calça comprida.

– Você está sentido muita dor? – perguntou ela.

– Um pouco. Mas dá pra aguentar.

– Pronto – disse ela, animada.

Gable pegou a mão da Scarlet, e pude sentir um arrepio no pescoço.

– Obrigado – disse ele. – De verdade.

Scarlet puxou a mão.

– Não tem de quê.

– Ei, Arsley – falei. – Você sabe que eu nunca deixaria a Scarlet sair com você, não sabe?

– Você não é mãe dela. E eu não fui tão ruim assim com você.

– Você foi o pior namorado do mundo, mas a gente não precisa entrar nesse assunto. – Tentei falar com alguma leveza. – A gente só está deixando você sentar aqui porque ficou com pena por você estar com problemas de locomoção. Mas se isso for levar você a dar em cima da Scarlet, pode voltar para o meio do refeitório.

– Você é um saco, Anya – disse Gable.

– E você é um sociopata, Gable – respondi.

– A pessoa precisa me conhecer de verdade.

Revirei os olhos.

– Honestamente, Anya, eu só estava agradecendo a ela – disse ele.

– Bom – disse Win. – Tenho uma ideia. Vamos combinar que nessa mesa de almoço todo mundo mantém a mão em si mesmo.

Não vi mais a Scarlet até a hora do ônibus para casa, mas passei a tarde inteira preocupada com ela. O problema é que Scarlet amava um caso complicado e cheio de feridas. (Provavelmente um dos motivos que faziam com que fosse uma boa amiga e minha amiga.) Pessoas como a Scarlet tendem a se deixar aproveitar, especialmente por seres como Gable Arsley.

– Você sabe que não pode sair com Gable Arsley – disse eu quando atravessávamos o parque.

Natty estava conosco e enrugou o nariz com a pergunta:

– Por que a Scarlet pensaria em sair com ele? – Gable nunca foi popular na minha família.

– Eu não pensaria – disse Scarlet. – Mas me senti mal por ele hoje. – Ela descreveu a situação do almoço para minha irmã.

– Ah – Natty disse. – Eu também me sentiria péssima por ele.

– Isso porque você e a Scarlet são duas molengas. Só porque ele está sofrendo não significa que não é mais a mesma pessoa horrível por dentro.

– Ou você não tem fé em mim ou acha que eu sou imbecil – comentou Scarlet. – Eu me lembro do que ele fez com você. E não estou tão desesperada a ponto de abandonar meus princípios pelo seu ex-namorado maneta, perneta e desfigurado! – Scarlet riu. – Nossa, isso foi péssimo! Eu não devia estar rindo. – Ela cobriu a boca com as mãos.

Eu e Natty rimos também.

– Mas você tem que admitir que o que aconteceu com o Gable foi meio ridículo.

– É ridículo – respondi. – Minha vida inteira foi ridícula.

– Mas... – disse Scarlet quando o ônibus parou no ponto dela. – Você não acha que um trauma desse tamanho pode mudar uma pessoa?

– Não! – Natty e eu gritamos ao mesmo tempo.

– Eu estava brincando, meninas. – Scarlet sacudiu a cabeça. Como você pode ser tão crédula, Annie? – Ela me deu um beijo. – Te vejo amanhã – gritou quando saltou do ônibus.

Quando eu e Natty chegamos em casa, Imogen disse que minha avó estava precisando de mim, então fui até seu quarto.

Na verdade, ela parecia estar melhor nas últimas semanas. Pelo menos, não tinha me confundido com a minha mãe.

Eu me abaixei para dar um beijo no rosto dela. No peitoril da janela, havia rosas amarelas num vaso azul. Alguém tinha vindo fazer uma visita.

– Bonitas – comentei.

– É, nada mal. Meu enteado trouxe para mim hoje – disse ela. – Leve as flores para o seu quarto, Annie. Elas são um desperdício aqui. Acabo pensando em enterros, o que...

Esperei que continuasse, mas isso não aconteceu.

– Imogen disse que você queria falar comigo – disse eu finalmente

– É – disse minha avó. – Quero que você faça uma coisa para mim. Mickey, filho do Yuri, vai se casar no mês que vem. Você, Leo e Natty precisam ir ao casamento me representando.

Casamentos de família não eram meu programa favorito. E Mickey ia se casar? Talvez tivesse sido imaginação minha, mas tive quase certeza de que ele estava dando em cima de mim da última vez que nos vimos.

– Onde vai ser o casamento?

– Na propriedade dos Balanchine, em Westchester.

Apesar de isso significar somente um amontoado de casas e baias de cavalos, além de um lago praticamente seco, eu detestava aquele lugar. Natty e eu passamos algumas semanas lá depois do assassinato do meu pai e o lugar só me trazia lembranças ruins.

– A gente tem que ir? – lamentei.

– É tão difícil assim? Eu adoraria poder ir, mas não tenho mais pernas que me levem. E você pode levar o seu namorado... – disse ela, em tom de brincadeira.

– Como é que você sabe dele? – perguntei.

– Eu ainda tenho ouvidos. Sua irmã me contou. Ela acha que você vai se casar com ele, mas eu disse que minha Anya é jovem demais, e prática demais, para pensar em casamento, não importa o quanto esteja apaixonada.

– Natty é inacreditável.

– Então, você vai ao casamento?

– Se tiver que ir – disse.

– Muito bem. Traga seu namorado aqui para me conhecer, qualquer dia desses. Talvez no dia do casamento? Isso, está combinado. – Minha avó balançou a cabeça e pegou minha mão. – Tenho me sentido mais lúcida ultimamente.

– Isso é bom – falei.

– Mas não tenho certeza de quanto tempo isso vai durar. E quero deixar a casa em ordem – continuou ela. – Você está com dezesseis anos?

Fiz um gesto afirmativo.

– O que significa que, se eu morrer amanhã, seu irmão passa a ser seu tutor e guardião.

– Mas você não vai morrer – lembrei a ela. – As máquinas vão te manter viva até eu ficar velha o suficiente.

– Máquinas falham, Anyaschka. E às vezes...

Interrompi minha avó.

– Não quero falar sobre isso!

– Você tem que me ouvir, Anya. Você é a mais forte de todos e precisa me escutar. Eu preciso saber que falamos sobre essas coisas. Apesar de Leo se tornar, tecnicamente, seu guardião, já acertei com dr. Kipling e o novo sócio – esqueci o nome dele – que você será a única com acesso ao dinheiro. Isso fará com que Leo não possa decidir nada sozinho. Entendeu?

Fiz que sim com a cabeça.

– Entendi, claro.

– Seu irmão pode ficar chateado quando descobrir, e eu sinto muito por isso. Ele tem problemas, mas não é um rapaz sem orgulho. Mesmo assim, é a única coisa a ser feita. Os meus bens serão disponibilizados de maneira a não poderem ser vendidos até você completar dezoito anos. E quando você fizer dezoito anos, a guarda da Natty também passará do Leo para você.

– Tudo bem, tudo bem. Mas os médicos dizem que as máquinas vão te manter viva até eu fazer dezoito anos, se não mais. Não sei por que estamos discutindo isso agora.

– Porque na vida acontecem coisas inesperadas, Anya. Porque, ultimamente, ando percebendo meus longos períodos de ausência. Você não pode dizer que também não percebeu, pode?

Admiti que tinha percebido.

– Me desculpe por qualquer coisa que eu possa ter dito durante esses momentos. Amo você, Anya. Amo cada um dos meus netos, mas amo mais você. Você me lembra seu pai. Você me faz lembrar de mim mesma.

Eu não sabia o que dizer.

– A perda do corpo é uma coisa. A perda da mente é muito mais do que se pode suportar. Lembre-se disso, minha querida. – Então, ela me disse pra pegar uma barra de chocolate e, como eu sempre fazia, fui até o armário e fingi pegar uma, apesar de não ter chocolate no armário havia meses. Dessa vez, fui surpreendida por uma única barra no cofre. Tio Yuri deve ter trazido.

– Divida com o seu namorado – disse ela quando fechei a porta.

No meu quarto, me flagrei acariciando a barra de chocolate. Era um Balanchine Special Dark, meu preferido. Papai costumava derreter para fazer chocolate quente para mim, Natty e Leo. Ele esquentava o leite, depois partia os pedacinhos do chocolate e jogava para derreter. Pensei em ir até a cozinha e preparar um, mas desisti. Apesar de ter ouvido dizer que os lotes estavam livres de perigo novamente, tinha perdido o gosto por chocolate desde a minha prisão.

A campainha tocou e eu fui atender. Olhei pelo olho mágico e lá estava Win.

– Entra – falei. Por força do hábito, olhei em volta antes de dar um beijo nele.

– O que foi isso? – perguntou ele.

Eu ainda estava com o chocolate na mão, e contei a conversa com a minha avó e que ela sempre dizia que eu devia dividir o doce com meu namorado.

– E? – perguntou ele.

– Ah, não. Isso não vai acontecer, definitivamente. – Será que ele já tinha esquecido as complicações com o ex-namorado que tinha dividido um chocolate comigo?

– Tudo bem – disse ele. – Além do mais, eu experimentei chocolate uma vez e não gostei.

Revirei os olhos.

– Que tipo de chocolate você provou?

Ele falou o nome de uma marca que era uma das piores do planeta. Meu pai tinha um nome para ele: cocô de rato.

– Isso nem é chocolate – falei para Win. – Mal tem cacau dentro.

– Então me dá um pedaço de chocolate de verdade.

– Eu daria, mas prometi para o seu pai que ia manter você longe de atividades ilegais. – Guardei a barra no bolso do casaco, peguei a mão dele e a gente foi para a sala. – Preciso te pedir um favor. – Contei sobre o casamento da família em Tarrytown.

– Não – respondeu ele. Ele sorriu e cruzou as mãos em cima dos joelhos.

– Não?

– Foi o que eu disse, não foi?

– E por que não?

– Porque ainda não me recuperei da sua recusa de ir ao Baile de Outono comigo e sou do tipo que guarda rancor. Tenho que fazer tudo que você pede, Anya? Se eu fizesse, você não perderia o respeito por mim?

Acho que o argumento dele fazia sentido.

– Parece que você já resolveu.

– É, resolvi. – Depois ele riu. – Fiquei desapontado! Você não vai mesmo tentar me convencer a ir? Não vai tentar me fazer uma oferta que eu não possa recusar?

– Não vai ser muito divertido, e eu mesma não estou muito a fim de ir – falei.

– É esse o seu discurso?

– Minha família é um bando de selvagens – continuei. – Um dos meus primos provavelmente vai ficar bêbado e acabar a noite tentando tocar no meu peito. Vou rezar pra ninguém querer pegar no da Natty ou vou ter que bater seriamente em alguém.

– Eu vou – disse ele. – Mas quero provar seu chocolate primeiro.

– Essa é a sua condição?

– É da sua família, não é? Eu não posso ir a esse casamento sem estar informado, posso?

– Bom argumento, Win. – Eu me levantei. – Pode me seguir.

Coloquei leite de arroz para esquentar no fogão. Tirei o chocolate do bolso e chequei a data de fabricação, para garantir que não era do outono passado. Desembrulhei o papel prateado e cheirei para confirmar (será que Fretoxin tinha cheiro?). Baixei o fogo quando o leite começou a ferver, acrescentei um pouquinho de baunilha e de açúcar, mexendo sem parar até o açúcar dissolver. Parti o chocolate em cubinhos e joguei no leite quente. Finalmente, coloquei a mistura em duas xícaras e salpiquei canela em cima. Meu pai sempre fazia de um jeito que parecia tão fácil.

Coloquei uma caneca na frente de Win. Ele fez um movimento para pegá-la, mas eu puxei a xícara.

– Última chance de mudar de ideia.

Ele balançou negativamente a cabeça.

– Você não tem medo de acabar feito Gable Arsley?

– Não. – Ele bebeu da xícara até acabar. Depois apoiou a caneca na mesa e não disse uma palavra.

– E aí? – perguntei.

– Você tinha razão. Definitivamente não é o que eu tinha provado antes.

– Mas você gostou?

– Não tenho certeza – disse ele. – Deixa eu tomar o seu.

Empurrei minha xícara para ele. Win bebeu mais devagar dessa vez, contemplando o sabor. (É possível contemplar o sabor de alguma coisa?)

– Não é o que eu esperava. Não é doce. Muito forte pra ser chamado de doce. Provavelmente não é para o gosto de todo mundo, mas quanto mais eu bebo, mais eu gosto, eu acho. Consigo entender o motivo da proibição. É muito... intoxicante.

Andei até o lado dele da mesa e sentei no seu colo. Dei um beijo nele. Passei minha língua nos lábios dele e senti o gosto da canela.

– Você já se perguntou se a única razão de gostar de mim não é a possibilidade de irritar o seu pai? – perguntei.

– Não – disse ele. – Não, você não é a única pessoa que se pergunta isso. Gosto de você porque você é corajosa e forte demais pra ser chamada de doce.

Era uma coisa ridícula de se dizer, mas, mesmo assim, senti meu corpo esquentar por dentro e tenho certeza de que provavelmente fiquei vermelha. Queria tirar a suéter. Queria tirar outras peças de roupa. Queria tirar a roupa dele.

Eu o queria.

Queria, mas não podia.

Saí do colo de Win. Apesar de a cozinha estar abafada, apertei o cinto do meu casaco de lã. Depois arregacei as mangas e fui até a pia. Comecei a lavar a panela que tinha usado pra ferver o leite. Devo ter gastado três vezes a quantidade de água necessária, mas precisava me acalmar.

Ele se aproximou e colocou as mãos nos meus ombros. Dei um salto, ainda estava mexida demais.

– Annie, o que foi? – perguntou ele.

– Eu não quero ir pro inferno – falei.

– Eu também não – respondeu ele. – E também não quero que você vá.

– Mas, ultimamente, quando eu estou com você... Me pego racionalizando as coisas. E a gente nem se conhece há tanto tempo assim, Win.

Ele concordou. Pegou um pano de prato que estava pendurado no puxador do forno.

– Me dá – disse ele. – Eu seco pra você.

Entreguei a panela para ele. Sem nada nas mãos me senti ainda mais vulnerável. Sentia falta de não ter uma arma.

– Annie, não vou mentir pra você. Eu realmente gostaria que a gente transasse. Eu penso nisso. Na possibilidade de isso acontecer. Penso com carinho e com frequência. Mas não vou te forçar a nada.

– Não é com você que eu estou preocupada, Win! É comigo! – Era constrangedor falar sobre o quanto eu temia perder o controle quando ficava perto dele. Eu me sentia selvagem, até mesmo violenta, muito diferente de mim. Isso me perturbava e me envergonhava. Não me confessava havia meses.

– Eu não sou virgem, Annie. Você acha que isso significa que vou pro inferno? – perguntou ele.

– Não, é mais complicado que isso.

– Me explica, então.

– Você vai achar bobagem. Vai me achar provinciana, supersticiosa.

– Não, eu nunca vou achar isso. Eu te amo, Annie.

Olhei para ele e não tive certeza se ele sabia o que era o amor – como ele poderia saber? Sua vida era tão fácil –, mas decidi que confiava nele.

– Quando meu pai morreu, combinei com Deus que, se Ele mantivesse todos nós a salvo, eu seria boa. Seria melhor do que boa. Seria crente. Honraria Seu nome. Teria controle sobre mim mesma e sobre tudo o mais.

– Você é boa, Annie. Ninguém pode dizer que você não é boa – disse Win. – Você é praticamente perfeita.

– Não, não sou tão perfeita assim. Perco a cabeça o tempo todo. Penso coisas ruins sobre quase todo mundo que conheço. Mas eu me esforço. E não poderia mais dizer isso se...

Ele fez um sinal afirmativo com a cabeça.

– Eu entendo. – Ele ainda estava com a panela seca na mão, então me entregou. Seu sorriso era meio torto. – Não vou transar com você, mesmo que implore de joelhos – brincou.

– Agora você está me gozando.

– Eu nunca faria isso – disse ele. – Levo você, e tudo o que diz respeito a você, muito a sério.

– Você não está falando sério agora.

– Eu te garanto que estou falando sério. Pode tentar transar comigo agora, pra você ver. Anda. Mesmo que você tirasse a roupa eu te afastaria como se estivesse pegando fogo. – Ainda tinha uma ponta de gozação na voz dele. – De agora em diante, a gente está vivendo dentro de um livro de antigamente. Você pode me beijar, mas é só.

– Acho que não estou gostando muito de você agora – falei.
– Ótimo. Então meu plano está funcionando.

Win tinha que ir para casa, então levei meu namorado até a porta.

Eu me curvei para dar um beijo nele, mas ele me afastou e me ofereceu a mão.

– Por enquanto, só a mão.
– Você está sendo absolutamente irritante.

Beijei a mão dele e ele beijou a minha. Win me puxou para perto, e os lábios dele ficaram bem próximos da minha orelha.

– Você sabe como a gente pode resolver isso? – sussurrou ele. – A gente realmente podia casar.

– Para de dizer isso! É um absurdo e eu nem acho que você está falando sério. Além do mais, eu nunca me casaria com você – falei para ele. – Tenho dezesseis anos, você é um galinha e não consegue não dizer coisas absurdas!

– Verdade – admitiu ele. Ele me deu um beijo na boca, e eu fechei a porta.

Combinei com Imogen de ela ficar com minha avó enquanto estivéssemos no casamento.

Win nos encontrou em casa para irmos todos juntos, de trem. Antes de sairmos, perguntei se ele não se importaria de conhecer a vovó. Mesmo estando de quatro por ele naquele momento, ainda tinha receio de apresentar as pessoas para minha avó. O comportamento dela era, no mínimo, irregular, e apesar de a minha família estar acostumada com sua aparência, ela parecia um fantasma (de cama, quase careca, olhos injetados, pele amarelo-esverdeada, hálito ruim) para quem não a conhecia. Não era vergonha, era instinto de proteção. Não queria olhos estranhos em cima dela. Avisei a Win sobre o que deveria esperar encontrar antes de entrarmos no quarto.

Bati na porta.

– Pode entrar, Annie – sussurrou Imogen. – Ela me pediu que a acordasse antes de você sair. Acorde, Galina. É a Annie.

Minha avó abriu os olhos. Tossiu durante um tempinho e Imogen colocou um canudo na sua boca. Olhei para Win, para ver se ele estava com nojo da minha pobre vó, mas o olhar dele não entregou nada. Parecia gentil como sempre e ligeiramente preocupado.

– Oi, vó – falei. – A gente já vai sair pro casamento.

Vovó assentiu com um gesto.

– Esse é meu namorado, Win – disse eu. – Você falou que queria conhecê-lo.

– Ah, claro. – Minha avó olhou Win de cima a baixo. – Aprovado – disse ela, finalmente. – Quero dizer que aprovei a aparência. Mas com certeza espero que você seja mais que um rostinho bonito. Essa menina – ela apontou para mim – é uma joia e merece mais que um rosto bonito.

– Concordo – disse Win. – É um prazer conhecer a senhora.

– É isso que você vai vestir pro casamento? – perguntou minha avó.

Fiz que sim com a cabeça. Estava com um terninho cinza que tinha sido da minha mãe. Win me trouxe uma orquídea branca, e ela estava presa na minha lapela.

– É um pouco sério demais, mas fica muito bem em você. Está linda, Anyaschka. Gostei da flor.

— Win me deu.

— Humpf — disse ela. — AMD, o homem tem bom gosto. — Ela voltou sua atenção para ele. — Você sabe o que AMD quer dizer, meu jovem?

Win fez que não.

Ela olhou para mim.

— Você sabe?

Dei a definição da Scarlet.

— Incrível, ou alguma coisa do gênero — respondi. — Sempre quis te perguntar isso.

— Ai Meu Deus — disse ela. — A vida andava muito mais rápido quando eu era jovem. A gente precisava abreviar tudo, pra poder acompanhar.

— AMD — disse Win.

— Você acredita que eu já fui parecida com a Anya, em algum lugar do passado?

— Acredito — respondeu Win. — Posso ver.

— Ela era mais bonita — falei.

Minha avó pediu que ele se aproximasse, e Win obedeceu. Ela sussurrou alguma coisa no ouvido dele, e Win fez um sinal afirmativo.

— Sim — disse ele. — Sim, com certeza.

— Divirta-se, Anyaschka. Dance com seu namorado bonito por mim. E mande lembranças a todos.

Eu me inclinei para dar um beijo na vovó. Ela pegou minha mão e disse:

— Você tem sido uma neta excelente. Uma honra ao nome dos seus pais. Deus enxerga tudo, minha flor. Até mesmo o que o mundo não vê. Nunca se esqueça de que seu poder é enorme. É seu direito de nascença. Exclusivamente seu! Entendeu? Preciso saber que você me entendeu!

Seus olhos estavam úmidos, e eu disse que tinha entendido, apesar de, na verdade, não ter. O discurso dela parecia incoerente e imaginei que estivesse entrando em mais um de seus períodos de pouca lucidez. Não queria que ela me batesse na frente do Win ou da Imogen.

– Te amo, vovó – eu disse.

– Eu também te amo – respondeu ela, e então começou a tossir. O acesso me pareceu ligeiramente mais violento que o normal. Era quase como se ela estivesse sufocando. – Vão! – ela conseguiu gritar.

Imogen massageou o peito da minha avó e a tosse diminuiu.

Perguntei se precisava da minha ajuda.

– Está tudo bem, Annie. Os pulmões andam perturbando a sua avó no frio. Isso é muito comum em pessoas na condição dela. – Imogen continuou seu trabalho no peito da vovó.

– Fora daqui! – gritou minha avó.

Peguei a mão do Win e fomos embora.

Sussurrei:

– Desculpa. Às vezes ela fica confusa.

Ele disse que compreendia e que eu não precisava me desculpar.

– Ela é velha.

Assenti com a cabeça.

– Não consigo nem imaginar como é ter essa idade.

Win perguntou em que ano minha avó tinha nascido e eu respondi 1995. Ela faria oitenta e oito na primavera.

— Antes da virada do século — comentou ele. — Não tem mais muita gente dessa idade por aí.

Pensei na minha avó pequena, adolescente. Eu me perguntei que tipo de roupa vestia, que livros lia, de que caras gostava. Duvido que pensasse que viveria mais que o filho biológico, que um dia seria uma velha de cama — impotente, confusa e ligeiramente grotesca.

— Eu nem quero ficar tão velha.

— É — concordou Win. — Vamos ficar jovens pra sempre. Jovens, idiotas e bonitos. Parece um bom plano, não acha?

O casamento foi sofisticado, como era típico da minha família. Toalhas de mesa douradas, uma banda, e alguém tinha conseguido (leia-se: por meio de suborno) flores adicionais e cupons de carne para a ocasião. O vestido da noiva estava largo na cintura, mas o véu era lindamente bordado e até parecia novo. O nome dela era Sophia Bitter, e eu não sabia nada sobre ela. Em termos de aparência, é péssimo dizer isso, mas ela só era marcante por ser sem graça. O cabelo era castanho, tinha nariz de cavalo e não devia ser muito mais velha que eu. Quando disse o "sim", percebi que tinha um sotaque diferente. A mãe e as irmãs choraram durante toda a cerimônia.

Natty estava sentada à mesa das crianças, com os primos. Leo, com vários colegas da Piscina, suas mulheres e namoradas. Win e eu ficamos na mesa das pessoas sem importância — só de gente que não se encaixava em lugar nenhum.

Win foi buscar bebidas, e como meus sapatos eram da minha mãe, muito apertados nos meus pés enormes, resolvi ficar sentada. Um homem do outro lado da mesa acenou para mim, e eu acenei de volta, apesar de não saber quem ele era. Um asiático na casa dos vinte e poucos anos. Provavelmente membro de outra família do mundo dos chocolates.

Ele deu a volta e veio se sentar do meu lado. Era lindo, a franja comprida do cabelo preto caía nos olhos. Falava inglês com ligeiro sotaque britânico, apesar de não ser inglês.

– Você não se lembra de mim, lembra? Conheci você e sua irmã quando a gente era pequeno. Seu pai teve uma reunião com o meu na nossa casa de campo em Kyoto. Eu mostrei o jardim pra vocês. Você gostou do meu gato.

– Bola de Neve – falei. – Você é o Yuji Ono. Claro que eu me lembro de você. – Yuji apertou a minha mão. Ele não tinha o mindinho direito, mas os outros dedos eram compridos e frios. – Sua mão está gelada.

– Você sabe o que dizem de quem tem mão gelada. Mãos frias, coração quente. Ou será que é o contrário?

No verão antes de eu completar nove anos, o verão antes de o meu pai morrer, ele nos levou ao Japão, numa viagem de trabalho. (Isso antes das viagens internacionais se tornarem dificílimas, por causa do custo e das preocupações com doenças.) Meu pai acreditava piamente nos benefícios das viagens para gente jovem e também não queria nos deixar sozinhos, depois do assassinato da minha mãe. Uma das pessoas que visitamos foi o pai do Yuji Ono, chefe da Ono Sweets Company, maior fábrica de chocolates da Ásia. Por acaso, fiquei apaixonada pelo Yuji, apesar de ele ser sete anos mais velho que eu. Na época, ele tinha quinze; agora, imagino que uns vinte e três.

– Como vai o seu pai? – perguntei.

– Ele faleceu. – Yuji baixou os olhos.

– Meus pêsames. Não fiquei sabendo.

– Tudo bem. Foi bem trágico, apesar de ele não ter sido assassinado como o seu. Tumor cerebral – disse Yuji. – Parece que você não acompanha essas coisas, não é, Anya? Então, eu vou te falar: sou o novo presidente da Ono Sweets, agora.

– Parabéns – disse eu, apesar de não ter certeza de ser essa a coisa mais apropriada a dizer.

– Tive que aprender muita coisa em pouco tempo. Mas tive mais sorte que você. Meu pai ainda estava vivo pra me ensinar. – Ele sorriu para mim. Tinha um sorriso muito doce. Um pequeno espaço entre os dois dentes da frente, e isso fazia com que parecesse mais menino.

– Você veio de longe pra esse casamento da família Balanchine – observei.

– Eu tinha outros assuntos de trabalho pra resolver por aqui e também sou amigo da noiva – disse ele, depois mudou de assunto. – Dança comigo, Anya.

Olhei para a fila de bebidas – estava quase chegando a vez do Win.

– Eu estou acompanhada – respondi.

Ele riu.

– Não, não foi nesse sentido. Eu também sou praticamente casado, e você é muito nova pra mim. Desculpa, mas ainda te vejo como uma menininha, tenho um sentimento quase paternal por você. Acho que meu pai gostaria que nós dançássemos juntos. Seu namorado não pode ser contra velhos amigos, como eu. – Ele me ofereceu a mão, e eu peguei.

A banda tocava uma música lenta. Apesar de não ter nenhum sentimento romântico por ele, dançar com Yuji não era nada difícil. Ele dançava bem, e eu lhe disse isso. Yuji respondeu que o pai o obrigara a fazer aulas de dança quando era criança.

– Quando eu era pequeno, achava uma perda de tempo enorme, mas agora agradeço por essa habilidade.

– Você diz isso porque as mulheres gostam de caras que sabem dançar? – perguntei.

Senti um tapinha no ombro. Achei que fosse Win, mas era meu primo Jacks.

– Você se incomoda se a gente trocar de lugar? – perguntou ele para o Yuji.

– Anya é quem decide – respondeu Yuji.

Jacks corou, e seus olhos estavam excessivamente brilhantes. Desejei do fundo do meu coração que não estivesse bêbado. Mas resolvi aceitar, porque se não topasse meu primo faria uma cena.

– Tudo bem – respondi.

Jacks pegou minha mão e Yuji se afastou. A palma da mão do meu primo estava úmida, até um pouco oleosa.

– Você sabe com quem estava dançando? – ele me perguntou.

– Claro que sei – respondi. – Yuji Ono. A gente se conhece há anos.

– Então você deve saber o que andam dizendo dele, não sabe?

Dei de ombros.

– Tem gente que acha que ele foi o responsável pela contaminação do suprimento de chocolates Balanchine.

Considerei a informação.

– Qual seria o interesse dele nisso?

Jacks revirou os olhos.

– Você é uma garota esperta, Anya. Pensa um pouquinho.

– Você estava tão interessado em interromper a nossa dança. Por que não me fala, então?

– O Garoto – é assim que chamam o Yuji Ono, pra diferenciá-lo do pai – tá doido pra mostrar serviço. Todo mundo acha que a Organização Balanchine é frágil. O que poderia ser melhor pro Garoto do que deixar sua marca destruindo os negócios da família Balanchine na América do Norte?

Fiz que sim com a cabeça.

– Se as pessoas acham isso, por que ele foi convidado pro casamento?

– Ele diz que não teve nada a ver com o envenenamento, é claro. Sua presença é uma maneira de dizer que acreditamos nele. Tenho que te dizer uma coisa, Anya. Não fica muito bem pra você dançar com ele.

Primeiro, eu ri, porque queria que ele soubesse que sua opinião não tinha a menor importância para mim. Depois, perguntei:

– Por quê?

– As pessoas vão achar que você fez algum tipo de aliança com ele.

– As *pessoas* quem, Jacks? As mesmas que se levantaram pra me defender quando eu fui jogada na prisão alguns meses atrás? Pode dizer pra essas pessoas que Yuji Ono é meu amigo há anos e que eu danço com ele quando quiser.

– Você tá fazendo uma cena desnecessária – disse Jacks. – Todo mundo está olhando. Você pode achar que não tem a menor importância, mas ainda é a filha mais velha de Leonyd Balanchine e ainda significa alguma coisa pra essas pessoas.

– Isso é inacreditavelmente grosseiro! E meu irmão? Ele não conta? Não é você mesmo que vive dizendo que eu não devo subestimar o Leo?

– Desculpa, Anya, não foi isso que eu quis dizer...

Outro tapinha no meu ombro: dessa vez era Win, querendo interromper, graças a Deus.

Afastei Jacks e me aproximei de Win, feliz. A música tinha acabado e uma outra, mais lenta, começou a tocar. Eu nem tinha percebido, porque estava ocupada com minha discussão com Jacks.

– Achava que você não gostava de dançar – disse Win.

– E não gosto. – Estava irritada com os comentários do Jacks e nem um pouco a fim de conversa.

– Você é muito popular – continuou Win. – Quando estava dançando com aquele cara de cabelo preto, me perguntei se devia ficar com ciúme.

– Odeio essas pessoas – eu disse, e enterrei o rosto no peito do Win. O casaco dele estava com cheiro de cigarro. Apesar de ele não fumar (ninguém mais fumava de verdade, porque era preciso muita água para plantar tabaco), o casaco devia ter pertencido a um fumante. O cheiro me enjoava um pouco, mas até que eu gostava.

– Detesto ser arrastada pra isso. Queria nunca ter nascido. Ou ser alguém completamente diferente.

– Não diz isso – falou Win. – Eu acho ótimo que você tenha nascido.

– Meus pés estão doendo – respondi.

Ele riu de leve.

– Quer que eu te pegue no colo?

– Não, é só não me fazer dançar mais. – A música tinha acabado, então voltamos para a mesa. Yuji Ono não estava lá. E outra pessoa tinha ocupado o lugar que eu achava que era dele.

Como não podíamos voltar para casa na hora do toque de recolher, resolvemos passar a noite em Tarrytown, numa das casas da propriedade. Eu dividiria o quarto com a Natty, e Win supostamente dormiria com Leo. Meu irmão acabou saindo com Jacks e outros solteiros da Piscina, então coloquei Natty na cama e fui fazer companhia a Win. Ele era ligeiramente insone e eu sabia que estaria acordado. Aliás, eu era exatamente o oposto dele. Quase sempre pegava no sono assim que minha cabeça encostava no travesseiro. E se não estivesse me sentindo péssima por ter arrastado Win até aquele casamento horrível, teria alegremente me enroscado na cama ao lado da Natty e dormido imediatamente. A combinação da viagem e do sapato desconfortável tinha me deixado exausta.

Pode parecer bobagem, mas achei melhor vestir meu pijama e o robe que encontrei pendurado no gancho do banheiro. Apesar das nossas conversas sobre esperar o momento certo, Win e eu já tínhamos chegado muito perto de coisas mais radicais. Então, pijama e robe, aqui vamos nós.

Ele estava deitado na cama, dedilhando um violão desafinado que encontrara por ali. Estava sem uma corda e tinha um buraco na lateral. Ele sorriu quando me viu com meu traje.

– Você tá uma graça – disse ele. Sentei na única cadeira do quarto, meus joelhos encostando no peito e com a cabeça apoiada neles. Bocejei. Win sugeriu que eu deitasse na cama, mas neguei com a cabeça. Ele continuou dedilhando o violão, e o aquecedor disparou. O calor me deixou com mais sono ainda, mas, também, com calor. Tirei o robe.

– Isso é ridículo. Deita na cama. Não vou tentar nada, juro – disse Win. – Te acordo quando Leo chegar.

Concordei. Deitei do outro lado da cama e apaguei.

Mais ou menos uma hora depois, acordei. Win estava dormindo com o violão no peito. Peguei o instrumento e coloquei no chão. E não me aguentei. Dei um beijo nele.

Ele se mexeu, acordou e me deu outro beijo.

Tive vontade de sentir minha pele contra a dele, então, enfiei a minha mão debaixo da camiseta dele.

E antes que me desse conta, estava sem pijama. Isso aconteceu tão rápido que me pareceu tolo ter achado que a roupa de dormir seria uma barreira significativa contra qualquer coisa. E eu estava perguntando se ele tinha alguma proteção. Eu, Anya Balanchine, a melhor das garotas católicas. Mal acreditei que as palavras tinham saído da minha boca.

Ele disse que tinha.

– Mas só se você tiver certeza de que quer fazer isso, Annie.

Meu corpo tinha, mesmo que minha cabeça duvidasse.

– Tenho – deixei escapar. – Tenho certeza. Coloca, por favor.

Então, um grito explodiu no outro quarto. Natty estava tendo um pesadelo.

– Tenho que ir lá – falei, me afastando dele.

Como não tinha muito tempo, deixei o pijama no chão e vesti só o robe.

Enquanto andava até o outro quarto, sentia calor, excitação e vergonha por ter deixado as coisas irem tão longe. Aquele grito tinha me salvado, de verdade.

Natty já estava acordada quando entrei no quarto. O rosto corado e marcado por lágrimas.

Abracei minha irmã.

– O que foi dessa vez? – perguntei.

– A vovó – sussurrou ela. – Eu estava no apartamento e a vovó tinha morrido. O rosto dela estava cinza feito uma pedra. E quando fui tocar nela, os dedos da vovó começaram a cair, aí ela virou areia.

O conteúdo do sonho não era original, e apesar de uma parte do meu cérebro estar ocupado com o que quase tinha acabado de acontecer com Win, consegui acalmar Natty.

– A vovó vai morrer um dia, Natty – falei. – A gente tem que se preparar pra isso.

– Eu sei! – gritou ela. – Mas a morte da vovó foi só o começo. Quando eu entrei no seu quarto, você estava deitada na cama, e sua pele estava cinza, igual a pele dela. Aí eu ia no quarto do Leo e ele também estava assim. Só eu tinha sobrado. – Ela começou a soluçar.

– Leo e eu não vamos morrer, Natty. Não tão cedo, pelo menos. A gente é jovem e saudável.

– O papai e a mamãe também eram – respondeu Natty.

Abracei minha irmã, e Win parecia estar a milhas de distância.

– A vida da gente não vai ser como a deles. Você vai ver. Tudo o que eu faço, todo pensamento que eu tenho, é pra proteger a gente, especialmente você, desse tipo de coisa.

Natty fez um sinal afirmativo, mas seus olhos pareciam duvidar.

Ajeitei minha irmã na cama. Quando ia deitar ao lado dela, lembrei que estava sem meu pijama. Teria que dormir com aquele robe de flanela comido por traça. Esperava não pegar uma micose ou coisa pior. Talvez fosse uma boa lição para fazer com que eu me lembrasse de manter o pijama no corpo.

De forma pouco característica, tive dificuldades para dormir. Fiquei pensando na minha irmã e se eu devia arrumar algum profissional com quem ela pudesse falar. Depois pensei no que eu e Win tínhamos feito (ou quase) alguns minutos antes do pesadelo da Natty. Apesar de ser basicamente uma boa católica, não me considerava uma pessoa ligada às coisas espirituais. Mesmo assim, não parava de pensar se o grito da minha irmã não tinha sido uma espécie de sinal. Deus, talvez meus pais, me dizendo para parar. Ou isso era ler coisa demais nas entrelinhas? Natty tinha pesadelos regularmente, afinal de contas, eles não significavam necessariamente alguma coisa. E quem poderia dizer que eu mesma não interromperia as coisas com Win por conta própria? Nós dois já tínhamos estado tão perto da concretização outras vezes, e eu sempre pisava no freio sem a ajuda de intervenções divinas.

E, mesmo assim, aquele momento me fez parar e pensar.

Minha pele coçava por causa do robe. Por um tempo, tentei ignorar, mas foi impossível. Desisti. Eu me cocei até sangrar.

Ouvi batidas delicadas na porta: Win. Estava carregando meu pijama, que tinha dobrado. Ele era realmente um cavalheiro. O Gable, por exemplo, teria jogado a roupa esquecida em cima de mim, toda embolada.

Para não acordar a Natty, fui até o corredor.

– Obrigada – falei. – Desculpa – acrescentei.

Ele balançou a cabeça.

– Não. Desculpa *mesmo*. Não quero continuar fazendo isso com você. Eu quero... – Era embaraçoso dizer o que vinha depois em voz alta. – O que acontece é que meu corpo e minha mente nem sempre estão de acordo em relação ao que querem.

Ele me deu um beijo no rosto.

– Normalmente, isso seria absurdamente irritante, mas, pra sua sorte, eu sou louco por você.

Por enquanto, pensei.

– O que foi? Você franziu a sobrancelha. Está pensando em quê?

– Por enquanto – eu disse. – Você é louco por mim, por enquanto.

– Pra sempre – insistiu ele. – É sério.

Win é provavelmente o garoto mais bacana que eu já conheci, e foi legal ele dizer o que disse. Mesmo que eu não acreditasse, ele acreditava e eu não queria que se ferisse. Tentei não deixar que a dúvida transparecesse no meu rosto.

Beijei os lábios dele, me esforçando para manter a língua na boca, o lugar em que ela pertencia. Fechei a porta e voltei para o quarto que dividiria com a Natty. Tirei o robe e vesti o pijama. Depois, voltei para a cama ao lado da minha irmã. Ela se enroscou em mim.

– Eu interrompi alguma coisa entre você e o Win? – perguntou ela, baixinho.

– Nada de importante – respondi. Concluí que não tinha sido importante.

– Eu gosto dele – disse ela, já quase dormindo. – Se algum dia eu tiver um namorado, o que parece difícil, quero que seja igualzinho ao Win.

– Que bom que você aprova meu namorado – respondi. – E pro seu governo, Natty, tenho certeza de que você vai ter milhões de namorados um dia.

– Milhões? – perguntou ela.

– Bem, quantos você quiser.

– Fico bem com um só – disse ela. – Principalmente se ele for tão legal quanto o seu.

XV. sofremos novamente; aprendo a definição de *aniquilamento*

Só voltamos para a cidade no domingo depois do almoço. Win foi para casa direto da estação de trem – seu apartamento era bem perto da Grand Central – e Leo, Natty e eu seguimos adiante. Eu estava louca para chegar em casa. Estava com sono, com fome e tinha uma tonelada de dever de casa para fazer. Além do mais, viajar sempre me deixava ansiosa.

Como a temperatura estava atipicamente quente para fevereiro, Leo e Natty quiseram caminhar da estação até o apartamento, em vez de pegar um ônibus. Eu queria o contrário, para acelerar a chegada, mas meu desejo tinha sido indeferido.

Estávamos quase no meio do caminho quando comecei a sentir uma vontade inexplicável, quase dolorosa, de chegar em casa. Acelerei o passo.

– Calma – pediu Natty. – Você está andando rápido demais.

Virei o rosto e sugeri que apostássemos uma corrida. Tínhamos acabado de alcançar o Museum Mile, o que significava uma reta direto até nosso prédio.

– Volta, Annie – disse Leo. – Não é justo você começar na nossa frente.

Voltei até onde eles estavam.

Natty, Leo e eu saímos correndo na calçada. Leo estava na frente, Natty não muito atrás. Fiquei por último, mas gostava dessa posição. Era mais fácil ficar de olho nos meus irmãos.

Arfando e corados, chegamos em menos de dez minutos. O esforço também tinha acalmado minha ansiedade.

– Escada? – brincou Leo.

– Boa, Leo – eu disse, apertando o botão do elevador.

Em contraste com o dia ameno do lado de fora, meu apartamento estava atipicamente frio. Uma corrente de ar vinha da sala. Fui até lá para fechar as janelas. Encontrei Imogen sentada no sofá e minha inquietação de antes voltou imediatamente.

– Alguma coisa está errada – falei.

Imogen balançou a cabeça.

– Onde estão Leo e Natty?

– No quarto – respondi.

– Melhor você se sentar – disse ela, e eu sabia que esse tipo de instrução só podia significar uma coisa.

– Prefiro ficar de pé – insisti. – Se você vai me dizer que minha avó morreu, prefiro ficar de pé.

– Ela morreu noite passada. Faltou luz e o gerador não funcionou por alguma razão. Tenho certeza de que ela não sofreu muito.

– Como você sabe? – perguntei.

– Como eu sei o quê?

– Que ela não sofreu muito! Como você pode saber uma coisa dessas?

Imogen não disse nada.

– Você não sabe! Talvez tenha sido horrível! Talvez ela tenha sufocado enquanto você estava dormindo, talvez tenha sentido a pele queimar, talvez tenha pensado que os olhos iam sair das órbitas, talvez tenha rezado pra acabar logo...

Imogen tentou segurar meu braço.

– Por favor, Annie, não faz isso.

– Não me toca! – Puxei a mão. Senti minha raiva de antigamente voltando. Ela me cabia muito bem, como uma roupa sob medida. – Seu único trabalho era garantir que as máquinas não parassem de funcionar! Você falhou! Você é um fracasso, uma idiota e uma assassina!

– Não, Annie. Jamais – protestou ela.

Leo entrou na sala.

– Annie, por que você tá gritando com a Imogen? – perguntou ele.

Mas não me preocupei em responder ao meu irmão. Estava tomada pela cólera.

– Talvez alguém tenha te dado dinheiro pra desligar a máquina da vovó, é isso?

Imogen começou a chorar.

– Annie, por que eu faria uma coisa dessas?

– Como é que eu vou saber? As pessoas fazem todo tipo de coisa por dinheiro. E a minha família tem muitos inimigos.

– Como você pode dizer uma coisa dessas pra mim? Eu amava Galina tanto quanto amo você e sua família. Era a hora dela. Ela me disse isso. Eu sei que ela te disse também. Ou, pelo menos, tentou.

– A vovó morreu? – perguntou Leo, em pânico. – Você tá dizendo que a vovó morreu?

– É – disse eu. – Ela morreu ontem à noite. Imogen a deixou morrer.

– Isso não é verdade – respondeu Imogen.

– Sai da nossa casa – ordenei. – E não volta nunca mais.

– Por favor, Anya. Deixa eu ajudar vocês. Você vai ter que tomar providências com o corpo. Não devia fazer isso sozinha – implorou Imogen.

– Sai daqui – eu disse.

Ela ficou ali, imóvel.

– Sai!

Imogen fez que sim com a cabeça.

– O corpo ainda está na cama – disse ela, antes de finalmente sair.

Leo soluçava baixinho, e fui até ele. Coloquei a mão no ombro do meu irmão.

– Não chora, Leo.

– Estou chorando de tristeza. Não porque sou fraco ou idiota.

– Claro que você tá triste. Desculpa.

Leo continuou chorando, e eu não disse nada. Na verdade, eu não sentia nada a não ser raiva misturada com angústia e ansiedade sobre quais deveriam ser meus próximos passos. Ao mesmo tempo, Leo voltou a falar, mas eu estava tão distraída que precisei pedir que repetisse o que dizia. Ele queria saber se eu realmente acreditava nas coisas que tinha acabado de dizer para Imogen.

Dei de ombros.

– Não sei o que quis dizer com aquilo. Vou ver a vovó. Quer vir?

Leo fez que não com a cabeça.

Abri a porta do quarto da vovó. Os olhos dela estavam fechados e as mãos cruzadas pacificamente sobre o peito. Concluí que Imogen tinha feito aquilo.

– Ah, vovó – respirei fundo e dei um beijo no seu rosto cheio de rugas.

Percebi o ruído de sussurros. Vovó e eu não estávamos sozinhas. Natty estava ajoelhada na janela ao lado da cama, rezando de cabeça baixa.

Minha irmã levantou a cabeça.

– Eu entrei pra contar do casamento... e... Ela tá morta. – Sua voz era baixa e infantil, um pouco mais alta que um sussurro.

– Eu sei.

– Igual ao meu sonho.

– Não estou vendo ninguém virar areia – disse eu.

– Não é hora de fazer piada – Natty me advertiu. – É sério.

– Não estou fazendo piada. Todos nós morríamos no seu sonho, não é? E na vida real só a vovó morreu. Você sabia que isso um dia ia acontecer. A gente falou sobre isso ontem à noite.
– E, naquele momento, comecei a me dar conta de que tinha dito coisas absolutamente ridículas e erradas para Imogen. Eu me arrependi do meu comportamento e me perguntei por que minha primeira resposta para as coisas era a raiva. Tristeza, preocupação, medo – todas essas emoções se manifestavam como raiva em mim. Talvez, se eu fosse mais corajosa, tivesse chorado.

– Eu sabia que ela ia morrer – admitiu Natty –, mas uma parte de mim nunca acreditou de verdade nisso.

Sugeri que rezássemos juntas pela vovó. Segurei a mão da Natty e me ajoelhei ao lado da cama.

– Diz alguma coisa pra ela em voz alta – implorou Natty. – Aquilo que leram no enterro do papai.

– Você se lembra disso?

Natty fez que sim com a cabeça.

– Eu me lembro de muitas coisas.

– Jesus disse pra ela: "Sou a ressurreição e a vida; aquele que crê em Mim viverá mesmo que esteja morto, e todos os que vivem e creem em Mim jamais morrerão..."– Parei. – Desculpa, Natty, só sei essa parte de cor.

– Era só isso mesmo – disse ela. – Já está bom. É tão lindo, não é? De alguma maneira, faz com que eu sinta menos medo. Menos sozinha. – Lágrimas escorriam dos seus olhos.

– Você não está sozinha, Natty. Eu sempre vou estar do seu lado. Você sabe disso. – Sequei as lágrimas do rosto dela.

– Mas, Annie, o que a gente vai fazer agora? Você não tem idade suficiente pra tomar conta da gente. Vai ser o Leo, então?

– Leo vai ser o nosso guardião, sim. E eu vou continuar tomando conta do resto, como sempre fiz. Pra você, não vai mudar nada, eu juro. – Acabei me dando conta de que era assim que os pais mentiam para os filhos. Prometiam certezas quando tudo que tinham eram especulações. Rezei pedindo a Deus que essa passagem se desse de maneira suave. – Na verdade, vou ligar pro dr. Kipling agora mesmo pra organizar tudo. – Era tanta coisa pra resolver. Se não começasse imediatamente, o peso de tudo isso talvez acabasse me paralisando. Peguei Natty pela mão e saímos do quarto. Fechei a porta com cuidado. Fui até o meu quarto e peguei o telefone.

Dr. Kipling tinha voltado a trabalhar havia pouco tempo, depois do infarto.

– Anya – disse ele. – Estou com dr. Green no telefone. A partir de agora, ele vai participar da nossa conversa. É uma precaução, caso aconteça alguma coisa comigo, apesar de não haver motivo para esse tipo de preocupação.

– Oi, Simon – eu disse.

– Oi, srta. Balanchine – respondeu Simon Green.

– O que posso fazer por você hoje? – perguntou dr. Kipling.

– Galina morreu. – Mantive o tom frio.

– Meus pêsames – disse dr. Kipling.

– Meus pêsames também – acrescentou Simon Green.

– Ela estava muito velha. – Já parecia que eu falava de alguém que mal conhecia.

– Estou muito triste pela sua perda, Anya, mas quero te dar todo suporte. Como você sabe, tudo foi organizado de maneira que essa transição possa ser o mais simples possível para você e seus irmãos. – Então dr. Kipling disse que ele e Simon Green estavam indo para minha casa. – O Leo está com você?

– Está – eu disse.

– Bom. Ele vai precisar participar da conversa.

– Vou falar pra ele ficar aqui. Posso ligar pra funerária?

– Não, não – disse dr. Kipling. – Nós fazemos isso.

Desliguei o telefone.

Parecia que eu tinha milhões de coisas para fazer e, por enquanto, eu tinha a sensação de que não podia fazer nada além de esperar que dr. Kipling aparecesse com Simon Green.

Eu queria ter que fazer alguma coisa.

Pensei em ligar para Win, mas, na verdade, não queria ele por perto. Era um momento de família.

Deitei na minha cama.

Ah, vovó. Quantas vezes eu desejei que o seu sofrimento acabasse, que você morresse. E quantas vezes rezei pelo contrário, para que você vivesse para sempre, ou pelo menos até eu ter idade para ser guardiã da Natty.

E o dia tinha chegado. E eu não sentia nada a não ser culpa por não estar sentindo nada. Talvez eu já tivesse passado por muitas coisas difíceis na vida. Mas Leo e Natty também, e os dois tinham chorado. O que havia de tão errado comigo que eu era incapaz de derramar uma lágrima pela minha avó? Minha avó que eu tanto amava e que eu sabia que me amava também?

A campainha tocou, o que também era muito bom. Eu não queria continuar pensando naquelas coisas.

Fui abrir a porta: dr. Kipling e Simon Green, é claro. Chegaram incrivelmente rápido.

Dr. Kipling, que antes eu descrevia como gorducho, tinha perdido bastante peso desde a doença. Na presente manifestação da sua pessoa, parecia um ursinho de pelúcia sem o enchimento.

– Annie – disse dr. Kipling. – Queria dizer novamente que sinto muito pela sua perda. Galina era uma mulher incrível.

Fomos até a sala. Leo ainda estava lá. Não mudara de lugar desde que Imogen tinha saído.

– Leo – chamei.

Ele me olhou, sem expressão. Os olhos estavam quase fechados de tão inchados de chorar. Ele não parecia nem de longe o homem confiante dos últimos meses, e isso me preocupou. Reage, Leo, pensei.

Continuei falando.

– Dr. Kipling e dr. Green vieram discutir o que vai acontecer agora que a vovó morreu.

Leo ficou parado. Assoou o nariz no lenço já usado e disse:

– Tudo bem, eu vou pro meu quarto.

– Não – falei. – Você precisa ficar. Você é uma peça importante em tudo o que vai acontecer daqui pra frente. Senta aqui do meu lado.

Leo fez que sim com a cabeça. Ajeitou os ombros, veio até o sofá e sentou-se. Dr. Simon Green e dr. Kipling se sentaram do outro lado da mesinha de centro, nas duas poltronas em frente a nós.

Primeiro, falamos sobre o enterro da vovó. Isso foi simples, pois a vovó deixou todas as instruções por escrito: *caixão fechado, nada caro, sem produtos químicos de preservação, nada de mausoléu, mas gostaria de ser enterrada ao lado do meu filho no jazigo da família no Brooklyn.*

– Você vai querer que façam autópsia? – me perguntou Simon Green.

– Simon, não acho que isso seja necessário – indicou dr. Kipling. – Galina estava doente havia muitos anos.

– Tudo bem, então... – respondeu Simon Green. – O que levou à morte?

Descrevi o que Imogen tinha contado sobre a queda de eletricidade.

– Por que o gerador não funcionou? – insistiu Simon Green.

– Não sei – respondi.

– Você confia nessa Imogen, certo? – perguntou Simon Green. – Ninguém pode ter se associado a ela, certo? Talvez oferecido dinheiro? Alguém que tivesse interesse na morte da sua avó.

– Quem iria querer isso? – perguntou Leo com um leve tremor na voz.

– Simon, você está sendo absurdo e inapropriado. – Dr. Kipling lançou um olhar de advertência pra Simon Green. – Imogen Goodfellow trabalha para a família há anos. É leal e excelente funcionária. Em relação às circunstâncias da morte de Galina? Não existe mistério algum nisso. Ela estava muito doente. É incrível que tenha durado tanto, nas semanas anteriores a sua morte, conversamos várias vezes sobre a inevitabilidade de sua condição, e ela chegou a confessar que suspeitava que sua hora estivesse chegando e que ela já tinha até começado a esperar por esse momento.

– Ela me disse a mesma coisa – falei. Olhei para Leo. – É verdade.

Leo concordou. Disse, finalmente:

– Mas não faria mal a ninguém uma... – Quando estava chateado, Leo às vezes esquecia algumas palavras. – O que ele falou – apontou para Simon. – Aquele negócio que ajuda a descobrir como a pessoa morreu? Então a gente ia ter certeza, não é isso?

– Você está falando de uma autópsia?

– Isso, uma autópsia – repetiu Leo. – Annie sempre fala que é melhor ter mais informação do que menos.

Eu admiti que só estava repetindo as palavras do papai.

Dr. Kipling deu um tapinha na mão do meu irmão. Gemi, porque teve uma época, não fazia muito tempo, que o Leo não suportava ser tocado por qualquer pessoa que não fossem os parentes mais próximos. Mas ele estava bem. Mal pareceu registrar o toque.

– Na verdade, Leo, apesar de normalmente concordar totalmente com sua irmã e com seu pai no que diz respeito ao poder da informação, acho que, nesse caso, existem coisas que podem sofrer com uma autópsia. Você se incomodaria se eu explicasse que coisas são essas?

Leo concordou e dr. Kipling expôs seus motivos:

– Sua avó está morta. E nada mudará esse fato. Não existe motivo para acreditarmos que tenha morrido de qualquer coisa que não seja a idade e os efeitos cumulativos de sua doença. Mas, se a família autorizar uma autópsia, dará a impressão de que acreditamos numa outra possível causa de morte. Parecerá que acreditamos existir algo por trás dos fatos, e isso é a última coisa de que sua família precisa.

Leo concordou.

– Por quê?

– Porque você e suas irmãs não suportariam a exposição. Você com certeza sabe que, sendo o único irmão com dezoito anos, será nomeado guardião da Natty e da Annie?

– Sei – respondeu Leo.

– Se a maneira de viver de sua família se tornar assunto de interesse público, o Juizado de Menores pode tentar tirar as duas de perto de você, Leo. Você é muito jovem e as pessoas conhecem seu histórico médico. As autoridades poderiam mandar Natty e Annie para um orfanato se, por alguma razão, você não parecer um bom pai.

– Não! – gritou Leo. – Não! Nunca!

— Não se preocupe, Leo. Vou fazer de tudo ao meu alcance para garantir que isso não aconteça – disse dr. Kipling. – E é por isso que aconselho que você não faça nenhum movimento que atraia atenção indesejada para sua família. Os profissionais do serviço social andam bastante ocupados. Ninguém vai prestar atenção em vocês, a não ser que tenham motivos para isso.

Houve um silêncio.

— É... O que você tá dizendo... faz sentido. – respondeu Leo finalmente.

— Ótimo – disse dr. Kipling.

— O senhor acha que o Leo deve se afastar do emprego?

— Eu não quero fazer isso! – reclamou Leo.

— Ele ainda está trabalhando na Piscina – expliquei.

Dr. Kipling passou os dedos num fio de cabelo invisível na cabeça careca.

— Ah, sim. Acabei não resolvendo a situação na veterinária, não foi? Peço desculpas, Anya. O problema que tive no coração – mas isso não é desculpa. Dr. Green, anote uma coisa para mim, por favor?

Simon Green obedeceu e não disse nada. Na verdade, não tinha dito uma palavra desde a sugestão da autópsia. A expressão no rosto dele me lembrava a de um *basset hound*.

— Você gosta do trabalho na Piscina? – perguntou Simon Green para o meu irmão.

— Gosto – respondeu Leo. – Muito.

— Que tipo de coisa você faz lá?

— Busco almoço pros homens. Lanchinhos e bebidas também. E lavo roupas.

— E eles te tratam bem?

– Tratam.

– Entendo completamente sua preocupação, Anya, mas não acho que Leo deva abrir mão do emprego na Piscina – concluiu dr. Kipling. – Mesmo que seja para o crime organizado, é melhor que ele tenha um emprego consistente. – Dr. Kipling olhou meu irmão nos olhos. – Você tem que prometer que não fará nada perigoso ou ilegal. Você é o protetor da Anya e da Natalya agora. Tem um papel extremamente importante.

Leo endireitou o corpo e fez que sim com a cabeça de forma solene.

– Prometo.

– Ótimo – disse dr. Kipling. – Em termos da administração da casa, a maioria das coisas continua como antes. – Eu já sabia disso, claro. Dr. Kipling estava, na verdade, falando com Leo. – O dinheiro está depositado numa conta, gerenciada por mim até Annie chegar à maturidade.

Leo não questionou esses acertos nem se sentiu insultado, como a vovó temia que pudesse acontecer. Ele aceitou tudo sem perguntas, e isso foi um alívio. Apesar da gafe de Simon Green, dr. Kipling conseguiu fazer com que meu irmão não se sentisse desvalorizado. Continuamos discutindo o serviço funerário modesto da minha avó por um tempo. Dr. Kipling insistia que não devíamos fazer o velório no apartamento, mas também que deveria ser num lugar privado onde nossos parentes mafiosos se sentissem confortáveis ao prestar respeito a ela.

– Dr. Green e eu vamos pensar em alguma coisa.

Já estávamos terminando com os assuntos mais imediatos quando a campainha tocou. Era o agente funerário vindo buscar o corpo da minha avó para levar para a funerária. Leo pediu licença e foi para o quarto. (Acho que ele estava com um pouco de medo do cadáver.)

– Por que você não vai ver se o agente funerário precisa de alguma coisa? – disse dr. Kipling para Simon Green. Simon Green estava sendo dispensado e sabia disso.

Dr. Kipling estava suando, então sugeri que fôssemos até a varanda.

– Como vai a sua saúde? – perguntei para ele.

– Muito melhor, obrigado. Eu me sinto quase sessenta e dois por cento normal. Keisha presta atenção em tudo que eu como. Não quer que eu ingira nem por acidente alguma coisa com sabor. – Ele passou o braço em volta dos meus ombros, de maneira paternal. – Eu sei o quanto você amava Galina e o quanto ela te amava. Imagino como você está triste.

Não respondi.

– Eu me preocupo com você. Com a maneira como você tranca seus sentimentos, Annie. Não é saudável. – Dr. Kipling riu. – Apesar de eu não ser a melhor pessoa para dar esse tipo de conselho. Annie, tem uma coisa sobre a qual ainda não conversamos. Fico na dúvida até de tocar no assunto, mas acho que é meu dever.

– O que é?

– O menino Delacroix – disse dr. Kipling. Obviamente ele tinha lido sobre nós dois, como todo mundo. – Silverstein finalmente anunciou sua aposentadoria, o que significa que Charles Delacroix certamente vai declarar sua candidatura ao cargo a qualquer momento. E quando isso acontecer, a atenção sobre ele e todos os que são próximos vai se multiplicar.

Eu sabia aonde ele queria chegar, e não era algo em que não tivesse pensado milhares de vezes. Droga, eu tinha conversado sobre o assunto com a Scarlet em novembro:

— Você acha que eu devo terminar com Win?

— Não, eu nunca pensaria em dizer uma coisa dessas para você, Anya. Mas o momento — a morte da Galina, Leo se tornando seu guardião, as aspirações políticas do sr. Delacroix — talvez não seja ideal. Eu não seria um bom conselheiro se não fizesse pelo menos uma pergunta: esse relacionamento vale a atenção que vai receber?

Meu cérebro dizia não.

Mas meu coração!

— Você não precisa responder agora — disse dr. Kipling. — Vamos nos falar muito nos próximos dias.

Vi Simon Green nos chamando do outro lado da porta de vidro da sala.

Dr. Kipling se desculpou por Simon Green.

— Ele não devia ter sugerido uma autópsia na frente do seu irmão. A intenção do Simon é boa, mas às vezes me dou conta de que ele ainda precisa aprender muita coisa.

Dr. Kipling e eu voltamos para a sala, e os agentes funerários pediram que ele assinasse a papelada que autorizava a transferência do corpo da vovó. Naquele momento, o cadáver estava numa maca, dentro de um saco preto de vinil, fechado com um zíper que ia até a metade do saco. Ver a minha avó daquele jeito me fez lembrar de que ela não tinha tido extrema unção. Fiquei preocupada com a alma dela, e com a minha.

— Ninguém veio dar a extrema unção — falei ao dr. Kipling. — Ela me disse que estava morrendo, mas eu não dei ouvidos! Eu poderia ter chamado um padre. A culpa é minha.

— Annie — disse dr. Kipling, gentilmente —, sua avó não era católica.

— Mas eu sou! — gemi. — E não quero que ela vá pro inferno!

Dr. Kipling não disse nada. Nós dois sabíamos que minha avó tinha feito coisas duras na vida, e não valia a pena fingir que era diferente. Galina Balanchine precisaria de todas as vantagens de que pudesse dispor para ter alguma chance de ir para o céu.

Naquela noite, depois de levarem o corpo da minha avó, depois que eu servi macarrão para Leo e para Natty, depois que tirei os lençóis da cama dela, depois que confirmei com dr. Kipling que a Piscina seria um bom lugar para o velório, depois que fiz a Natty tomar banho e ir para cama, depois que dei uma aspirina para melhorar a dor de cabeça do Leo, que estava tão forte que o fazia chorar, depois que rezei para que essa dor de cabeça não se tornasse uma convulsão, depois que me deitei na cama, só para ser acordada pela Natty, que tinha tido um pesadelo, depois que me deitei pela segunda vez, depois de todas as coisas que eu fiz, fiquei em silêncio. Um silêncio maior do que eu me lembrava já ter habitado aquele apartamento em muitos anos. As máquinas que mantinham minha avó viva eram tão barulhentas, eu tinha crescido acostumada ao barulho delas, acho. Era estranho que esse novo silêncio me parecesse tão barulhento agora. Eu não conseguia dormir, então saí da cama e fui até o quarto da vovó. Desde que ela tinha adoecido, o quarto sempre tinha um cheiro ligeiramente azedo para mim, e agora não tinha cheiro de nada. Como essa transformação tinha acontecido rápido!

O quarto tinha sido o escritório do meu pai antes de a vovó ter vindo morar com a gente. Acho que ainda não mencionei isso, mas era o quarto onde meu pai foi assassinado. Na primeira noite dela na nossa casa, achei que ia dormir no quarto dos meus pais, mas ela disse que aquele deveria ser o meu novo quarto – eu dormia com a Natty até então – e que ela ficaria no escritório. Mesmo tendo apenas nove anos, não achei certo que ela dormisse onde o próprio filho tinha sido assassinado (o tapete tinha manchas de sangue!) e disse para ela que não tinha problema eu continuar com a Natty.

– Não, Anyaschka – ela me disse. – Se não usarmos esse quarto, ele vai ser pra sempre o lugar onde seu pai morreu. Vai se tornar um monumento quando precisa se tornar um quarto. Nunca é uma boa ideia manter um caixão no meio da casa, meu anjo. Além do mais, você já está grandinha, e uma menina da sua idade precisa ter o próprio quarto. – Não entendi completamente o que ela dizia na época, e me lembro até de ter ficado com um pouco de raiva dela. *Meu pai morreu naquele quarto*! Era o que eu queria dizer. *Você devia mostrar respeito*! Mas agora me dava conta de que ela deve ter precisado de muita força para dormir ali. Meu pai era seu único filho biológico: embora não tivesse admitido, também devia estar sofrendo.

Olhei para a mesa de cabeceira da vovó e vasculhei a gaveta, para ver se ela tinha me deixado algum bilhete. Nada, além de comprimidos e do livro *David Copperfield*, da Imogen.

Sentei no colchão sem lençol. Fechei os olhos e pensei na minha avó dizendo *pegue uma barra de chocolate e divida com alguém que você ama*. Abri os olhos. Ninguém mais me diria essas palavras. Ninguém mais iria querer que eu comesse alguma coisa doce sem motivo. Ninguém mais se importaria com quem eu dividia meu chocolate. Existia menos amor para mim no mundo do que vinte e quatro horas antes. Enterrei meu rosto nas mãos e fiz o possível para chorar sem fazer barulho – não queria acordar meus irmãos.

Minha avó me amava.

Realmente me amava.

E, mesmo assim, eu estava aliviada com a sua morte. (Essa verdade me fez chorar ainda mais.)

Peguei no sono no quarto da minha avó, naquela noite.

Acordei com o sol nascendo, o que não via do meu próprio quarto, que tinha vista para oeste. Compreendi por que a vovó gostava tanto de dormir ali. O armário era maior que o meu e a luz da manhã era espetacular.

Dr. Kipling e eu conversamos sobre a importância de manter a rotina de sempre, e, principalmente, da necessidade de eu e Natty irmos à escola normalmente. E foi o que fizemos. Despreparadas e de olhos inchados, mas fomos.

Contei para Scarlet na aula de esgrima. Ela chorou e não disse nada particularmente útil.

No almoço, contei para Win. Ele quis saber por que eu não liguei antes pra ele.

– Eu teria ido para a sua casa – disse ele.

– Você não ia poder fazer nada – falei.

– Mesmo assim. Você não devia ter ficado sozinha.

Não consegui evitar pensar na conversa com dr. Kipling. Olhei para o Win, e me perguntei se devia desistir dele. Mais exatamente, me perguntei se *conseguiria* desistir dele.

– Win, você me faria um favor? Não conta nada pro seu pai ainda.

– Como se isso fosse possível – disse ele. – Não conto nada pra ele.

– Eu sei – respondi. – Mas não quero acabar virando um problema pro seu pai resolver.

Win mudou de assunto.

– Quando é o enterro? – perguntou. – Eu vou com você.

– Não vai ter nada. Só um velório na Piscina, no sábado. Só pra família. – Não achei que seria uma boa ideia Win ir comigo.

– Se você não quer que eu vá, é só dizer.

– Não, é que... – De repente, me senti exausta. Tinha dormido pouco e estava tendo dificuldades com minha própria sensibilidade.

– Não é como se eu não tivesse nada melhor pra fazer do que ir ao velório da sua avó – disse Win.

– Eu estou cansada – falei. – Vamos falar disso depois?

– Claro – respondeu Win. – Eu passo na sua casa de noite. Se não consegui dizer antes, eu sinto muito pela morte da sua avó. – Ele me beijou, mas não de um jeito sensual. Gentil. Carinhoso. Então o sino tocou e ele teve que ir para a próxima aula. Observei-o atravessar o refeitório de piso xadrez. Ele era esguio, os ombros largos e aprumados. Andava com graça, quase como um bailarino. Olhando assim, ficava muito óbvio para mim o quanto ele ainda era um menino. Isso, ele era um menino. Só um menino. Não seria fácil, mas resolvi que se precisasse, conseguiria desistir dele. Como católica, aprendi logo cedo a aceitar a renúncia como parte da vida.

– Anya Balanchine? – Alguém encostou no meu braço. Era uma das professoras da Natty. Nunca tinha sido minha. Era nova, estava trabalhando no colégio havia um ou dois anos e tinha aquele tipo de entusiasmo de desenho animado que esperávamos das pessoas inexperientes. – Meu nome é Kathleen Bellevoir! Estava esperando encontrar você hoje! Tem um minuto para falarmos da sua irmã? Vou com você até sua sala! – Tudo era um ponto de exclamação com essa moça.

Fiz que sim com a cabeça.

– Claro. Se Natty estiver um pouco estranha nas aulas de hoje... bem, a gente teve uma morte recente na família, então...

– Eu sinto muito em ouvir isso, mas não, não era sobre isso que eu gostaria de falar. Na verdade, é o contrário! Queria falar com você sobre sua irmã, como vai indo bem! Ela tem um dom, Anya.

O quê?

– Um dom? Qual é a sua matéria mesmo?

– Matemática – respondeu ela.

– Matemática? Natty tem um dom... pra matemática? – Isso era novidade para mim.

– E ciências, apesar de não ser minha aluna nessa matéria. Escute – disse srta. Bellevoir. – Posso chamar você de Annie?

Dei de ombros.

– É assim que Natty se refere a você! Fala da irmã constantemente!

– Obrigada por me avisar que Natty tem um dom – falei.

– Veja bem, existe esse curso para crianças superdotadas em Massachusetts. São oito semanas de treinamento no verão. É uma oportunidade para Natty estar com outras crianças como ela. Ela precisa de um patrocinador e eu ficaria muito feliz de poder acompanhá-la.

– E por que você quer tanto fazer isso?
– Eu... Porque eu acredito na Natty.
– O que você quer pra fazer isso? – perguntei. – Você deve querer alguma coisa.
Ela corou.
– Não. Nada! A não ser que Natty tenha o sucesso que ela merece!
Eu não tinha cabeça para pensar nisso. Estava preocupada com o velório da vovó, com o serviço social e outras milhares de coisas.
Srta. Bellevoir continuou:
– Fiz a inscrição no nome dela meses atrás.
– Você fez o quê? – Quem aquela mulher pensava que era?
– Peço desculpas se me excedi. Sua irmã tem uma mente realmente extraordinária, Annie. A mente mais extraordinária com que me deparei em anos de professorado.
Quanto tempo seria isso? Tipo, dois anos?
– Ah, você provavelmente está pensando que eu não devo ser professora há muito tempo. Vamos acrescentar meus anos de estudo também. Natty poderia ser a pessoa responsável pela solução do problema da água, por exemplo. Ou qualquer outra coisa. Qualquer coisa... – Ela suspirou. – Annie, escute, eu tenho de fato um motivo pessoal para ajudar sua irmã. Sendo direta, estou cansada de como as coisas ficaram terríveis. Não me diga que você jamais se perguntou por que a situação está do jeito que está. Por que devotamos todas as nossas forças na tentativa de compensar nossa falta de recursos? Você se lembra, honestamente, quando foi a última vez que alguém surgiu com algo de novo na nossa sociedade? Que não fosse uma

lei, é claro. E você sabe o que acontece com uma sociedade velha? Ela se desgasta e morre. Estamos vivendo na Idade das Trevas e metade das pessoas nem parece perceber isso. Isso não pode continuar assim para sempre! – Srta. Bellevoir fez uma pausa. – Me desculpe. Quando me envolvo, às vezes posso soar um pouco confusa. Meu ponto é que Natty é alguém que pode, honestamente, fazer alguma coisa. Mentes como a dela são nossa única esperança e, como professora da sua irmã, não estaria fazendo corretamente meu trabalho se deixasse uma inteligência como essa ir para o lixo.

Natty sempre tirava boas notas, mas isso era ridículo.

– Se ela é tão extraordinária assim, por que ninguém me disse isso antes?

– Não sei – respondeu srta. Bellevoir. – Talvez se sintam intimidados pela sua família. Ou talvez enxerguem Natty sob uma espécie de filtro, exatamente pelo mesmo motivo.

– Você está querendo dizer que foram preconceituosos? – Trinquei os dentes.

– Mas *eu* sou nova, e tenho os olhos bons. E estou dizendo isso pra você agora.

Estávamos à porta da sala onde eu teria aula com o professor Beery. Ela disse que mandaria mais informações. Srta. Bellevoir era intrometida, mas resolvi que ela não era do mal.

– Tenho que falar sobre isso com... – quase disse minha avó – meu irmão e meu advogado.

– Natty me disse que é você quem tomas todas as decisões da família – disse srta. Bellevoir. – Que você é a protetora de todo mundo.

– Ela não devia dizer essas coisas – respondi.

– Deve ser pesado pra uma pessoa só.

Juro, ficava irritada quando alguém, um estranho, percebia coisas que eu e Natty não tínhamos percebido. Era como se eu tivesse falhado com a minha irmã.

– Se a Natty é um gênio assim, como eu nunca notei?

– Às vezes é difícil enxergar as coisas que estão bem na nossa frente – disse srta. Bellevoir. – Mas estou dizendo a você, o dom dela é precioso. E precisa ser estimulado e protegido. – Srta. Bellevoir apertou minha mão. Depois piscou para mim e fez um gesto com a cabeça, como se fôssemos conspiradoras.

Abri a porta da sala. Srta. Bellevoir acenou para o professor Beery, para que ele soubesse que estava comigo. Ele assentiu com a cabeça.

– Que bom que chegou, srta. Balanchine – disse ele.

– Eu estava com srta. Bellevoir.

O professor não disse nada.

– Quero dizer, eu vi o senhor acenar para ela – falei. – Então deve ter visto que estávamos juntas.

– Já chega, srta. Balanchine. Sente-se.

Em vez de sentar a minha mesa, fui até a frente da sala e encarei meu professor.

– Acho que o senhor viu – continuei. – Mas gosta de ser sarcástico. O senhor gosta de nos depreciar, não é? Gosta desse pequeno poder. Joga um aluno contra o outro pra ter gente do seu lado. Isso é patético.

– Você está sendo inapropriada – disse ele.

– E quando eu digo *isso*, na verdade estou me referindo ao *senhor*. O senhor é patético – respondi.

Peguei minha bolsa e me dirigi à diretoria.

O professor Beery gritou:

– Vá! Para! A! Diretoria!

– Eu já estou fazendo isso – eu disse.

Talvez eu não devesse ter ido ao colégio no dia seguinte à morte da vovó, no final das contas.

A diretora não foi tão dura comigo por conta da morte na minha família. Um dia de suspensão, começando no dia seguinte. Isso mal podia ser chamado de punição. Era só uma oportunidade de ficar em casa. E eu provavelmente deveria ter feito isso. Passei o dia todo me sentindo meio apática.

Natty, Scarlet, Win e eu pegamos o ônibus de volta para casa.

Natty estava usando o chapéu do Win.

– Ei – falei. – Vocês sabiam que tem um gênio entre nós?

– Eu não diria que sou um gênio – disse Scarlet –, mas sou bastante talentosa.

– Não estou falando de você, estou falando da Natty.

– Eu acredito – disse Win. – A cabeça dela é quase do tamanho da minha. Olha só como meu chapéu cabe nela.

Natty não disse nada.

– Então, você é um gênio em que área, menina? – perguntou Win.

– Matemática – respondeu Natty. – E coisas do gênero.

– Eu nunca soube disso – comentou Scarlet.

– Isso é novidade pra todo mundo – falei.

– Hum, parabéns, então – disse Scarlet para minha irmã.

Quando chegamos ao meu apartamento, Natty correu para o quarto e bateu a porta. Não fiquei com vontade de ir atrás dela, mas fui. Girei a maçaneta, mas a porta estava trancada.

– Natty, deixa eu entrar.

– Por que você quis me constranger daquele jeito? – gritou Natty de dentro do quarto.

– Por que você nunca me disse que era um gênio? – gritei de volta.

– Para de me chamar disso!

– Disso o quê?

– De gênio!

– Isso é um elogio. Então, por que você não me disse nada? Por que eu tive de ficar sabendo por uma professora idiota que parece mais nova que eu?

– Srta. Bellevoir não é idiota!

– Não. Eu sou. Nem percebi que minha própria irmã era um gênio. – Sentei no corredor. – Me senti uma imbecil, Natty. Parecia que eu não te conhecia direito, ou que não dou a mínima pra você.

Natty abriu a porta.

– Eu sei que você se preocupa comigo. É que... Nem eu sabia. Achava que todo mundo era igual a mim. Até srta. B dizer que não.

– E quando você descobriu isso, por que não falou nada?

– Porque eu não quis te preocupar. Você tinha acabado de chegar daquele lugar horrível, o Liberty. E eu não queria te causar mais nenhum problema. E você estava apaixonaaaaaaada pelo Win.

– Mas você, um gênio? Isso deveria ser uma coisa legal, não? Por que você pensou que seria um problema?

– Acho que foi porque você sempre disse pra gente ser discreta no colégio. Então, tentei fazer isso em sala de aula. Eu não levanto muito a mão. Quase sempre eu sei a resposta, mas nunca digo.

– Você está dizendo que tenta parecer *menos* inteligente? – A ideia da minha irmã tentando desesperadamente ser como a média era absurdamente deprimente. Parecia que meu crânio estava pressionando meus olhos, e eu levei as mãos à cabeça. – Mas, Natty – sussurrei –, isso não está certo.

– Desculpa, Annie. Eu só quis ajudar. Eu pedi para a professora não te falar nada. Que não fazia sentido.

Ergui ligeiramente a cabeça. Parecia que meu olho latejante tinha de alguma forma melhorado.

– Você quer ir pro treinamento do verão? – perguntei.

– Não – respondeu Natty. – Talvez.

– E os pesadelos? Eu não poderia ir com você, você sabe disso. Não posso deixar o Leo sozinho. Além do mais, não sou exatamente um gênio.

– Não sei – respondeu minha irmã. – Não tinha pensado nessa parte.

– A gente não precisa resolver isso hoje. Mas você tem que falar dessas coisas comigo, Natty. Principalmente agora que a vovó morreu. Eu sei que não sou a vovó nem a mamãe nem o papai, mas eu faço o melhor que posso.

– Eu sei, Annie. Eu sei de tudo que você faz por mim. Pelo Leo, também. Eu queria que a vida não fosse tão difícil pra você. – Ela me abraçou com seus bracinhos finos e não pude deixar de pensar na srta. Bellevoir dizendo que a Natty era preciosa, uma pessoa que precisava ser protegida. Tinha me permitido ficar distraída nos últimos meses, e isso era inaceitável, principalmente depois da morte da minha avó. Eu era responsável por ela. Naquele momento, a importância disso me veio com força absoluta. Sem mim, ela não seria capaz de dar asas ao seu potencial. Talvez se envolvesse com gente ruim – sabe-se lá, éramos rodeadas por esse tipo de gente. Sem mim, ela talvez até morresse. Ou, se não morresse, talvez não chegasse a ser a pessoa que deveria e isso podia ser até pior que a morte. Puxei minha irmãzinha para perto de mim. Senti uma ligeira tonteira, falta de ar, achei que fosse vomitar. Meu peito estava apertado e eu tive vontade de socar a parede. Eu me dei conta de que isso era amor, e era horrível.

De repente, realmente precisei vomitar. Larguei Natty e corri para o banheiro. Consegui chegar, mas foi por pouco.

Vomitei durante uns dez minutos mais ou menos. Quando terminei, percebi que alguém segurava minha cabeça. Pensei que era Natty, mas, quando me virei, vi que era Win. Tinha esquecido que ele tinha voltado da escola comigo.

– Ah – falei, pressionando a descarga. – Você devia ir pra casa. Eu estou nojenta.

– Já vi coisa pior – respondeu ele.

– Cadê a Natty? – perguntei, como quem diz "a Natty que não estava aqui para segurar a minha cabeça".

– Ela foi ligar para a Imogen.

Considerando minha última conversa com a mulher, duvidei que viesse.

– Você deve ir para casa, sério – eu disse. – Não quero que você pegue seja lá o que for essa porcaria que eu tenho.

– Eu nunca fico doente – disse ele. – Tenho uma saúde excelente.

– Bom pra você – resmunguei. – Dá pra você ir, por favor? Eu prefiro ficar doente sozinha, se não for pedir muito. – Levantei. Estava ligeiramente zonza, mas Win segurou meu braço e me levou até o quarto.

Caí na cama e dormi.

Quando acordei, Imogen estava do meu lado. Tinha colocado uma toalha úmida na minha testa.

Minha cabeça latejava. Meus olhos lacrimejavam e eu estava vendo tudo embaçado. Pontinhos coloridos flutuavam pelo quarto. Meu estômago doía. Minha pele coçava absurdamente. Parecia que eu estava morrendo.

– Eu estou morrendo?

– Você está com catapora, Annie. Natty e Leo são vacinados, mas na sua época as doses eram racionadas.

(*Vocês estavam preocupados com a possibilidade de eu estar grávida? Imaginando que eu tinha transado com Win e não tinha contado? Eu jamais faria isso. Diferentemente de algumas pessoas, me orgulho de ser uma narradora absolutamente confiável.*)

Imogen continuou:

– Talvez você tenha pegado no casamento do seu primo? Notou alguém com cara de doente?

Balancei a cabeça. Queria coçar o rosto, mas Imogen tinha colocado luvas de algodão em minhas mãos.

– Eu não posso ficar doente. Tenho que organizar o velório da vovó. Tantas coisas pra resolver. E tem o colégio. Natty e Leo precisam de mim... – Sentei-me na cama. Imogen me empurrou gentilmente, mas com firmeza.

– Bem, você não vai poder fazer nada disso até, pelo menos, semana que vem.

– Por que você está aqui? – perguntei.

– Porque Natty ligou pra mim. – Ela enfiou um canudo na minha boca. – Beba.

Obedeci.

– Não – falei. – Quero dizer, por que você veio depois de tudo que eu disse?

Ela deu de ombros.

– Eu tinha tempo. Acabei de perder meu emprego fixo. – Deu de ombros novamente. – Você estava chateada – respondeu Imogen. – Bebe mais. Você precisa de líquidos.

– Desculpa – eu disse. – De verdade. Minha cabeça está muito cheia.

– Você é uma boa menina, eu aceito seu pedido de desculpas – disse Imogen.

– Estou tão cansada – falei.

– Então durma, meu bem. – Ela acariciou minha cabeça com a mão seca e fria. Foi reconfortante. Talvez os últimos momentos da minha avó tenham sido assim. Talvez sua morte não tenha sido tão horrível.

Fechei os olhos, depois os abri de novo.

– Você sabia que a Natty é um gênio? – perguntei.

– Eu já suspeitava – respondeu Imogen.

Queria me coçar, mas em vez disso, disse a coisa terrível que vinha carregando no meu peito desde a conversa com dr. Kipling.

– Acho que vou ter que terminar com meu namorado. – Pronto, estava dito.

– Por quê? Ele parece um rapaz legal.

– Ele é. É o cara mais legal que eu já conheci. – eu disse. – Mas muito tempo atrás, o pai dele me avisou que se eu saísse com ele, o que dizia respeito a mim passaria a dizer respeito a ele. E agora que a vovó morreu, talvez o pai dele tente interferir na nossa vida. Você e eu sabemos que, se a gente fosse parar no tribunal, Leo nunca seria aprovado como um guardião apropriado. – Tossi. Minha garganta estava muito seca. Imogen colocou o canudo na minha boca.

– A única maneira de deixar a mim e a meus irmãos em segurança é conseguir manter a gente fora de alcance até eu fazer dezoito anos.

– Humm – disse Imogen. Empurrou o canudo na minha direção novamente. – Beba.

Bebi.

– Mas se não estiver namorando o filho, o pai não vai precisar se preocupar comigo. Com a gente.

– Entendi – disse Imogen. Ela colocou o copo na mesa de cabeceira, aparentemente satisfeita com a quantidade de líquido ingerida por mim.

Estava começando a sentir uma coceira horrível de novo. Eu me mexi para coçar o braço. Imogen me impediu.

– Isso vai fazer você se sentir melhor – disse ela, e pegou um frasco de loção na mesinha e passou nas feridas da minha pele. – Você não tem certeza se o pai dele vai fazer alguma coisa – continuou. – A maioria dos pais quer que os filhos sejam felizes, acima de tudo.

Pensei em Charles Delacroix no dia em que me acompanhou na saída do Liberty. Eu conheci pelo menos um pai que faria o que fosse preciso para vencer, independentemente da felicidade do filho. Balancei a cabeça.

– Não sei exatamente o que o pai dele vai fazer, mas acho que namorar o filho dele nos coloca em perigo. E por mais que eu... – Será que eu amava Win? Realmente amava? Sim, acho que sim – ame Win, amo mais Natty e Leo. Não posso arriscar o bem-estar deles por causa da minha paixonite de adolescente. Se a vovó ainda estivesse viva... mas eu não posso correr esse risco. Eu sabia o que tinha que fazer. Não seria fácil, mas tinha que ser feito. Tentei tirar a luva, mas Imogen me impediu, segurando minhas mãos.

– Lembre-se: amores de adolescência nem sempre são bobagem, Annie. E você não pode fazer nada agora. A doença vai te dar uns dias para pensar.

– Eu realmente sinto falta da vovó – falei. – Eu sei que a maioria das pessoas enxergava Galina apenas como uma velha acamada, mas eu realmente sinto falta dela. – Eu estava cheia de coceiras, fraca e meus olhos começaram a lacrimejar. Sentia falta de conversar sobre as coisas com a minha avó. Sentia falta de conversar com ela. Era inconcebível que eu nunca mais fosse escutar sua voz. – Sinto muita falta – falei.

– Você deve tentar não falar. Eu também sinto falta dela. – declarou Imogen. – Posso ler um pouco para você? Sempre ajudou sua avó a dormir. Eu trouxe um dos meus favoritos. – Ergueu o livro para que eu visse o título.

– Não é sobre uma órfã? – Eu detestava esse tipo de história.

– Você não pode evitar as histórias sobre órfãos, meu amor. Toda história é sobre um órfão. A vida é um conto de orfandade. Todos seremos órfãos mais cedo ou mais tarde.

– No meu caso, mais cedo.
– Verdade, no seu caso, mais cedo. Mas você é forte, e Deus nunca nos dá mais do que podemos suportar.

Eu não me sentia forte. Tinha vontade de enfiar minha cabeça embaixo do cobertor e não tirar nunca mais. Estava absurdamente cansada.

– Pode ler, se quiser – falei.
– Capítulo um – ela começou a ler. – "Não havia possibilidade de caminhar naquele dia. Estávamos vagando havia uma hora, naquela manhã, é verdade, em meio a arbustos desfolhados, mas, desde o jantar (sra. Reed jantava cedo quando não tinha companhia), o vento frio do inverno trouxera com ele nuvens tão escuras, uma chuva tão penetrante, que qualquer exercício do lado de fora estava fora de questão..."

Fora tentar não me coçar, não fiz muita coisa nos cinco dias seguintes. Por conta da minha condição, não pude nem comparecer ao velório da minha avó. Scarlet e Imogen foram com Natty no meu lugar. Pedi que Scarlet ficasse de olho no Leo também. (Scarlet teve sorte e conseguiu não pegar catapora de mim. Estranhamente, a única pessoa do colégio com catapora era o professor Beery.)

Não me senti particularmente mal por não poder ir ao velório da vovó. Teoricamente, eu compreendia velórios – eram uma maneira de demonstrar respeito pelos vivos e pelos mortos. Eram exposições emocionais em lugares públicos e eu tinha problemas com isso. No funeral do meu pai, por exemplo, me senti observada, e isso significava, imagino, que estava sendo julgada. Não bastava ficar triste por dentro. A pessoa tinha que *parecer* triste aos olhos alheios. Apesar de estar triste por submeter meus irmãos a tal escrutínio, fiquei feliz por ter na catapora uma desculpa para não ir. Eu já tinha frequentado enterros e velórios demais nos meus dezesseis anos de vida.

Ajudei meus irmãos na escolha das roupas: uma gravata preta do papai para o Leo e um vestido preto meu, antigo, para Natty. Antes do meio-dia, Imogen e Scarlet chegaram para encontrar meus irmãos. Finalmente, fiquei sozinha com minhas pintas vermelhas e me esforcei para não prestar atenção nelas. Fora o fato de estar toda me coçando, absolutamente nada atraente, não me sentia especialmente mal. Logo depois do meio-dia, a campainha tocou. Era Win, e eu não o via desde a tarde no chão do banheiro. Eu ainda estava com péssima aparência. O que foi particularmente irritante era o tanto que ele estava bem. Vestia um casaco comprido, verde-oliva, talvez tivesse pertencido a um soldado de antigamente. O cabelo estava um pouco úmido – ele devia ter tomado banho logo antes de sair de casa – e algumas mechas estavam meio congeladas, provavelmente resultado do frio lá fora. E, sim, as mechas congeladas e espetadas eram lindas.

– Trouxe uma coisa pra você – disse ele, depois de entrar. Win enfiou as mãos dentro dos bolsos e tirou quatro laranjas. – Sua fruta favorita.

Peguei uma e levei até o nariz.

– Os experimentos da minha mãe no terraço estão começando a dar frutos – ele brincou. – Essa laranja se chama Cara Cara. É rosa por dentro e muito doce.

Ele veio me beijar e eu me afastei.

– Você não tem medo de pegar catapora? – perguntei.
Ele balançou a cabeça.
– Já tive.
– Mesmo assim. As pessoas pegam duas vezes. E...
– Não vou ter catapora pela segunda vez – insistiu ele.
Eu me afastei mais ainda.
– Como você pode querer me beijar? Estou completamente nojenta.
– Não completamente – disse ele.
– Estou. Eu vi minha cara no espelho, eu sei.
Ele riu.
– Tudo bem – disse, finalmente. – Não vim aqui pra forçar você a nada. Só achei que gostaria de companhia enquanto todo mundo está no velório. Olha, eu até posso descascar uma laranja pra você.

Eu disse que era capaz de descascar minha própria laranja.

– Não usando isso – disse ele, indicando as luvas nas minhas mãos que Imogen tinha insistido para que eu continuasse usando. Ele segurou e apertou minha mão. Fiquei consciente da existência do meu coração dentro do meu peito. Eu precisava terminar com ele. Ele se sentou no sofá de veludo marrom. Eu me enrosquei ao seu lado e encostei a cabeça nas costelas de Win. Ele começou a passar os dedos no meu cabelo, o que me irritou, mas eu não disse nada. Eu tenho cabelo encaracolado e propenso a ficar frisado, então, mantenho as pessoas longe dele. Estava feliz com aquela irritação, que achava fortificante, de certa maneira. Pensei, ele não é perfeito. Se eu pudesse me concentrar numa coisa irritante que ele fazia, talvez conseguisse terminar.

Eu me endireitei no sofá. Depois levantei e fui sentar na poltrona vermelha.

– O que foi? – perguntou ele.

Eu sabia que seria melhor eu dizer que não estava dando certo, que nós dois não éramos compatíveis, que não existia explicação para esse tipo de coisa. Infelizmente, não fiz isso.

– Win – disse eu. – Você não pode ser meu namorado por enquanto. – Expliquei o caso para ele, exatamente como fiz com vocês: eu realmente, realmente gostava dele (*importante: não usei a palavra amor*), mas minha família era mais importante que meus sentimentos, e agora que minha avó estava morta, eu não podia arriscar a presença do pai dele na minha vida.

E ele me convenceu do contrário. Ou talvez eu tenha me deixado convencer do contrário. Talvez eu quisesse ser convencida do contrário. Ele disse que me amava e que eu também o amava, e que isso era a coisa mais importante. Disse que eu não podia tomar essa decisão sozinha. Disse que o pai não se meteria comigo e que poderia controlar Charles Delacroix, caso ele tentasse interferir na minha família. (Mesmo na hora, eu sabia que era uma mentira ridícula, eu conhecia o pai dele.) Ele disse que o amor era a única coisa que importava de verdade na vida. (Outra mentira.)

Mas eu estava vulnerável e mentiras podem parecer uma beleza quando uma garota está apaixonada pela pessoa que diz isso para ela. A verdade era que eu não podia, naquele momento, suportar perder o Win também.

Ouvimos a porta da frente se abrir. Era uma da tarde e eu não estava esperando ninguém por pelo menos mais uma hora. Fui até o hall. Leo passou por mim e foi correndo para o quarto, batendo a porta. Imogen, Natty e Scarlet ficaram paradas na porta, tirando os casacos.

– O que aconteceu? – perguntei, me sentindo culpada por não ter arrastado meu ser coberto de catapora até o enterro. – Por que vocês voltaram tão cedo? O que aconteceu com o Leo?

Scarlet respondeu:

– A gente não sabe ao certo. De repente, ele começou a discutir com uns caras da Piscina. Pensei que ia ficar tudo bem. Mas de uma hora pra outra começou uma gritaria e o Leo apareceu com o olho roxo...

– Espera – eu disse. – Leo tá com o olho roxo?

– Vou colocar alguma coisa nele – disse Imogen, indo na direção da cozinha.

– É – Scarlet respondeu. – Não vi a história começar – ninguém viu – e ele também não quer dizer o que foi. Depois, Yuji disse pra gente entrar no carro.

– Yuji? – perguntei. – Yuji Ono? Ele estava lá?

– Ele *está* aqui – acrescentou Natty.

Foi então que percebi a presença de Yuji Ono na porta, de casaco preto.

– Eu ainda estava nos Estados Unidos, então resolvi prestar minhas condolências – disse Yuji.

– Eu... – Apertei meu robe e desejei ter um véu para cobrir o rosto. – Espero que você já tenha tido catapora.

– Já – disse ele. – Me avisaram disso.

Win estava de pé atrás de mim. O hall estava absurdamente cheio. Win estendeu a mão pra Yuji.

– Meu nome é Win.

– Ele é namorado da Annie – acrescentou Natty.

Yuji fez um gesto afirmativo.

– Vi você no casamento, fim de semana passado. Prazer.

– Vamos pra sala – falei.

– Não – disse Yuji, baixando levemente a cabeça. – Eu preciso ir. Queria saber se você tem um minuto pra conversarmos a sós antes de eu ir embora. Imaginei que te encontraria no velório, mas não sabia que estava doente.

– Claro, eu...

– Annie! – Imogen me chamou do corredor. – Posso falar com você?

– Licença – eu disse. – Um segundo. – Cruzei o corredor até o quarto do Leo e encontrei Imogen na porta, segurando um saco de ervilhas congeladas. – Seu irmão trancou a porta, não quer abrir. Você vai ter que arrombar a fechadura.

Bati na porta.

– Leo, sou eu, Annie. Deixa eu entrar, por favor.

Nenhuma resposta.

Peguei o grampo que ficava guardado na parte superior da moldura da porta exatamente para isso, e comecei meu trabalho na fechadura. Minha mente estava ocupada com perguntas, mesmo assim, só precisei de quinze segundos. Eu não tinha perdido a prática. Peguei o saco na mão da Imogen e disse que entraria sozinha.

Leo estava sentado na cama, de frente para a janela. Não estava chorando, o que considerei um bom sinal.

– Leo – falei, baixinho –, você devia colocar alguma coisa nesse olho.

Ele não respondeu, então eu me sentei do lado dele. Ergui o braço para colocar as ervilhas congeladas no rosto dele. Leo afastou o corpo.

– Annie, me deixa em paz!

– Por favor, Leo. Você não precisa falar nada. Eu só quero colocar isso no seu olho. Com seu histórico médico, é melhor não deixar sua cabeça inchar muito. Não quero que você tenha uma convulsão.

– Ok! – Leo pegou as ervilhas e colocou no rosto.

– Obrigada. Você é muito importante pra essa família. Pra mim – acrescentei. – E tem que cuidar bem de você mesmo.

Leo não disse nada.

– Isso dói – falou, tirando o saco do rosto e colocando no colo. Eu finalmente consegui olhar direito o olho dele. Estava inchado, a pálpebra fechada, um hematoma arroxeado se espalhando até a bochecha. Ele sangrava um pouco perto da têmpora. – Ah, Leo, quem fez isso com você?

Ele colocou o pacote sobre o olho novamente.

– Eu bati primeiro.

– Em quem? Em quem você bateu? – Logo depois do acidente, Leo tinha dificuldade de controlar a raiva, mas isso não era um problema havia anos.

– Annie, eu não quero falar sobre isso.

– Eu preciso saber em quem você bateu, caso tenha que fazer alguma coisa a respeito – falei. – Não precisa ser uma tempestade em copo d'água, mas a gente talvez tenha que pedir desculpas ou, pelo menos, falar com pessoas, explicar sua condição.

Leo jogou o saco de ervilhas na janela. Ervilhas rolaram em todas as direções pelo chão.

– *Cala a boca, Anya!* Você não manda em mim e não sabe de tudo.

– Tudo bem, Leo. Você tem razão. Eu só quero saber em quem você bateu. Preciso saber.

– Primo Mickey – disse ele.

Com certeza vocês se lembram que primo Mickey era filho do Yuri Balanchine e, provavelmente, seu sucessor. Um pedido de desculpas certamente teria de ser feito e, de preferência, o mais rápido possível.

– Por quê? Mickey te fez alguma coisa?

O olhar do Leo se fixou no canto superior direito do quarto. Olhei para cima, para ver o que tinha ali, mas não vi nada.

– Vovó morreu por culpa dele – disse Leo, finalmente.

– Como assim?

– Se a gente não estivesse fora da cidade por causa daquele casamento idiota, ela ainda estaria viva. Estaria aqui agora, e não... Por que a gente tinha que ir naquele casamento?

– A vovó quis que a gente fosse, lembra? Ela achava importante mostrar respeito pelo resto da família.

Leo torceu as mãos.

– É muita pressão, muita pressão. Muita pressão.

– O quê? – perguntei.

– Tomar conta de você e da Natty. Eu sinto falta da vovó, quero a vovó de volta. E o papai!

– Ah, Leo! Você não está sozinho nisso. Estou aqui.

– Mas você é minha irmã mais nova. Eu preciso te proteger.

Sorri. De certa forma, era emocionante que ele me visse dessa maneira.

– Leo, eu realmente posso me cuidar. Venho fazendo isso há algum tempo.

Leo não disse nada.

– Você deitaria, por mim, Leo? Acho que seria bom você descansar.

Ele concordou. Afrouxei a gravata e tirei sua camisa manchada de sangue.

– Você acha que todo mundo vai ficar com raiva de mim? – perguntou ele.

– Você não tem que se preocupar com nada disso agora. Eu explico tudo. Todo mundo entende como a morte da vovó é difícil pra gente.

Saí do quarto. Imogen ainda estava esperando no corredor e eu perguntei se ela não se incomodaria de ficar de olho no Leo para mim.

– Eu já estava planejando fazer isso – respondeu Imogen.

Apesar de Win, Natty e Scarlet terem ido para a sala, Yuji Ono ainda estava no hall.

Enquanto apertava meu robe na cintura, desejei imensamente ter trocado de roupa de manhã.

– Desculpa ter feito você esperar. Sei que está com pressa.

Yuji fez um gesto para demonstrar que não tinha importância.

– Eu queria falar com você em particular – disse ele. – Podem ouvir a gente aqui?

Sugeri que fôssemos para a varanda. Passamos pelos outros na sala para chegar lá. Win olhou pra mim com ar questionador, e eu sorri ligeiramente, para que soubesse que estava tudo bem.

– Por que você não foi ao velório? – perguntou Yuji, depois que fechei a porta da varanda.

Eu disse que estava doente e tinha medo de infectar outras pessoas.

Ele estudou meu rosto e isso me deixou desconfortável. Como só estava vestindo o robe, comecei a tremer de frio e

Yuji ofereceu seu casaco. Recusei, mas ele insistiu, tirando o paletó e colocando em meus ombros.

– O que aconteceu pro Leo bater no Mickey? – perguntei.

– Não tenho certeza. Num segundo, Leo estava conversando com o amigo, o filho bastardo do Yuri com a prostituta – não consigo lembrar o nome dele...

– Jakov Pirozhki – eu disse.

– E, de repente, ele cruzou o salão pra bater no Mickey. O que eu queria falar com você é que talvez esse Jacks seja uma influência negativa pro seu irmão.

– É possível, mas não acho que Jacks tenha feito com que o Leo atacasse Mickey Balanchine, se é isso que está querendo dizer. Acho que um dos nossos advogados enfiou na cabeça do Leo que, se a gente não tivesse ido ao casamento, Galina ainda estaria viva – expliquei.

Yuji estendeu as mãos, respirou profundamente e baixou a cabeça. Dava para ver que ele estava resolvendo se diria ou não o que estava pensando.

– Anya, o que eu vou dizer, digo com o maior respeito pela sua família e especialmente pela relação entre nossos pais amados e falecidos. – Ele fez uma pausa, pigarreou. – Está na hora de colocar sua casa em ordem.

– Como assim?

– Você permitiu que as coisas saíssem de controle por aqui, mas não é tarde demais. Tenho certeza de que seu irmão está sendo influenciado por Jakov Pirozhki. Mas é mais do que isso. A razão de eu ter feito essa viagem à América tem a ver com as cinco grandes famílias do chocolate. Você sabe quem são.

Fiz que sim com a cabeça.

– Os Balanchine aqui. Vocês, na Ásia. Os Marqueze no México. Os... – Então, fiz uma pausa. Honestamente, não sabia que famílias deviam ser consideradas as outras duas.

– É, eu já fui como você – disse Yuji. – Passei a vida inteira à margem dos negócios da família sem saber exatamente nada a respeito: em que clima chocolates são produzidos, como são as fábricas, por que o chocolate se tornou ilegal em várias partes do mundo, as pessoas que vivem dessa produção e dessa distribuição...

– Chega – interrompi. Eu sabia que estava sendo insultada. – Por que eu deveria saber alguma coisa sobre um negócio que não tenho nenhum plano de assumir?

– Isso – disse ele. – Também já pensei assim, também já fui resistente. Mas, Anya, gente como eu e você não tem escolha. Fomos gerados dentro desse destino. Você vai estar nesse negócio, quer queira, quer não queira. Você é a filha mais velha de Leonyd Balanchine e...

– Não sou! É o Leo!

– O Leo era – insistiu Yuji. – Você é inteligente e eu sei que sabe o que eu quero dizer com isso.

Não respondi.

– Você me diz honestamente que considera uma estratégia inteligente não se envolver com os negócios da família? Por que foi parar na cadeia, outono passado? E por que seu namorado acabou envenenado e sem um pé? Por que seu pai e sua mãe estão mortos? E tantos membros da minha família também? Por que seu irmão é do jeito que é? Anya, você é praticamente uma mulher adulta agora, chegou a hora.

— Hora de quê? — Exigi uma resposta.

— De aceitar o que é seu por direito de nascença e fazer o melhor possível com isso.

— E o Yuri? E o filho do Yuri? Eles não administram a Balanchine?

— Não com sabedoria. Administram mal. As outras famílias percebem essa fraqueza e essa confusão. Enxergam oportunidades. E seu tio tem muitos inimigos. Ele nunca deveria ter se tornado cabeça da família Balanchine, e todo mundo sabe disso. Quando seu pai foi assassinado, todo mundo pensou que sua avó Galina seria a chefe interina, mas ela preferiu tomar conta de você e dos seus irmãos em vez disso.

Eu nunca soube disso.

— A situação é muito perigosa pra você, Anya. Mais gente vai acabar morta. Pode acreditar em mim. O envenenamento com Fretoxin foi só o começo.

— Eu tenho responsabilidades — falei. — A melhor maneira de proteger minha família — estou falando da Natty e do Leo — é manter a gente fora disso.

Yuji me olhou nos olhos.

— Pelo que eu sei, catapora só é contagiosa antes de as bolinhas estourarem. Você poderia ter ido no velório da sua avó hoje, mas preferiu não ir. Me parece que você escolheu passar a manhã com o seu namorado em vez disso.

— Isso não é verdade.

— Tem certeza? — disse Yuji.

— O que você quer de mim? — perguntei.

— Eu vim aqui porque sou amigo da sua família, e foi por isso que escolhi fazer um relatório dos negócios da família Balanchine desde o incidente do envenenamento para as outras famílias.

— O que você vai dizer?

— Ainda não sei — respondeu ele. — Na minha opinião, a sua família está à beira de um enorme fratricídio. Por um lado, o que pode ser o interesse das outras famílias seria permitir que isso aconteça, e, uma vez que tudo tenha terminado, todos mergulharíamos para repartir o quinhão de mercado dos Balanchine.

Eu não tinha certeza do que significava *fratricídio*, teria que olhar no dicionário mais tarde.

— Por outro lado, acredito que seja melhor pro negócio do chocolate ter parceiros fortes. Seu pai era um grande líder. E acho que você pode vir a ser uma grande líder também.

— E você ficou tão pervertido quanto eles. Meu pai não era um grande líder. Meu pai era um criminoso comum. Um ladrão e um assassino.

— Não, Anya, você está errada. Leonyd Balanchine era simplesmente um homem de negócios, tentando extrair o máximo de uma situação ruim. O chocolate não foi sempre ilegal e talvez volte a ser permitido um dia. Talvez, em breve, o negócio não seja mais nem chocolate.

— E *vai* ser o quê?

— Essa é uma conversa longa, eu acho. Talvez trabalho infantil. Mas acredito, assim como outras pessoas, que vai ser a água. Estamos com escassez de água e a pessoa que controlar o suprimento de água controlará o mundo.

— Eu não posso fazer nada disso! — eu disse. — Não passo de uma menina e tenho que cuidar do meu irmão e da minha irmã. Gostaria de terminar o colégio, talvez até entrar pra faculdade. O que você parece estar me pedindo é impossível.

– Vou repetir pra você uma coisa que meu pai sempre me dizia: "Yuji, você pode ser um observador passivo, que passa a vida reagindo às decisões tomadas pelos outros, ou pode ser o líder que toma as decisões." Talvez alguma coisa tenha se perdido na tradução do japonês pro inglês, mas acho que dá pra entender meu argumento. Você diz que quer proteger seus irmãos acima de tudo. Eu te pergunto, Anya: das duas pessoas que meu pai nomeou, quem você acha que é mais capaz, melhor preparado pra proteger sua família? Quem está correndo por aí tentando evitar o conflito ou quem sabe que o conflito vai existir e abraça as possibilidades? Você sabe o que meu pai dizia ser a melhor coisa da vida?

Balancei a cabeça. Yuji era visivelmente um apaixonado, mas eu não tinha certeza de estar entendendo o ponto dele.

– O catalisador. Numa reação química, o catalisador instiga a mudança, mas não sofre alteração.

– Seu pai está morto, Yuji – lembrei a ele. – Assim como o meu.

Naquele momento, outro japonês apareceu na varanda, a pessoa mais enorme que eu já tinha visto pessoalmente. Tinha uma barriga grande e braços fortes como os de um lutador de sumô. Estava de terno preto e o cabelo, também preto, estava preso num rabo de cavalo. Não podia ser outra coisa que não um guarda-costas do Yuji. (Devia estar esperando no corredor do lado de fora o tempo todo.) Disse várias frases em japonês e Yuji respondeu no mesmo idioma. Yuji fez uma mesura de cabeça para mim.

– Eu tenho que ir – disse em tom muito formal. – Volto pra Ásia hoje à tarde. Estendi minha visita o máximo que pude. Não nos veremos novamente tão cedo. Mas se precisar falar comigo, por favor, não pense duas vezes antes de ligar. Até mais, srta. Balanchine. E boa sorte. – Fez mais uma mesura.

Fui com ele até a porta, passei novamente por Win, Scarlet e Natty, depois fui ao banheiro para jogar uma água no rosto antes de voltar para a sala. Vi minha imagem refletida no espelho. Todas as minhas feridas estavam abertas e, apesar de estar me sentindo melhor, minha aparência física era pavorosa. Uma pequena parte do meu ser sentiu um ligeiro embaraço por aquele homem bonito, de vinte e três anos, Yuji Ono, ter sido forçado a me ver feia daquele jeito. Eu preferiria não ver ninguém nessas condições, muito menos minha paixão de criança. Mas me dei conta de que tinha sido mais que um erro não ter ido ao velório da minha avó: uma atitude egoísta e pecaminosa. Eu deveria ter antecipado que Leo reagiria daquela maneira. Yuji estava certo, apesar do que eu disse antes, não foi o medo de contaminar outras pessoas que me impedira de ir, mas a vaidade.

Era uma boa lição.

Fui até o meu quarto para trocar de roupa. Apesar de não me importar de passar o resto do dia na cama, coisas precisavam ser feitas. Eu precisava encontrar Yuri e Mickey Balanchine para explicar o comportamento do meu irmão.

A campainha tocou, pensei que fosse Yuji Ono, voltando para me dizer todas as minhas outras falhas, mas eram dr. Kipling e Simon Green. Eles tinham encerrado o velório e queriam saber do Leo e de nós.

– É – informei. – Está tudo bem. Leo está descansando. E eu estou indo pedir desculpas pro Yuri e pro Mickey. Por acaso, um de vocês sabe o que significa *fratricídio*? – perguntei.

– Sangue – responderam juntos.

– É um conflito sangrento ocorrido entre um mesmo povo – acrescentou Simon Green.

– Isso é pra algum dever de casa? – perguntou dr. Kipling.

Balancei a cabeça.

– Você parece péssima – disse Simon Green, pouco encorajador.

– Obrigada – respondi.

– Não, o que eu quis dizer foi: tem certeza de que está bem pra sair? – perguntou Simon Green.

– Preferiria não sair, mas acho que isso não pode ser adiado – respondi.

– Anya tem razão – falou dr. Kipling. – Quando pequenas feridas não são tratadas, podem infeccionar e se tornar problemas mais sérios. Nós levamos você lá, se quiser.

– Não – respondi. – Acho melhor ir sozinha. Vai parecer menos formal.

Dr. Kipling concordou que meus instintos talvez estivessem corretos, mas insistiu que ele e Simon Green tomassem o ônibus até a Piscina comigo, de qualquer maneira.

XVI. peço desculpas (várias vezes); me pedem desculpas (uma vez)

Como já disse antes, a Piscina ficava na West End Avenue, não muito longe da Holy Trinity. Apesar de eu evitar ir ali, a Piscina era um lugar bonito. Mosaicos azulejados forravam as paredes de dourado, branco e azul-turquesa. Apesar de ninguém nadar ali havia anos, o lugar ainda cheirava a cloro. E como ficava num subsolo, era silencioso e frio. Os sons ecoavam de maneira pouco comum e surpreendente. Meu pai tinha escolhido aquele lugar porque era barato, fácil de vigiar e mais conveniente do que a maioria dos escritórios em Williamsburg. Imagino que também agradasse esteticamente. Uma das principais razões de eu não gostar de ir lá era o fato de me fazer lembrar muito do meu pai.

Fats estava me esperando no lobby, com Jacks.

– Eu queria falar com tio Yuri e com o Mickey – falei. – Eles estão aí?

– Claro, menina – respondeu Fats. – Eles ainda estão no escritório. Desculpa, mas vou ter que revistar você antes de te deixar entrar.

– Tomara que você não pegue catapora – respondi e levantei os braços.

– Fui vacinado quando era pequeno – disse Fats enquanto corria as mãos em cima da minha roupa. – Pronto. Como você está aguentando a coceira?

– Ando tentando concentrar meus esforços em uma ou duas feridas. Minha teoria é que, se eu coçar uma até explodir, mal vou prestar atenção nas outras.

– É – disse Fats. – E está funcionando?

– Não muito – admiti.

Percebi que Jacks não abria a boca desde que eu cheguei. O silêncio não era a cara dele, e lembrei que Yuji Ono disse que Jacks não era uma boa influência para o meu irmão.

– E aí, Jacks? – falei.

– Bom ver você, Annie – respondeu ele.

– Então – continuei –, o que foi que aconteceu com o Leo, hoje? Ouvi dizer que vocês brigaram.

Jacks passou a mão no cabelo várias vezes.

– Você conhece seu irmão melhor do que ninguém. Às vezes ele fica irritado com qualquer coisa. Acho que ele estava triste com a morte da sua avó e descontou no Mickey.

– Mas por que o Mickey? – insisti. – Você não estava perto?

– Caramba, Annie. Eu sei lá. Mickey é um idiota. Talvez ele tenha olhado torto pro Leo. Quem vai saber? Não sou babá do meu irmão nem do seu. – Jacks se virou para Fats. – Tudo bem se eu for embora? Estou faminto.

Fats fez que sim com a cabeça.

– Tudo bem, mas eu vou voltar pro meu bar às oito da noite, então não demora muito.

Jacks se virou pra mim antes de sair.

– Desculpe se fui grosso com você, Annie. Estou cheio de coisa na cabeça.

– Não liga pra ele – disse Fats. – Acho que está na TPM. – Fats apontou para os fundos. – Melhor você ir, se quiser falar com Mickey e com Yuri.

O escritório do Yuri ficava no coração do vestiário. Toda a parte da frente fechada por uma janela de vidro. Essa janela, combinada com um espelho grande e convexo no canto superior da parede, facilitava a visão de quem quer que entrasse no escritório, fosse qual fosse a posição em que ficasse. Consequentemente, não precisei bater na porta. Simplesmente acenei e entrei.

– Annie – disse tio Yuri, se levantando para me cumprimentar. – Bom ver você. Sentimos sua falta no velório da Galina hoje. Estou vendo pelo seu rosto que você ainda não está bem.

– Melhorei um pouco – disse, e dei dois beijos no rosto dele, porque esse era o protocolo.

– Olá, Anya – disse Mickey. Ele estava escondido num canto da sala. Vi que tinha um hematoma na bochecha. A ferida que ele deixou no Leo era bem mais grave.

– Você devia estar na cama – disse tio Yuri. – O que foi que te tirou da cama, pequena Annie?

– Eu vim pra pedir desculpas pelo meu irmão – falei. – Leo nem sempre pensa antes de agir. Acho que ele estava mexido com o velório.

– Não se preocupe, criança – respondeu tio Yuri. – Nós sabemos como Leo é... – Ele procurou a palavra. – Sensível, mas nós o amamos.

Olhei para o Mickey para conferir se ele tinha o mesmo sentimento.

– Quero que você saiba que eu não fiz nada pra provocar o seu irmão – disse Mickey. – E me sinto péssimo por ter batido em alguém... – Agora era a vez de Mickey buscar algum eufemismo pra definir meu irmão. – Como Leo. É uma atitude terrível.

– Agora, beije sua prima e façam as pazes – tio Yuri instruiu Mickey.

– Eu não tive catapora – disse Mickey. – Não é nada pessoal, Anya. Nem sempre as vacinas funcionam.

– Tudo bem – garanti a ele. – Sua lua de mel foi legal? – perguntei.

– A gente não teve. Eu não podia me afastar do trabalho – respondeu Mickey. – Yuji Ono estava na cidade, respirando no meu cangote, e a gente ainda está tendo que lidar com o golpe do envenenamento, acredita nisso, tanto tempo depois?

– Vocês já descobriram quem foi o responsável?

Mickey balançou a cabeça.

– Algumas pessoas começaram a suspeitar que foi alguém de dentro.

– Chega de assunto de trabalho – disse Yuri. – Annie não quer ouvir falar nisso.

Concordei acenando com a cabeça e me virei para ele.

– Talvez seja melhor o Leo não trabalhar mais na Piscina, não acha? – sugeri.

– Não tem necessidade disso – garantiu tio Yuri. – Ele é um funcionário excelente e o que aconteceu não terá a menor consequência. Diga ao Leo que tire o dia de amanhã de folga e nós nos vemos novamente na segunda-feira, como sempre. – Tio Yuri me ofereceu uma xícara de chá, mas eu disse que precisava voltar para casa. – Como vão as coisas, agora que Galina faleceu? – perguntou ele. – Você e seus irmãos estão se virando?

Fiz que sim com a cabeça. Eu não tinha certeza de como estavam as coisas, mas a última coisa que eu queria era a ajuda da minha família.

Quando voltei para casa, encontrei tudo quieto. Vi a luz por baixo da porta do quarto da minha irmã, o que geralmente significava que ela estava estudando. Apesar de não ser parte do seu trabalho, Imogen estava lavando louça. Fui até a cozinha para falar com ela.

– Fiz jantar – disse ela. – E dei uma aspirina pro seu irmão.

– Obrigada – respondi. – Você não precisava fazer nada disso.

Imogen fechou a torneira.

– Eu gosto muito de você e dos seus irmãos, Annie. Apesar de Galina ter morrido, ainda me preocupo com você.

Assenti com a cabeça e, de repente, tive o que achei ser uma boa ideia.

– Espero não te ofender com isso, mas será que você toparia ficar por aqui mais umas duas semanas? – perguntei. – Eu sei que você é enfermeira, não babá, mas eu realmente gostaria da sua ajuda. E talvez isso faça com que as coisas pareçam mais normais pra eles. – Fiz um gesto em direção aos quartos. – Dr. Kipling continuaria te pagando a mesma coisa.

– Só não vou ter que lidar com penicos. – Imogen sorriu pra mim.

– Se você algum dia quiser passar a noite, pode dormir no quarto da vovó – falei.

– Parece bom, Annie. Honestamente, estava esperando que você me pedisse isso.

Apesar de eu não ser muito do tipo que abraça, abracei Imogen. Ela estava de braços estendidos para mim e teria sido rude não corresponder.

Ela se ofereceu para esquentar o jantar, mas eu não quis. Meu estômago ainda estava um pouco embrulhado.

– Torrada? – sugeriu.

Tenho que admitir, isso me parecia uma boa ideia.

Ela tirou a casca e colocou a torrada num pratinho de porcelana, depois me mandou ir para a cama.

Quando entrei no quarto, encontrei Win esperando por mim. Ele estava lendo um livro.

– Ah – falei. – Eu não sabia que você ainda estava aqui.

– Você não se despediu, mais cedo – disse ele, colocando o livro na cama. (Era um dos livros da Imogen.) – Eu não sabia aonde você tinha ido. Estava esperando pra ver se ia ser assassinada. Agora que vi que você não morreu, posso ir embora.
– Win ficou de pé. Era quase um palmo mais alto que eu. Me senti pequena e detonada do lado dele.

– Desculpa – eu disse. – Não deu pra evitar.

– Não deu pra evitar? É essa a sua melhor desculpa? – Ele sorria enquanto dizia isso.

– Eu... minha vida é complexa. Mil vezes desculpa.

Win franziu a testa e depois me beijou.

– Está perdoada.

— A única coisa que eu fiz hoje foi pedir desculpas. Estou começando a me sentir a pessoa que mais pede desculpas no mundo.

— Não precisa ser tão dura com você mesma — disse Win. — Duvido que você seja a pessoa que pede mais desculpas no mundo. O mundo é muito grande.

— Obrigada.

— Eu estava começando a me perguntar se você não tinha fugido com o Yuji. É assim que se fala o nome dele? — perguntou Win.

— É.

— Fiquei com ciúme.

— Não precisa ficar — respondi. — O Yuji tem vinte e três anos. É muito velho pra mim.

— E você prefere a mim, não é?

— Claro que eu prefiro você. Para de ser bobo, Win.

— Vinte e três não é tão velho assim — provocou ele. — Quando você estiver com dezoito, ele só vai ter vinte e cinco.

— Engraçado. É a mesma coisa que a Natty me disse uma vez sobre você. E olha que você só é quatro anos mais velho que ela.

— Natty é a fim de mim? — perguntou Win.

Revirei os olhos.

— Não dá pra perceber? Ela é tipo obcecada por você.

Win balançou a cabeça.

— Que fofo.

A campainha tocou e fui abrir a porta. Olhei pelo olho mágico. Um homem que eu nunca vi estava carregando uma caixa de papelão enrolada num celofane transparente (do tipo caro que não se vê muito hoje em dia, porque não é reciclável).

Era mais baixo que eu, e os braços finos pareciam estranhos em contraste com a barriga redonda e grande. Eu me perguntei se ele era gordo de fato ou se aquele embrulho escondia alguma coisa nefasta, exemplo: uma arma.

– Entrega para srta. Anya Balanchine – avisou.

– De quem? – perguntei sem abrir a porta.

– Não diz aqui – respondeu o suposto entregador.

– Um minuto – respondi, fui até o closet da vovó e peguei a arma do meu pai. Guardei na cintura da minha saia e voltei para o hall. Deixei a corrente travada e entreabri a porta.

– O que é? – perguntei.

– Se eu disser, vai estragar a surpresa – respondeu o entregador.

– Eu não gosto de surpresas – eu disse.

– Fala sério, todas as garotas gostam de surpresas – disse o entregador.

– Eu não. – Fiz menção de fechar a porta.

– Espera! São flores! – ele disse. – Basta receber, tudo bem? Você é minha última entrega da noite.

– Eu não estava esperando flor nenhuma – falei.

– Bem, é assim que funciona. As pessoas normalmente não esperam receber flores.

Fazia sentido.

– Basta assinar aqui. – O homem ergueu o embrulho e me deu um dispositivo eletrônico para eu assinar.

Disse a ele que preferia não assinar.

– Vamos lá, menina. Não dificulte a minha vida. Por favor, assine aqui.

– Por que você não assina por mim? – perguntei.

– Tudo bem – respondeu ele. Depois, resmungou. – As crianças de hoje não têm educação.

Levei a caixa surpreendentemente pesada até a cozinha. Abri o papel celofane com uma faca. Vinte e quatro rosas amarelas estavam arrumadas em fileiras num vaso quadrado. Eram as flores mais lindas que eu já recebera na vida. Rasguei o envelope creme e li o seguinte bilhete:

> Querida Anya,
>
> Peço desculpas se fui duro com você hoje. Você passou por uma grande perda e meu comportamento foi pior do que o de um homem sem sentimentos.
>
> Eu, dentre todas as pessoas, conheço os sacrifícios que você faz. Saiba que não está sozinha nem sem amigos.
>
> Seu velho amigo (espero),
> Yuji Ono
>
> P.S. Quando eu ainda era um menino, tive motivos para me afundar no desespero. Seu pai compartilhou estas palavras comigo: nosso maior medo não é sermos inadequados, mas poderosos acima da medida. Essas palavras ficaram para sempre na minha cabeça e é por isso que as passo adiante para você.
>
> P.P.S. Um dia desses, talvez você tenha a oportunidade de voltar a Kyoto.

Para que tudo coubesse no cartão, as letras tinham que ser pequenas e as palavras, precisas. Apesar de não ter certeza, achei que era a caligrafia do Yuji – ele poderia ter parado no florista no caminho do aeroporto – e isso, além das palavras formais, era um sinal de grande respeito por mim. Acima de tudo, vinha o presente de ouvir alguma coisa dita pelo meu pai. Eu poderia me agarrar a isso muito tempo depois de as flores terem morrido. Cheirei as rosas. O perfume era tranquilizador, e me sugeria um lugar onde eu jamais estivera, mas que gostaria muito de visitar um dia. Eu não ligava muito para flores, mas essas eram... Tive de admitir, eram adoráveis. Tinha acabado de enfiar o cartão no bolso quando Win veio da cozinha. Ele perguntou quem tinha mandado as flores e, sem saber por quê, eu menti.

– Um dos parentes que não pôde ir ao enterro – expliquei.

– Elas parecem caras – comentou ele. – Tenho que ir. Vou encontrar com alguns caras da banda que não é banda.

– Já? – Parecia que a gente mal tinha se visto.

– Anya, estou aqui há oito horas!

Depois que ele foi embora, sentei-me na mesa da cozinha, de frente para o buquê de rosas e li novamente o cartão. Eu me perguntei por que Yuji tinha estado em profundo desespero na infância. Lembrei que tinha sido sequestrado. Foi assim que ele perdeu o dedo, mas eu não sabia detalhes da história.

Li outra vez o cartão. Seria exagero dizer que o bilhete fazia com que eu me sentisse visível? Passei tanto tempo na vida me esforçando para fazer nossa família invisível: ou seja, bem e viva. E mesmo assim alguém tinha adivinhado. Alguém me pedia desculpas. E não era qualquer um, mas alguém numa posição de controle, que conhecia o jogo do ponto de vista do jogador. Alguém que sofrera como eu.

Eu não estava sozinha.

Guardei o cartão novamente no bolso e fui até o quarto da minha avó para guardar a arma no closet.

XVII. faço planos para o verão

A primeira coisa que eu fiz quando voltei para o colégio foi procurar a professora da Natty. Enquanto me recuperava, cheguei a uma conclusão em relação ao curso dos gênios: Natty devia ir e eu devia fazer tudo ao meu alcance para que isso acontecesse. Depois de ouvir a notícia, srta. Bellevoir se comportou da maneira ridícula esperada – me abraçou e me beijou, depois me encheu de instruções e números de telefone, prazos e preços.

– A partir de agora, estamos juntas nessa nobre missão – disse ela, quando eu estava indo embora. Eu não queria estar numa missão com ela. Já tinha mais do que minha parte para carregar.

Minha conversa com srta. Bellevoir foi mais longa do que eu tinha previsto, então, me atrasei cinco minutos para a aula de Ciência Forense II. Em geral, a professora Lau era tranquila em relação a atrasos, especialmente os meus, mas naquele dia ela baixou os óculos e disse com voz dura:

– Srta. Balanchine, gostaria de ter uma conversa com você depois da aula. – O tom foi tão sério que todos os alunos na sala suspiraram. Sentei ao lado do Win e esperei o tempo passar para receber minha punição. Eu gostava da professora Lau e era boa aluna, mas, certamente, aquele não era meu melhor ano acadêmico. Tinha perdido quase um mês de aulas no total, e Ciência Forense II era uma matéria especialmente difícil de recuperar por causa da quantidade de aulas de laboratório.

O sino tocou. Disse ao Win para ir andando.

– Boa sorte – respondeu ele.

Fui andando lentamente até a mesa da professora. Resisti à tentação de me desculpar pela minha ausência. É uma fraqueza pedir desculpas antes de ouvir a queixa da outra pessoa. Ninguém quer acabar criando novas queixas quando, na verdade, não deveria haver nenhuma. (Mais um dos pensamentos filosóficos do meu pai, se é que você já não adivinhou.)

– Ah, sim, srta. Balanchine – disse ela. – Gostaria que você desse uma olhada nisso.

Ela pressionou uma tecla para enviar um arquivo para o meu computador. Abri o arquivo e li:

CENA DE CRIME PARA ADOLESCENTES REFORÇO DE VERÃO

De 30 de junho a 15 de agosto, 2083
Washington, D.C.

Patrocinado pelo FBI e pela Sociedade Nacional de Criminologistas
Prazo final: 8 de abril de 2083.

Professores, somente seus melhores alunos criminologistas devem se inscrever. Calouros ou veteranos, tendo completado pelo menos dois (preferencialmente três) anos de Ciência Forense (processamento de cenas do crime, rastreamento de evidências etc.) e demonstrar extraordinária aptidão para o tema.

A seleção será extremamente competitiva.

Tirei os olhos da tela e encarei a professora Lau.

– Você só cursou dois anos da minha matéria, mas fui sua professora. Tenho certeza de que dois anos comigo equivalem a três com a maioria dos outros professores – gabou-se. – É um programa sólido. Muita pesquisa de campo, coisa que não posso oferecer aqui. E você ainda passa o verão com gente da sua idade, eles têm muitas atividades – encontros, boliche, coisas do gênero. Não que esse seja o ponto de interesse. Você tem talento pra Ciência Forense e esse pode ser um passo importante, Anya.

A ideia de visitar cenas de crime reais era certamente instigante. Mas por mais instigante que fosse, significava passar o verão longe.

O verão longe. Outras pessoas passam o verão longe. Scarlet, por exemplo, já passou vários em workshops de teatro na Pensilvânia. Eu passava os verões na cidade mesmo, cuidando do meu irmão, da minha irmã e da minha avó. E eu sabia que Win não ia fazer nada no verão, a não ser preencher inscrições para universidades. Existiam maneiras piores de aproveitar o verão do que passear com o meu namorado, isso imaginando que sou capaz de manter o namoro.

– Eu não posso – disse, finalmente.

– Imaginei que você fosse dizer isso – respondeu a professora Lau. – Conheço um pouco as circunstâncias da sua vida e preparei um contra-ataque. Você gostaria de ouvir?

Concordei.

– Então, serei direta. Sua avó morreu, você não precisa mais cuidar dela. Pelo que parece, Nataliya também estará num programa especial de verão com srta. Bellevoir...

Interrompi a professora Lau.

– Como você sabe disso?

– Professores conversam, sabia? Seu irmão, Leonyd, talvez tenha alguma incapacidade mental, mas é um adulto e você não pode ser babá dele para sempre. No mínimo, um verão longe pode ser um bom exercício para a inevitável separação de vocês. – Ela fez uma pausa para ver se eu estava acompanhando. Fiz um esforço para manter a expressão neutra. – Essa experiência também vai ser boa para você, como criminalista, Anya. Meu argumento final é que você ainda não foi aceita pelo programa. Apesar da recomendação especial que escreverei em seu nome, eles só aceitam cem alunos e você tem um ponto desfavorável, que é o fato de só ter cursado dois anos de Ciência Forense. Em outras palavras, você pode se inscrever e deixar para decidir depois.

A argumentação dela era bem embasada e compreensível.

– Obrigada – respondi.

Adiei minha inscrição até o domingo de Páscoa. O que mais me atrapalhava era o ensaio que eu teria que escrever. Eu precisava escolher entre cinco perguntas. Depois de pensar muito, me decidi pela quinta: *Qual a relação entre a Ciência Forense e a sua vida?* Escrever não foi uma coisa fácil para mim. Era um assunto tão pessoal. Escrevi sobre o assassinato do meu pai e o fato de a polícia não ter feito um trabalho eficiente na investigação da cena do crime, porque meu pai era um criminoso. E apesar de ser verdade que meu pai era um criminoso, ele também era um pai e um filho. Escrevi que todas as pessoas, não importa o histórico nem a obviedade das circunstâncias do crime, merecem investigação eficiente. Mais ainda do que as vítimas, os sobreviventes merecem o sossego de saber o que aconteceu, para, assim, serem capazes de seguir em frente. Cientistas da área da Ciência Forense não trabalhavam somente para quem já morreu, mas, na verdade, eram como padres e terapeutas para quem ficou também.

Paguei a inscrição, pressionei o botão *Send* e, pelo menos naquele instante, consegui não me sentir como se estivesse traindo alguém.

O telefone tocou. Pensei que devia ser Win, mas na verdade era dr. Kipling. Ele disse que tinha novidades para o Leo. A clínica veterinária finalmente estava limpa e reabriria no primeiro dia de junho.

– Ainda não sei de onde veio a denúncia original – disse ele –, mas é uma boa notícia, não?

– O senhor não faz ideia! – respondi. Contei sobre a minha inscrição no programa de verão e sobre a admissão da Natty também e disse que me sentiria mil vezes melhor sabendo que Leo estaria de volta à veterinária, e não trabalhando na Piscina.

– Um verão longe pode ser muito bom, Annie – disse dr. Kipling. – Exatamente do que você precisa para dar início à sua escolha de universidade. Já começou a pensar nisso?

– Humm...

– Bem, ainda está em tempo. E, é claro, a oferta para te acompanhar na excursão das faculdades ainda está de pé. Quem sabe na volta do seu programa de verão?

– Vamos ver – respondi.

– Como eu falei, a veterinária não vai abrir até o verão, e não tenho certeza se é bom para vocês se o Leo mudar de emprego tantas vezes ou ficar muito tempo desempregado. Não aconteceu nada de ruim com o Leo trabalhando na Piscina, certo?

– Fora a briga, que parece ter sido culpa dele, nada que eu saiba.

– Então talvez devêssemos deixar as cosias como estão por enquanto. Leo continua na Piscina até a reabertura da clínica em junho.

Depois de desligar o telefone, fui até o quarto do meu irmão para contar a boa notícia.

Bati na porta. Leo estava deitado na cama, olhando para a janela. Apesar de o olho ter melhorado bastante, ele parecia apático e preocupado. Fiz várias perguntas e recebi várias respostas monossilábicas.

– Você parece cansado, Leo – eu disse, finalmente.

– Está tudo bem – respondeu ele.

– É a sua cabeça?

– Estou bem, Annie! Para de me perturbar.

– Eu tenho uma boa notícia pra você – eu disse, animada. – Acabei de falar com dr. Kipling. Ele disse que a clínica veterinária vai reabrir no verão!

Leo sorriu pela primeira vez em semanas.

– Isso é ótimo!

– Você acha que vai querer trabalhar lá de novo? – perguntei.

Leo pensou um minuto, depois disse:

– Acho que não vou poder.

Perguntei por que não.

– Precisam de mim na Piscina, Annie.

– Também vão precisar de você na clínica. E os animais, Leo?

Leo franziu a boca e balançou a cabeça.

Eu quis gritar: *Por que precisam de você? Milhares de caras podem comprar sanduíches, mas só um pode ser meu guardião e da Natty. Lá não é seguro, Leo! Basta olhar para o seu olho! E se eu quiser considerar a possibilidade de ir para o programa de Ciência Forense do verão, gostaria de saber que você não vai levar um tiro!* Mas não disse nada disso. Gritar nunca era uma boa tática com meu irmão. Além disso, as bochechas do Leo estavam corando e os lábios estavam pressionados. Dava para ver que ele estava à beira das lágrimas, então, decidi usar outra abordagem.

– Leo – eu disse. – Preciso da sua ajuda.

– Ajuda? – perguntou ele. – Eu faria qualquer coisa por você, Annie.

– Ando pensando em passar o verão fora. É um programa pra quem tá pensando em fazer carreira em Ciência Forense. Você acha que pode ficar bem sem mim? Imogen pode cuidar da comida e dr. Kipling fica responsável pela parte financeira. E eu providencio pra que você possa me ligar sempre que quiser se precisar de alguma coisa na...

– Eu não sou criança, Annie. Sou um adulto.

– Eu sei disso, Leo. Claro que eu sei. Só queria ter certeza de que está tudo sob controle. Durante os dois próximos anos você é nosso guardião, meu e da Natty. Você é muito importante agora.

– É, eu sou muito importante – disse ele num tom que poderia ser classificado de sarcástico. – Sou o irmão mais velho e muito importante de Anya Balanchine. Sou muito, muito importante e preciso dormir. Você se importaria de apagar a luz quando sair, Annie? – Alguma coisa nesse pequeno discurso não me caiu bem, e, mesmo assim, não fiz pressão. Resolvi que era como ele disse: ele estava cansado, só isso.

Leo virou as costas para mim. Dei um beijo na lateral da cabeça dele, na cicatriz alta que tinha ficado depois da operação. Ele não era muito mais novo que Yuji Ono, e se não fosse a cicatriz, podia muito bem ser Yuji Ono. Alguém como ele, eu quis dizer.

Beijei meu irmão mais uma vez.

– Boa noite, meu príncipe – falei.

– A mamãe costumava dizer isso – respondeu Leo.

– Sério?

Ele fez que sim com a cabeça.

Não sei o que me fez usar aquelas palavras naquela noite. Mais tarde, descobri que era uma frase de *Hamlet*, algum personagem dizia isso depois da morte dele, e fiquei me perguntando por que a mamãe dava boa noite para o único filho com aquelas palavras tão fantasmagóricas. Eu pensava muito nas coisas que minha mãe fazia.

Ela morreu quando eu tinha seis anos, então, de certa forma, era uma espécie de personagem para mim, e muito mal delineado, diga-se de passagem. Eu sabia que ela era uma investigadora de cenas de crime que se apaixonou pelo meu pai, abandonou a carreira por causa dele e morreu. Lembrava que ela era bonita (mas que mãe não é linda para sua filha pequena?) e que tinha cheiro de um creme de mãos específico, com perfume de lavanda. Eu não reconheceria a voz dela se escutasse a gravação de uma única conversa que nós duas tivemos. Apesar de sentir falta da ideia da existência dela, da ideia de ter uma mãe, eu mal sentia falta dela em si. Como sentir falta de alguém que a gente não conhece? Já o meu pai... Meu cérebro era preenchido por ele, mas você já sabe disso a meu respeito.

Então, era estranho para mim não ter nenhuma memória da minha mãe, mesmo que fosse alguma coisa pequena como aquelas palavras para dar boa noite para o Leo.

– Você sente falta dela? – perguntei, sentando na cama.

– Às vezes – respondeu ele. – Meu cérebro... eu esqueço muita coisa. – Então ele sorriu para mim. – Mas você parece com ela. É bonita como ela. – Ele tocou no meu rosto com as costas da mão. Depois, passou os dedos na ruga formada entre minhas sobrancelhas. E limpou uma lágrima que deve ter escorrido do meu olho. – Faz esse programa de verão, Annie. Você não precisa mais se preocupar comigo, eu juro.

Naquela noite, sonhei com o curso de verão. Sonhei com Scarlet no meu quarto, me ajudando a fazer a mala. Sonhei com Natty, Leo e Win se despedindo de mim na estação de trem. Sonhei com minha colega de quarto, uma ruiva magrinha que me deixava escolher a cama. Sonhei com desenhos feitos de giz no asfalto e evidências em sacos plásticos. Sonhei com encontros para tomar sorvete e excursões a museus, museus de verdade, cheios de pinturas dentro. Essas viagens eram cafonas e antiquadas, mas, mesmo assim, divertidas. O melhor de tudo foi que sonhei com todas as pessoas que conheceria e que nenhuma delas saberia nada sobre mim. Em Nova York, eu era Anya Balanchine, filha de um chefe sanguinário do crime organizado, mas fora do estado, minha família era muito menos famosa. Minha avó não tinha mencionado uma vez outros Balanchine, de séculos atrás? Uma coreógrafa, talvez? Uma bailarina? Isso, eu me apresentaria como parente dessa.

– Meu nome é Anya Balanchine, e venho de uma extensa linhagem de bailarinas.

Eu podia ver tudo tão claramente.

XVIII. sou traída

No dia seguinte, Scarlet e eu estávamos trocando de roupa depois da esgrima quando ela me perguntou quais os meus planos com Win para a festa de fim de ano.

– Vocês dois vão?

Disse-lhe que não tínhamos discutido o assunto ainda, mas não via motivo para não irmos. Em geral, Win gostava desse tipo de coisa. E, já que o Baile de Outono tinha sido um fiasco total, eu estava planejando fazer o convite desta vez.

– Por quê?

– Ah, só falta um mês e eu faço parte do comitê de organização, então... – Ela diminuiu o tom de voz. – E alguém já me convidou. – disse ela.

– Já? Isso é ótimo! – Dei um beijo no rosto dela. – Não fala. Você voltou com Garrett Liu.

– Não... – disse ela.

– Quem é? – provoquei. – É alguém do colégio? Ou um homem mais velho e sexy?

Ela não respondeu.

– Quem, Scarlet? – Quanto mais ela ficava calada, mais eu tentava descobrir o quê (ou melhor, quem) o silêncio dela indicava. – Você não pode estar falando do...

– É coisa de amigo. E a gente foi jogado um para o outro desde que ele voltou às aulas. Não é nada romântico. É óbvio. O Gable é só o cara que vai comigo.

Pronto. Ela disse o nome.

– Scarlet, você não pode fazer isso! Ele é horrível. O fim. – Deixei escapar. Balancei a cabeça. Estava sem palavras. Eu não conseguia nem olhar para ela.

– Ele mudou, eu juro. Você viu o Gable ultimamente. Ele está diferente. Como poderia não estar? Ele perdeu o pé, Annie... eu acho que tenho pena dele.

– É isso? – perguntei. – Você tem pena dele?

– Eu... olha só, eu não sou propriamente a garota mais popular do mundo. Ninguém nunca me convida pra nada. Acham que eu sou... a garota esquisitona do teatro. Ou a velha amiga da Anya Balanchine. Posso ser boba, mas sei o que as pessoas dizem. E qual é a sua preocupação, de qualquer forma? Você tem o Win.

– Scarlet, você sabe que não é essa a questão! A questão é que a gente está falando do garoto que praticamente tentou me estuprar na noite antes do começo das aulas.

– Eu perguntei sobre isso. E ele disse que você entendeu errado...

– *Eu não entendi errado*!

– Me escuta um segundo, por favor? Ele disse que você entendeu errado, mas só um pouco. Ele queria transar com você, mas nunca forçaria nada, mesmo que o Leo não tivesse aparecido. De qualquer maneira, ele estava errado. Não devia ter ido até o seu quarto naquela noite. Também não devia ter dito as coisas que disse depois. Ele sabia que você é uma garota boa e católica – foi ele quem disse isso, Annie, uma garota boa e católica – e que ele nunca devia ter colocado você naquela posição. E ele se arrepende. A gente passou horas falando sobre o que aconteceu entre vocês dois. Eu nem cogitaria a possibilidade de ir com ele se não acreditasse que o cara está realmente arrependido e mudado.

– Ele está mentindo, Scarlet. Ele está te manipulando. – Tentei controlar minha respiração. Estava perigosamente prestes a dizer alguma coisa terrível para Scarlet, e, apesar da traição da minha amiga, ela sempre tinha sido leal comigo.

– Tem outra coisa. Prometi que não ia te contar, mas os pais dele queriam te processar pelo envenenamento. Mas Gable convenceu os dois a não fazerem isso. Disse que a culpa era dele, por ter te pedido o chocolate. Assumiu toda a responsabilidade e falou que o resto tinha sido um acidente de falta de sorte.

– *Foi um acidente*! Quanta nobreza da parte dele, Scarlet, admitir que o que foi um acidente foi um acidente!

– É, mas o Gable tem um monte de contas de hospital, então, mesmo que tenha sido a própria gula a causadora do envenenamento...

Eu a interrompi.

– Escuta, Scarlet. Se você vai à festa com Gable Arsley, a nossa amizade não pode continuar.

Scarlet balançou a cabeça. Seus olhos se encheram de lágrimas.

– Gable me avisou que você diria isso, mas achei que ele estivesse errado. Sua vida é difícil, mas você não é a única pessoa no mundo que sofre, Annie. Gable anda sofrendo. Você só precisa abrir os olhos pra olhar pra ele e perceber isso. – Ela respirou fundo. – As pessoas mudam.

– Gable Arsley *não* mudou.

– Eu estava falando de mim. Eu te amo, Annie. Amo a sua família. Amo Leo e amo a Natty, e faria qualquer coisa por você, mas queria fazer uma coisa por mim, desta vez.

– Você considera ir à festa com esse garoto fazer alguma coisa por você? – disse, cruelmente. – Talvez você tenha colocado seus parâmetros um pouco baixo demais, Scar.

– Esse comentário foi abaixo de você – disse ela. Pegou a mochila e saiu do vestiário.

Usei meu último fôlego para jogar uma água no rosto. Sentia seriamente que seria capaz de matar uma pessoa.

Fui até o refeitório. Scarlet já devia estar na fila do almoço. Nem vi Win, mas do outro lado do salão de piso xadrez, vi Gable Arsley.

Naquele instante, o mundo inteiro começou a se mover em câmera lenta.

E eu estava correndo na direção do Gable.

Peguei a bandeja de outra pessoa numa mesa.

– Ei! A minha comida! – gritou Chai Pinter, mas a voz dela soou como se estivesse debaixo d'água.

Agora, eu corria na direção dele carregando a bandeja, o molho vermelho lançando gotículas no ar.

De repente, eu estava a um centímetro dele. Prestes a derramar lasanha na cabeça do garoto, quando prestei atenção no rosto dele. Na pele arruinada. Na marca estranha e rosada onde o enxerto tinha sido feito. E mais abaixo, as pontas dos dedos faltando, que, caso estivessem ali, talvez me indicassem o pé inexistente.

Senti a mão do Win no meu braço.

E Scarlet também apareceu.

– Anya, deixa o garoto em paz! Por favor, você não faz ideia do quanto ele anda sofrendo.

– Shh – disse Gable para Scarlet. – Está tudo bem.

Coloquei a bandeja na frente dele.

Debrucei o tronco sobre a mesa. Era meu encontro mais íntimo com ele desde aquela tarde no centro de reabilitação. Minha bochecha encostava suavemente na dele quando sussurrei no seu ouvido.

– Você pode ter enganado a Scarlet, mas nós dois nos conhecemos há muito tempo, Gable. Se alguma coisa acontecer com ela, não espere sobreviver. Você conhece a minha família e sabe do que ela é capaz.

– Achei que você ia derramar a lasanha na minha cabeça de novo – disse Gable. – Como nos velhos tempos.

Não respondi. Não sentaria com Gable e Scarlet. Nem falaria com eles. Peguei a bandeja da Chai Pinter e devolvi pra ela.

– Desculpa – falei.

– Nossa, tem alguma coisa rolando entre o Gable e a Scarlet? – perguntou ela. – E você pirou por causa disso?

Eu me afastei sem responder. Sentei-me na mesa mais distante da do Gable. Win se sentou na minha frente. Tirou uma laranja da mochila e começou a descascar.

– Você sabia disso? – perguntei.

Ele deu de ombros.

– Não tinha certeza. Cheguei a pensar que podia estar rolando alguma coisa, mas... honestamente, achei que eles eram só amigos.

– Foi o que a Scarlet disse, mas... O problema é o princípio da coisa. Ela quer ir na festa com ele. Dá pra imaginar o tamanho do absurdo?

Win partiu um pedaço da laranja pra mim.

– Festas de fim de ano são, por definição, meio absurdas, Annie. O smoking. Os vestidos. O ponche. Não vejo como o fato de a Scarlet ir com Gable possa ser mais absurdo do que o normal.

– Do lado de quem você tá?

– Do seu – respondeu ele. – Mas também do deles – disse ele, com um suspiro. – Uma das melhores coisas da nossa amiga Scarlet é o tanto que ela tem compaixão pelas pessoas. Ninguém no colégio gosta do Gable Arsley, Annie. Todos os amigos antigos abandonaram o cara. Se a gente não almoçasse com ele, o garoto ia comer sozinho. Você sabe disso. Então, se a Scarlet consegue achar um espaço no coração pra ser gentil com Gable Arsley, quem somos nós pra impedir?

– Mas ela me traiu, Win. Como eu posso perdoar isso?

Ele balançou a cabeça.

– Não sei o que te dizer, Annie. Ela é sua amiga mais leal.

Para um cara cujo pai era um durão da política, Win era certamente ingênuo. Meu pai dizia que a gente deve imaginar que uma pessoa é leal até o dia em que ela comete uma traição pessoal. Então, você nunca mais deve confiar nessa pessoa.

– Então eu acho que a gente não vai pra festa num grupo de casais? – brincou Win.

– Tecnicamente, acho que ainda é muito cedo pra esse tipo de piada – eu disse. – Além disso, ainda não sei se já aceitei o seu convite. – Eu estava irritada porque ele tinha arruinado meu plano de fazer o convite.

– Mas você vai aceitar – disse ele. – Sou o único amigo que te restou.

Joguei um pedaço de laranja em cima dele.

No meio da aula do sr. Weir, fui convocada a comparecer à diretoria. Imaginei que fosse alguma coisa relacionada ao meu comportamento na hora do almoço. Ou alguém (talvez Chai Pinter? Ou Scarlet – quem saberia do que ela era capaz?) tinha relatado minha corrida maluca no refeitório ou o próprio Gable poderia ter contado sobre minhas ameaças. Seja lá como for, era irritante. Eu não tinha feito nada contra ninguém. Considerando as circunstâncias, achava que andava manifestando bastante comedimento.

– Estão esperando por você – disse a secretária quando entrei na antessala.

Quem está esperando por mim?, pensei.

Dois policiais estavam sentados em frente à mesa da diretora. Reconheci um deles da última vez que fui presa. Isso parecia um pouco exagerado pro que tinha acontecido no almoço. Eles não podiam me prender por correr no refeitório carregando uma bandeja que não era minha. Podiam?

– Oi, Anya – disse a diretora. – Sente-se.

Não sentei.

– Detetive Frappe – eu disse para a policial que tinha reconhecido. – Você cortou o cabelo.

– Fiz uma escova – respondeu Frappe. – Obrigada por reparar. Bem, vamos direto ao assunto, podemos? Você não está em nenhuma confusão, Anya, mas precisamos conversar com você sobre uma coisa que aconteceu.

Fiz que sim com a cabeça. Meu coração começou a flutuar no peito e meu estômago parecia apertado por um elástico.

– Seu irmão, Leo, tentou matar Yuri Balanchine, hoje de manhã, com a arma do seu pai.

Pedi que ela repetisse o que acabara de dizer. Aquelas palavras não faziam o menor sentido pra mim.

– Seu irmão atirou no seu tio com a pistola do seu pai.

– Como vocês sabem que era a pistola do meu pai? – perguntei, tonta.

– Seu primo Mickey estava presente e reconheceu a arma. Cabo vermelho. As palavras *Balanchine Special Dark* na lateral.

Se Mickey estivesse certo, era a Smith & Wesson, desaparecida tanto tempo atrás.

– Você disse *tentou matar* Yuri. Isso significa que meu tio Yuri ainda está vivo? – perguntei.

– Isso, mas em péssimas condições. A bala perfurou o pulmão e ele teve uma parada cardíaca – respondeu Frappe. – Ele está na UTI.

Fiz um gesto de compreensão. Não sabia se teria sido melhor ou pior para o Leo se Yuri sobrevivesse.

– Leo está vivo? – perguntei.

– Está, mas ninguém sabe pra onde ele foi. Atirou uma vez e fugiu antes que alguém conseguisse impedi-lo.

– Ele está ferido?

Frappe não sabia.

– Seu primo Mickey atirou para se defender, mas não sabe se acertou ou não no seu irmão.

Pobre Leo. Devia estar assustado. Por que eu permiti que ele trabalhasse naquele lugar?

– Você tem alguma ideia do motivo que teria levado seu irmão a atirar em Yuri Balanchine? – perguntou a policial.

Balancei negativamente a cabeça.

– E vai entrar em contato conosco caso Leo tente falar com você? Acho que você concorda que seria melhor para ele cair nas nossas mãos antes de cair nas mãos da família.

Sorri, concordei e pensei: até parece que eu vou entregar o Leo pra polícia.

Ela foi embora, mas eu não consegui me mexer. A diretora se aproximou. Colocou a mão sobre a minha.

– Tem alguém em casa pra tomar conta de vocês? Leo era seu guardião, se não me engano? Se não houver ninguém pra supervisionar você e sua irmã, tenho que chamar o Juizado de Menores, Anya.

– Tem. – E eu distorci um pouco a verdade. – A gente tem uma babá. O nome dela é Imogen Goodfellow. Ela tomava conta da minha avó e agora cuida da gente. – Anotei o telefone da Imogen para a diretora. Depois, perguntei se Natty e eu poderíamos ser liberadas mais cedo, caso Leo tentasse voltar para casa.

– Claro, Anya – respondeu ela. – Cuidado no caminho. Os repórteres já estão aí fora.

Olhei pela janela. Claro, já existia um ninho de repórteres do lado de fora do colégio.

A diretora pediu que alguém fosse chamar Natty na sala de aula, e eu perguntei se podia usar o telefone enquanto esperava. Liguei para o escritório do dr. Kipling e de Simon Green. No mínimo, precisaríamos de um carro para ir para casa. Expliquei o que tinha acontecido. Por alguns segundos, nenhum dos dois disse nada, e me perguntei se a ligação teria caído.

– Desculpe, Anya – disse, finalmente, dr. Kipling. – Essa notícia realmente vai além da minha compreensão.

– Acha que Natty e eu vamos precisar de proteção pra ir pra casa?

– Não – respondeu dr. Kipling. – Muito difícil que a família faça alguma coisa até que a condição do Yuri se estabilize. E mesmo que fizesse, é o Leo quem irão querer matar, não você.

Quando Natty chegou à sala, expliquei a situação. Esperei que ela chorasse, mas minha irmã não chorou.

– Vamos acender velas pro Leo na capela – disse ela, me envolvendo com as mãos pequenas.

Concordei que isso certamente não faria mal a ninguém.

– Vamos precisar de cupons – falei.

Mas, no fundo do coração, não achava que fosse fazer nenhum bem também.

Nos dias posteriores, Natty e eu ficamos como zumbis. Comíamos, dormíamos, tomávamos banho, íamos para o colégio. Fazíamos tudo que devíamos fazer, para que ninguém suspeitasse que não estávamos sendo supervisionadas. Mas o que realmente fazíamos era esperar que Leo entrasse em contato.

Tive medo de que ele estivesse morto. Que Mickey tivesse acertado um tiro nele e Leo tivesse sangrado até a morte, perdido em alguma ruela. Não consegui um relato detalhado do que aconteceu, porque não era seguro contatar ninguém da família. Eu me senti tão isolada. Senti falta da Scarlet. E resolvi que também não era boa ideia receber visitas do Win.

Na sexta-feira, depois da nossa briga, Scarlet me procurou.

– Estou tão preocupada com o Leo – disse ela.

Ignorei. Queria falar com ela, mas não podia. Como confidente, considerei que ela estava comprometida. Ela conversava sobre mim com Gable Arsley, afinal de contas. Quem sabe o que ele diria e para quem?

Ia às aulas, mas o único assunto que ocupava minha mente era o que levara Leo a fazer aquilo. Eu sabia que ele tinha dado um soco no Mickey porque ele achava que o outro tinha alguma coisa a ver com a morte da vovó. Será que Leo planejava atirar no Mickey e atingir Yuri por acidente? Eu sabia que Jacks talvez tivesse algumas respostas, mas entrar em contato com ele não era uma opção no momento.

Eu me torturava pensando em todas as coisas que eu poderia ter feito para evitar isso. Devia ter descoberto o que tinha acontecido com a arma do papai. Nunca deveria ter deixado o Leo ir trabalhar na Piscina. Nunca deveria ter colocado na cabeça do Leo que a vovó tinha sido assassinada. (Ele era tão sugestionável. Pelo amor de Deus, claro que ela não tinha sido assassinada. Já era praticamente um cadáver quando morreu.) Eu não devia ter falado sobre o programa do verão. Não devia ter feito tanta pressão sobre o fato de ele agora ser nosso guardião. Não devia ter me deixado distrair pelo Win. Devia ter sido mais enfática no desencorajamento da amizade do Leo com o Jacks. Não parava de fazer esse tipo de suposição. Não conseguia afastar a sensação de que tudo isso era culpa minha e que eu tinha decepcionado meu pai.

Na segunda-feira de manhã, em vez de ir para a aula da professora Lau, fui rezar na capela. Não conseguia me concentrar. Eram tantos os pensamentos se debatendo na minha cabeça.

Sentei num banco e fiz o sinal da cruz.

– Annie – uma voz me chamou, num sussurro. Olhei em volta. Parecia não ter ninguém ali.

– No meio – disse a voz.

Caminhei pelo corredor central. Sentei-me em outro banco. Deitado no chão, estava Leo. Não me movi para abraçar meu irmão, apesar de querer fazer isso. Mirei a imagem de Jesus e mantive a voz calma.

– Eu estava te esperando – disse ele. – Você não anda rezando tanto quanto imaginei. A escola é um bom esconderijo. Pego comida de noite, no refeitório. E fico na capela o dia todo. Ninguém vem aqui, e quando alguém aparece, acha que eu sou um aluno matando aula. Outro dia, vi Scarlet beijando Gable Arsley, Annie. Você sabia que eles estão juntos? Passei a gostar menos dela. Eu sabia que iam pensar que eu voltaria pra casa, por isso vim pra cá.

Eu queria chorar.

– Ah, Leo, isso foi inteligente, mas você não pode ficar aqui. Alguém vai acabar te vendo. E aí...

– Puxa! Estou morto – disse ele, com animação. Leo tirou a arma da cintura. A Smith & Wesson, como Mickey denunciara. Resisti à tentação de tirar a pistola dele. Se os Balanchine aparecessem no colégio, ele talvez tivesse chance de se defender.

— Por que você fez isso, Leo?

— São milhares de razões. — Ele suspirou. — Porque sou filho do Leonyd Balanchine e chefe de direito da família — disse ele. — O Yuri é velho e está tentando armar pro Mickey ser o próximo cabeça. Ele quer roubar meu — Leo se esforçou para encontrar a palavra certa — direito de nascença. E também porque o Mickey é mau. Ele colocou o Fre... Fre... o veneno no chocolate pra enfraquecer o pai e assumir a liderança mais cedo...

— Espera, como é que você sabe que foi o Mickey? — perguntei.

— Jacks me contou.

— O que mais o Jacks contou pra você?

— Que Mickey e Yuri fizeram a gente ir ao casamento pra poderem matar a vovó. O Yuri controla a eletricidade, por isso as máquinas pararam.

— Leo! Isso não faz o menor sentido! Por que eles iriam querer matar a vovó?

— Pra eu ficar ocupado demais tomando conta de vocês e não reclamar o que é meu de direito.

Apoiei minha cabeça nas mãos. Pobre do meu irmão.

— Ah, Leo, e por que você iria querer ser o chefe da família? É um negócio terrível. Olha o que aconteceu com o papai.

Leo fez uma pausa.

— Porque é a única maneira de proteger você e a Natty das pessoas da nossa família.

— Mas a Natty e eu estávamos bem, até...

— Não estavam, não. Você foi pra cadeia por causa da nossa família. Voltou pra casa parecendo uma boneca quebrada,

Annie. Foi quando eu tive certeza de que tinha que fazer alguma coisa. O papai me disse antes de morrer que era meu dever, enquanto eu vivesse, proteger as minhas irmãs.

Papai, que idiota. Ele me disse a mesma coisa.

– Mas, Leo, a melhor maneira de proteger a gente teria sido ficar longe disso tudo. Agora eles vão vir atrás de você. E se te encontrarem, provavelmente vão te matar.

Ele balançou lentamente a cabeça.

– Eu sei que você acha que eu sou bobo, Annie. Que eu sou Viktor, a mula.

– Viktor, a mula? – Quem é Viktor, a mula? Então, me lembrei.

– Você não sabia que eu estava atrás da porta, mas eu estava. A vovó disse que eu era feito ele. Que ele era idiota e bom pra carregar peso. E você concordou. Pobre Leo. Igual ao Viktor, a mula.

– Não, Leo, você entendeu tudo errado... – Mas não era verdade. Ele tinha escutado tudo certinho.

– Todo mundo me subestima, Annie. Só porque eu tenho dificuldade com as palavras e choro às vezes, não quer dizer que eu seja fraco e incapaz de proteger minhas irmãs. Só porque eu sofri um acidente não significa que não tenho valor nenhum.

Eu queria gritar, mas não podia atrair atenção pra gente.

– O Jacks te disse isso?

– Não! Você não está me escutando, Annie. Isso sou eu. Talvez o Jacks tenha me contado algumas coisas sobre o funcionamento da nossa família. Mas eu fiz isso sozinho, Annie. Fiz isso por todos nós.

Leo estava delirando e absolutamente equivocado. Tinha sido manipulado pelo Jacks, disso eu tinha certeza. Mas isso não mudava o fato de que agora ele era culpado de uma tentativa de homicídio. Se fosse pego pela família, seria morto. Se fosse a polícia, seria mandado para a prisão, o que talvez fosse pior que a morte para uma pessoa como meu irmão.

Eu tinha que tirar o Leo do país. Mas antes tinha que fazer com que saísse do colégio.

Fiz mais um sinal da cruz e disse uma oração rápida.

Pedi que Leo me prometesse mudar de banco ao longo do dia para reduzir as chances de ser visto. Dei minha echarpe para ele enrolar na cabeça, caso fosse visto poderia ser confundido com outra pessoa.

Saí da capela e fui na secretaria da igreja. Estava vazia, já que ainda não tinham substituído a secretária. Peguei o telefone. Eram nove da noite em Kyoto. Não pensei que talvez fosse muito tarde para telefonar, mas mesmo que fosse, eu teria feito a ligação.

Yuji atendeu em japonês.

– Yuji, sou, eu, Anya Balanchine. Preciso de um favor. – Expliquei minha situação. – Não espero que você vigie o Leo, mas não posso deixar que ele fique no país. Ele vai acabar morto e os assassinos vão estar cobertos de razão. Mesmo assim não posso deixar meu irmão morrer, posso?

– Claro que não – respondeu Yuji.

– Espero que você possa arrumar um transporte secreto pra mandar o Leo pro Japão. Eu sei que pode te comprometer, o fato de ele ficar na sua casa, então, espero que você encontre uma instituição de algum tipo onde ele possa ser vigiado. Ele perdeu a cabeça. Não tem noção das próprias capacidades, limitações. Acho que o cara sobre o qual você me alertou, Jacks, tem enchido a cabeça dele, mas eu ainda não sei com que finalidade.

– Eu vou arranjar o transporte e um lugar pro seu irmão – afirmou Yuji.

– Obrigada. Claro que eu vou pagar tudo, mas não pode ser agora.

– Isso não é problema.

– Eu... talvez pareça meio louco da minha parte, te pedir um favor tão grande, mas queria também agradecer pelas flores e, especialmente, pelo seu bilhete.

– Claro, Anya. Posso te fazer uma pergunta?

– Pode.

– Você faz ideia de como e quando vai tirar seu irmão do colégio? Se o prédio está rodeado de gente da imprensa, como você disse. E já que você também não pode ir com ele pra casa.

– Tem uma festa da escola daqui a duas semanas. É uma festa grande. Com comida, muita gente entrando e saindo. Acho que consigo fazê-lo sair durante a festa, apesar de ainda não saber exatamente como – respondi.

– Acho que ele deve ir direto da escola pro transporte. É menos chance de acontecer alguma coisa pra estragar tudo.

Concordei. Combinamos de nos falar dali a exatamente uma semana, e então Yuji me daria detalhes do lugar para onde Leo iria. Eu telefonaria para ele do colégio. Não tinha certeza se a linha da minha casa estava ou não grampeada.

– Obrigada – disse, talvez pela quarta vez.

– O prazer é meu. Um dia, e espero que esse dia nunca chegue, talvez eu te ligue pedindo um favor em troca.

Eu sabia o que ele queria dizer com aquilo.

– E, Yuji, vê se encontra um lugar legal pro Leo. Ele fez uma coisa horrível, mas é uma alma gentil. Ele é só uma criança. – Minha voz fraquejou um pouco na palavra *criança*, denunciando uma emoção maior do que eu gostaria de demonstrar.

Fui para a aula de esgrima. Não falava com a Scarlet desde que ela me contou do Gable, e minha amiga ficou surpresa quando eu a imprensei no vestiário.

– Scarlet, você ainda é do comitê da festa? – Sussurrei.

– Ah, agora srta. Balanchine resolveu me tratar bem! Tudo bem, mas eu não sei se quero falar com você – respondeu ela.

– Scarlet, eu não tenho tempo pra isso. Preciso da sua ajuda com uma coisa importante. E você tem que jurar que não vai falar com o Arsley sobre esse assunto. Se você falar, tem gente que pode morrer ou sair muito ferido.

– Eu não conto tudo que sei pro Gable. – Scarlet baixou o tom de voz. – Alguma coisa a ver com o Leo?

Eu me certifiquei de que não tinha ninguém nos ouvindo ou observando e fiz um gesto afirmativo.

– Como eu posso te ajudar?

– Ele está aqui – falei. – No colégio. Arranjei um esquema pra ele ir pra bem longe, mas preciso descobrir uma maneira de tirar ele daqui. Imaginei fazer isso na noite da festa. Não quero que ninguém, fora a gente, saiba. Não vou contar nem pro Win nem pra Natty.

Scarlet fez sinal positivo.

– Então você ainda confia em mim, apesar de eu ir na festa com o Gable?

– Eu acredito – eu disse, diplomaticamente – que você não faria nada que pudesse atingir o Leo, a Natty ou a mim. Você é minha amiga mais antiga e eu preciso da sua ajuda.

Scarlet assimilou o que eu disse. Ela me deu um abraço.

– Senti tanto a sua falta!

Abracei-a. Eu também sentia a falta dela.

Scarlet e eu sussurramos nossos planos durante as aulas de esgrima da semana seguinte. Mas não voltamos a almoçar juntas. Assim, ninguém suspeitaria que ela estava me ajudando.

Alguns planos que criamos acabaram saindo elaborados demais. Por exemplo: construir um cavalo de rodinhas para a decoração da festa e colocar o Leo lá dentro. Isso ia ser complicado demais para fazer, íamos precisar de licenças, além do fato de que um cavalo não tinha nada a ver com o tema da festa: "Paraíso Havaiano". O que finalmente decidimos ser o melhor era muito simples: esconder o Leo na frente de todo mundo. Concluímos que já que tantos meninos estariam de smoking, por que Leo não poderia simplesmente entrar na festa com o mesmo traje? Às nove e meia, uma hora mais ou menos depois da festa começada, Leo sairia e entraria num carro. Pareceria qualquer outro garoto. Scarlet e eu conseguimos até que Gable, Win e Leo alugassem smokings iguais. Completamente desavisados, eles ajudaram a criar a ilusão de que Leo não passava de mais um aluno, indistinguível no meio dos outros.

A parte engraçada: uns dez dias antes da festa, Win me perguntou se eu ainda queria ir.

– Você anda sob tanto estresse – disse ele –, e eu sei que gosto mais dessas coisas do que você. Compreenderia totalmente se você desistisse.

– Não – respondi. – Quero ir com você. Acho que vai ser melhor não desistir. Talvez seja bom sair o máximo possível nesta fase. – Isso era verdade, mas esqueci de mencionar que a vida do meu irmão dependia da minha presença na festa. Nunca esperei um evento desse tipo com tanta ansiedade.

Na semana da festa, liguei para o Yuji Ono, como combinado. Ele tinha conseguido o transporte para o Leo, exatamente como disse que faria.

– Um carro vai levar seu irmão até um barco que vai com ele até uma ilha fora da costa de Massachusetts. De lá, consegui um jatinho que vai trazer o Leo pro Japão.

– E o que espera por ele no Japão? – Tive medo até mesmo de fazer a pergunta.

– Encontrei um lugar bastante apropriado pra ele. Acho que você vai gostar. É um mosteiro budista nas colinas de Mount Koya. Tem um lago lindo lá e muitos animais. Lembro de você dizer que seu irmão adora bichos. Os monges que moram lá são gente de paz. Comem peixe, mas não outras carnes. E o melhor de tudo é que não existe o problema da barreira da língua, e você não vai precisar se preocupar com possíveis indiscrições da comunidade local – a maioria dos monges do mosteiro fez voto de silêncio. Não é uma vida muito difícil, e acredito que vão ser muito gentis com seu irmão, Anya.

Fechei os olhos. Imaginei Leo de chapéu, pescando numa canoa de madeira. O céu e a água tão azuis que mal se poderia distinguir onde terminava um e começava o outro.

– Nossa, parece o paraíso. Como você conheceu um lugar assim? – perguntei.

– Muito tempo atrás, achei que gostaria de viver lá. – Foi a resposta de Yuji Ono.

Depois de uma semana interminável que incluía muitas conversas secretas tanto com a Scarlet quanto com Leo, além das minhas preocupações com a possibilidade de descobrirem o esconderijo do meu irmão, a noite da festa finalmente chegou. Win me deu um *corsage* com uma única orquídea branca para colocar no pulso. A flor era linda, mas combinada com meu vestido preto criava um clima meio de velório.

– Não quis te dar rosas – explicou Win. – Muito clichê pra alguém como Anya Balanchine.

– Divirtam-se, vocês dois! – gritou Natty quando tirou nossa foto. Ela baixou a câmera. – Queria tanto ir.

– Toma – disse Win, colocando seu chapéu na cabeça da minha irmã. – Cuida dele pra mim.

Chegamos na festa às oito e meia. Dancei várias músicas com Win, depois pedi licença para ir ao banheiro feminino do terceiro andar, onde encontraria Scarlet. A missão da minha amiga era levar o smoking e vestir o Leo.

– Leo já vestiu o smoking? – perguntei.

– Já. – Leo respondeu por ela, saindo de um dos boxes. Ele estava bonito e parecia um homem feito. Quase desejei ter uma câmera para fotografar meu irmão para Natty, apesar da impossibilidade disso, obviamente.

– Ele não está lindo? – perguntou Scarlet.

– Está. – Beijei-o no rosto.

– Tem certeza de que não seria melhor eu escoltar seu irmão até o carro? – perguntou Scarlet e colocou um chapéu preto na cabeça dele, para que o rosto ficasse meio escondido. – Caso alguém reconheça você.

Voltamos a esse ponto várias vezes e decidimos que, já que todo mundo sabia que a Scarlet estava na festa com Gable Arsley, que estava de cadeira de rodas, seria melhor que eu fosse com ele até o carro. Leo provavelmente seria confundido com Win, se é que alguém prestaria atenção na gente.

– Não, a gente vai na boa. São poucos metros até o carro.

– Leo, você está pronto?

Leo me ofereceu o braço e eu me agarrei a ele.

– Tchau, Scarlet – disse ele. – Você está linda hoje. Não deixa o Gable ser desagradável com você.

– Prometo que não deixo, Leo – respondeu Scarlet.

Descemos a escada, passamos pela administração, pelo ginásio, local da festa, e pela bilheteria. Estávamos quase na porta da frente do colégio quando ouvi alguém gritar meu nome. Era a professora Lau, uma das acompanhantes da noite. Eu me virei para falar com ela, rezando em silêncio para que Leo não me seguisse.

– Tenho uma boa noticia, Anya! Andei te procurando em toda parte. Queria te contar pessoalmente que acabei de saber que sua inscrição para o curso de verão foi aceita.

– Uau, que legal – respondi. – Eu... eu estou um pouco tonta. Será que a gente pode falar desse assunto mais tarde?

– Algum problema, Anya? – perguntou a professora.

– Tudo bem – respondi. – Eu só quero tomar um pouco de ar. Volto em cinco minutos. – Abri as portas duplas da escola e empurrei Leo para o lado de fora. Chegamos à calçada. Três garotos de smoking jogavam bola. Meninas de vestido longo esperavam sentadas nos degraus da escada. Chai Pinter estava no grupo, mas não me viu. Nenhum fotógrafo de plantão à vista, mas não teria a menor importância se fosse diferente. A carona do Leo estava de partida. Não tínhamos tempo para atrasos.

Como era uma ocasião especial, vários meninos tinham alugado carros para a noite. No final de uma fila de limusines pretas, vi o carro que levaria meu irmão: um modelo esportivo, com desodorizador de ambientes em formato de trevo de quatro folhas pendurado no espelho retrovisor.

Continuamos andando com passadas regulares. Ninguém parecia nos ver. Quando chegamos à porta do carro, beijei-o rapidamente no rosto.

– Boa viagem – falei. Pensei que era melhor evitarmos despedidas demoradas. – Ah, você se importa de me devolver a arma do papai?

– Por quê? – perguntou Leo.

– Você não vai precisar dela no lugar pra onde você vai.

Meu irmão tirou a pistola da cintura e colocou na minha bolsa.

– Eu te amo, Annie. Diz pra Natty a mesma coisa. Desculpa pela confusão que arrumei pra vocês.

– Para de se desculpar, Leo. Você é meu irmão. Eu faria qualquer coisa por você.

Leo entrou no carro.

– Posso vir pra casa no Natal?

– Não, Leo. Acho que não. Mas vamos ver o que acontece, tudo bem? Talvez um dia eu consiga ir te visitar.

– E Natty?

– Natty também, com certeza – menti.

Vi o carro com meu irmão se afastar e voltei para a festa. A professora Lau não estava mais na entrada, o que era melhor ainda. Eu queria entrar e dançar com meu namorado, relaxar um pouco. Agora que Leo finalmente estava longe, o nó no meu estômago das duas últimas semanas finalmente começava a se desfazer. (Não se desfaria completamente até que eu falasse com Yuji Ono.)

Encontrei Win. Conversando com um dos meninos que tocavam com ele.

– Onde você foi que desapareceu tanto tempo?

– Encontrei com a professora Lau quando estava voltando do banheiro – falei. – Passei no programa de verão. Ela não parava de falar disso.

– Parabéns! – disse ele. – Tenho tanto orgulho de você. Quanto tempo isso dura mesmo?

– Seis semanas – confessei.

– Até que não é tão mal. Mas, com certeza, vou sentir saudade de você – disse ele, e me puxou para perto.

Eu e Win dançamos várias músicas. Eu achava que não gostava de dançar, mas talvez eu não tivesse tido um bom parceiro até agora.

– Última música – avisou o cantor da banda. – Todo mundo na pista.

Vi Gable e Scarlet do outro lado. Resolvi fazer as pazes com ela oficialmente. Ou seja, na frente do Gable.

– Você é minha melhor amiga – disse para ela assim que me aproximei –, mas eu não controlo a sua vida. E se você quer ir a festas com esse imbecil, problema seu, eu acho.

Scarlet sorriu para mim.

– Com certeza, Anya. Obrigada. Isso significa muito pra mim.

– Ei! – Gable disse para Scarlet. – Você não vai dizer que eu não sou um imbecil?

Scarlet balançou a cabeça.

– Às vezes você é um pouco, Gable.

Fui até Win.

– Vamos nessa – falei.

Saímos da festa de braços dados. Não tínhamos um carro a nossa espera, mas nosso plano era pegar o ônibus, como sempre.

– Noite ótima – disse Win. – Dá pra sentir no ar o verão se aproximando.

Foi então que ouvi um tiro.

Enfiei a mão na bolsa, procurando a arma do papai.

Outro tiro.

Win caiu no chão.

– Meu Deus, Win!

Peguei a pistola em minha bolsa. Preparei, mirei e atirei.

O atirador estava a uns cinco metros de distância, no escuro, mas eu era boa nisso. Meu pai fez questão de que fosse assim. Atirei para imobilizar, não para matar. Mandei uma bala no ombro e outra no joelho.

Corri até o atirador para chutar a arma dele para longe. Voltei para perto do Win. Nossos colegas de turma estavam se juntando em volta dele.

– Alguém chama a emergência. Win Delacroix levou um tiro. – Minha voz estava calma, apesar de eu não estar.

Ajoelhei-me ao lado do Win. Ele tinha desmaiado de dor. Ou talvez tivesse batido a cabeça na queda. A única ferida visível era na coxa. Sangrava muito, então, tirei meu xale e enrolei na perna dele num torniquete.

Corri até o atirador, que também estava caído no chão. Usava uma máscara de ski. Descobri o rosto dele: era Jacks.

– Por favor, não atira em mim. Eu não estava tentando matar Leo, Annie. Juro. Eu só queria machucar o seu irmão pra levar pro Yuri e pro Mickey.

– Pra eles matarem o Leo e você virar o herói da história, né? Bem, seu idiota, não era nem Leo, tudo bem? Ele não está aqui. Aquele é meu namorado, Win.

– Annie, desculpa. Foi um engano, honestamente – disse Jacks.

– Nada em você é honesto, Jacks. – Eu me perguntei como ele tinha descoberto que o Leo estava no colégio. Tinha adivinhado? Ou meu irmão tinha se comunicado com ele de alguma maneira? Ou existia outra pessoa como informante? As únicas pessoas que sabiam do meu plano eram Yuji Ono e a Scarlet, e eu duvidava absolutamente que um dos dois pudesse ter contado para o Jacks. Eu não podia ficar pensando nisso agora. E também não podia perguntar para o Jacks, porque se perguntasse, estaria admitindo que tínhamos dado um jeito de tirar o Leo do país naquela noite.

– Você não sabe quem é o pai do meu namorado, sabe? – perguntei para o Jacks.

– Assistente da promotoria – disse ele, lentamente, enquanto absorvia a informação de que tinha atirado por engano no filho da pessoa errada.

– Boa sorte com essa, primo. A vida de todos nós está prestes a se transformar num inferno – falei.

Um carro de polícia apareceu.

– O que aconteceu aqui? – perguntou o guarda.

– Esse homem, Jakov, "Jacks" Pirozhki, atirou no meu namorado – falei. Os guardas algemaram Jacks. Vi que ele gemeu quando puxaram seu braço.

– E quem atirou nele? – O policial apontou para Jacks.

– Eu – respondi. E fui algemada também.

Então, uma ambulância apareceu para levar Win para o hospital. Fiquei desesperada para ir junto, mas estava impedida pelas algemas, é claro. Gritei, pedindo que Scarlet fosse com ele no meu lugar.

Outra ambulância chegou para levar o Jacks.

Finalmente, outro carro de polícia chegou, e esse era para mim.

XIX. faço uma troca justa

Fui interrogada durante quatro horas na delegacia, mas não contei nada sobre o Leo. Disse que tudo que eu sabia era que um cara da máfia tinha atirado no meu namorado e eu atirei para me defender. A única queixa que poderia ser atrelada a mim era relativamente menor: posse secreta de arma com data de licença vencida. Sem falar que salvei a vida do filho de Charles Delacroix – e daí que ele tinha sido exposto ao perigo por minha causa? Do ponto de vista da polícia, eu era uma heroína. Ou, pelo menos, uma anti-heroína.

Então fui levada para casa (prisão domiciliar) até que resolvessem o que fazer comigo. Não me mandaram para o Liberty, ficaram com medo de me enviar de novo para lá depois do fiasco público da última vez.

Que mais posso dizer a vocês? Ah, sim, Leo. Mal tinha começado meu período de prisão domiciliar quando soube por Yuji Ono que meu irmão chegou no Japão e estava em segurança com os monges de Koya. Pelo menos, não fora tudo em vão. Pelo telefone, Yuji perguntou se eu precisava de mais alguma coisa. Disse que não. Ele já tinha me ajudado o suficiente.

E certamente você quer saber do Win, é claro. Charles Delacroix proibiu minha entrada no hospital. Ele também garantiu que nenhum telefonema ou coisas que eu tentasse mandar chegassem até o filho. O pai do Win não era homem de meias medidas, e acho que isso era algo a ser admirado.

Li nos jornais que a bala tinha se alojado no quadril e que a perna do meu namorado estava segura por pinos de metal. Ele se recuperaria, mas Scarlet, que fizera uma visita, me disse que estava sentindo muito desconforto. Ela também me disse que o pai tinha espalhado seguranças pelos quatro cantos do hospital.

– Em tese – disse ela quando veio na minha casa –, pra evitar que alguém tente alguma coisa contra o Win, mas a verdade é que Charles Delacroix quer garantir que o filho não entre em contato com você.

Como sempre, fui capaz de entender o ponto de vista de Charles Delacroix. Em menos de um ano, mandei dois namorados para o hospital. Como poderia ser considerada outra coisa que não uma praga? Se eu tivesse um filho amado, me manteria afastada dele.

– Mas – disse Scarlet –, adivinha?

– O quê?

– Eu trouxe um bilhete. Ele não teve muito tempo pra escrever.

Scarlet me entregou. Era um pedaço de gaze com coisas escritas.

Querida Anya,
Não ouça o meu pai.
Por favor, venha se puder.
Ainda te amo. Claro que amo.
Win.

– Posso escrever um pra você entregar? – perguntei.
Scarlet pensou um pouco.
– Hum. Vai ser mais difícil. Os guardas não deixam a gente entrar com nada no quarto. E se virem eu passar um bilhete seu, talvez não me deixem voltar. Por que eu não digo alguma coisa pra ele por você?
– Então, diz... – O que podia ser dito? Eu estava muito mais que arrasada. – Diz que eu agradeço o bilhete.
– *Agradece o bilhete*?! – Scarlet repetiu com animação excessiva. – Serve!

Duas semanas depois dos tiros, pude sair da prisão domiciliar para um encontro com o quadro administrativo do colégio. Simon Green me acompanhou. A missão da diretoria era decidir se eu poderia ou não cursar o próximo ano na Holy Trinity.

Não vou perturbar ninguém com detalhes, mas os votos somaram onze contra um pela minha expulsão. (O único voto contrário foi da professora Lau.) Apesar de todas as minhas outras ofensas (brigas, insubordinação, faltas excessivas), tudo acabou se resumindo na arma que eu usei para atirar no Jacks. Aparentemente, não queriam alguém armado no campus da Holy Trinity. Eu teria permissão para terminar o atual ano letivo em casa, mas, depois disso, teria que encontrar outra escola. Adicionei isso à minha lista de coisas a fazer.

Sobre a decisão da escola? Não posso dizer, honestamente, que discorde deles.

A caminho de casa, perguntei a Simon Green se a gente podia passar no hospital.

– Você acha uma boa ideia? – perguntou ele. – Charles Delacroix já deixou bastante claro o que sente por você.

– Por favor – implorei. (Meu pai sempre disse que a única coisa pela qual vale a pena implorar é a própria vida, mas talvez ele estivesse errado. Às vezes, vale a pena implorar um pouco pelo amor também.) – Por favor. – Lágrimas rolavam pelo meu rosto e meu nariz escorria. Eu estava me comportando como uma criança. Estava irritada, destruída, e Simon Green, que tinha coração mole e era tão verde quanto seu sobrenome, ficou com pena de mim.

– Tudo bem, Anya. A gente pode tentar.

Pegamos o elevador da ala infantil. Um absurdo que Win, alto, adulto, fosse considerado uma criança. Por sorte, era hora do almoço, eram poucos os guardas do lado de fora do quarto. Batemos na porta, que era laranja e tinha um decalque de barraca de praia. Acho que o desenho queria dizer que o verão estava próximo, mesmo que uma pessoa doente num quarto de hospital não se sinta num clima de veraneio.

– Pode entrar – disse uma voz feminina. Abri a porta. A cama estava vazia. A mãe do Win estava sentada na cadeira perto da janela. Quando me viu, achei que fosse gritar para que eu saísse, mas ela não fez isso. – Win está fazendo uma radiografia. Por favor, pode entrar, Anya – disse ela.

Simon e eu não precisamos de um segundo convite. Eu sabia que isso era um presente da mãe do Win para mim, e fiz o que pude para iniciar uma conversa.

– Como vão suas laranjas?

– Muito bem, obrigada. – A sra. Delacroix riu. – Quero que saiba que acho o comportamento do Charles uma barbaridade – continuou ela. – O que aconteceu não foi culpa sua. No mínimo, seu raciocínio rápido salvou a vida do Win.

– Mas não é como se eu não tivesse nada a ver com o perigo que seu filho correu – me senti na obrigação de acrescentar.

– Bem, é verdade... ninguém é perfeito, eu acho. Senta um pouquinho. Win volta daqui a pouco e eu sei que ele quer ver você. Isso, pra ser sincera, é o mínimo que eu posso dizer.

Não havia nenhuma outra cadeira no quarto, então, Simon Green se sentou na cama.

Ele e sra. Delacroix foram os responsáveis pela maior parte da conversa, já que eu estava ansiosa demais para falar.

Finalmente, um enfermeiro trouxe Win de volta numa cadeira de rodas. Ele estava vestindo uma camiseta e um moletom, uma das pernas da calça cortada para dar espaço aos pinos e equipamentos que sustentavam seu quadril no lugar.

Meu lindo Win. Quis beijar cada parte machucada, mas a mãe dele e meu advogado estavam presentes. Então, em vez disso, comecei a chorar.

Eu tinha feito aquilo com Win.

Se não feito, certamente tinha sido o motivo de aquilo ter acontecido com ele.

Os ferimentos do Win não eram nem de longe tão ruins quanto o que acontecera com Gable, mas me deixaram muito mais arrasada. Acho que a diferença era que eu amava o Win.

– Vamos deixar os meninos sozinhos – sugeriu sra. Delacroix. – Os guardas voltam depois do almoço. – Simon Green e sra. Delacroix saíram do quarto.

Primeiro, eu mal podia olhar para ele. Parecia tão frágil. Dava para entender o pai querer esconder o filho de todo mundo.

– Fala alguma coisa – disse Win, baixinho. – Você não pode ficar aí parada sem falar nem olhar pra mim. Vou pensar que você não me ama mais.

– Eu tive tanto medo – eu disse, finalmente. – Fiquei tão preocupada com você. E não me deixaram vir te ver. Nem ligar. Nada. E agora estou aqui e você está todo machucado. Está com muita dor?

– Só quando tento levantar, sentar, me virar ou respirar – ele brincou. – Vem cá, me ajuda a ir pra cama, moça. – Ele se apoiou em mim para ficar em pé, depois se arrastou para a cama. Gemeu.

– Ah, te machuquei?

Ele balançou a cabeça.

– Claro que não, sua boba. Você melhora tudo. – Baixei o tronco e beijei a perna dele num dos lugares onde tinham sido colocados pinos. Depois, subi na cama e deitei do lado dele por um tempo.

A gente deve ter dormido, porque quando me dei conta, os guardas tinham entrado no quarto e me tiravam da cama do

Win. Caí de joelhos no chão. O tombo deixaria um tremendo hematoma, mas, naquele momento, eu mal senti.

– Deixem Annie em paz – disse Win. – Ela não está fazendo nada demais.

– São ordens do seu pai – respondeu o segurança com tom de desculpa.

– Ele não disse que você devia jogar uma garota de dezesseis anos no chão – gritou Win.

– Vamos, Anya – disse Simon Green. – Vamos embora antes que a situação fique pior.

– Eu te amo, Anya – gritou Win.

Eu quis responder, mas já tinham fechado a porta do quarto. Enquanto Simon Green me arrastava pelo corredor, resmungou:

– Dr. Kipling vai me matar por ter te trazido aqui.

Simon Green me deixou em casa. Depois que minha chegada foi anotada pelo policial designado a monitorar meus movimentos e me proteger do resto da minha família, fui interrogada por Imogen.

– O que aconteceu com o seu joelho? – gemeu ela. Tinha sido um dia quente e eu estava com a saia do uniforme de colégio sem meia calça.

– Nada – respondi. Na verdade, meu joelho começava a latejar. Eu me senti uma idiota de reclamar, se fosse comparar meu machucado ao que tinha acontecido com o Win.

– Não parece não ser nada, Annie. – Imogen foi comigo até meu quarto. – Deite-se – mandou ela, e deitar era, de qualquer maneira, o que eu mais queria fazer. Eu estava exausta – o poço nunca era fundo demais comigo – e o que queria mesmo fazer era hibernar como um urso. A parte boa da prisão domiciliar, de ficar isolada de quase tudo e quase todos, era poder dormir no meio do dia sem ninguém se importar.

Imogen voltou com o fatídico pacote de ervilhas congeladas.

– Toma.

– Está tudo bem, Imogen. Eu só quero dormir.

– Você vai me agradecer mais tarde.

Deitei de costas. Ela apalpou meu joelho. Hematoma feio, mas nada quebrado, e me assegurou que eu sobreviveria. Depois disso, ajeitou o saco de ervilhas em cima do lugar machucado.

– Por que a gente sempre usa ervilhas? – perguntei, pensando nas inúmeras vezes em que tinha colocado sacos de ervilha congelada na cabeça do Leo e na noite em que fomos ao Little Egypt e eu dei um pacote daqueles para o Win. – A gente nunca tem um saco de milho ou de cenoura?

Imogen balançou a cabeça.

– O milho é o que se come mais rápido. E ninguém gosta de cenoura, então nunca compramos.

– Isso parece lógico – falei. Depois, disse que queria dormir e ela me deixou sozinha.

Tarde da noite (Natty já estava dormindo), acordei com batidas na porta do meu quarto. Era Imogen.

– Você tem visita – disse ela. – O pai do seu namorado. Prefere que ele venha aqui ou prefere falar com ele na sala?

– Na sala – respondi. Meu joelho estava doendo muito, mas eu não queria estar na horizontal durante meu encontro com Charles Delacroix (ou seja, em posição vulnerável). Saí da cama. Alisei a camisa e a saia do uniforme, passei a mão no cabelo e fui mancando até a sala.

— Quero pedir desculpas por isso — disse sr. Delacroix, apontando para o meu joelho, que dez horas depois estaria preto, roxo, inchado e espetacular. Ele estava sentado na poltrona cor de vinho de veludo, e não consegui deixar de pensar nos dias em que vira o filho dele sentado ali.

— E desculpe pela hora tardia. Tenho sido forçado a ficar trabalhando até muito tarde e, bem, eu não queria fazer da minha visita uma oportunidade para fotografias.

Fiz um sinal afirmativo.

— Você talvez também não quisesse me encontrar na presença do meu advogado — sugeri.

— Verdade, Anya, você está certa. Quis que essa conversa fosse somente entre nós dois. A situação em que nos encontramos é pessoal, mas também tem a ver com negócios. Isso é incrivelmente complexo para mim.

— Negócios são sempre pessoais se são os *seus* negócios — eu disse.

Charles Delacroix riu.

— Claro. Gosto muito de você.

Olhei para ele.

— Ah, não fique surpresa. Você é terrivelmente adorável, não somente para meu filho.

Pelo menos ele era honesto.

— Tudo bem, eu vim aqui para negociar um espaço para você, se não se incomoda. Testamos as balas que você usou para atirar no seu primo. Elas vêm da mesma arma usada pelo seu irmão para atirar em Yuri Balanchine. O que podemos inferir dessa informação, Anya?

Eu não faria nada para ajudar.

– Por que você não me diz?

– Garota esperta – disse sr. Delacroix. – Que você esteve com seu irmão, e, de alguma forma, enviou-o a algum lugar seguro, onde ele lhe devolveu a pistola.

Respirei fundo. Jamais diria onde Leo estava.

– Honestamente, Anya, não me importo com o que aconteceu com o seu irmão. Ele atirou num gângster de quem ninguém gostava, até mesmo os homens que trabalham para ele. Então, se você mandou o Leo para fora do país sem que ele fosse morto, parabéns. Você cuida dos seus, compreendo isso. E você também há de compreender que eu tenho que fazer o mesmo. A única coisa que me importa é o fato de que você fez com que meu filho levasse um tiro.

Baixei a cabeça.

– Eu gostaria muito de poder mudar os fatos. Coloquei o Win em perigo e nunca vou me perdoar por isso.

– Ah, Anya, não precisa ser tão dramática. Às vezes eu esqueço que você só tem dezesseis anos até você dizer uma bobagem como essa. Win vai se recuperar e a experiência será importante na formação do caráter do meu filho. A vida sempre foi muito fácil para ele. A grande preocupação que tenho em relação ao tiro que meu filho levou é seu nome espalhado no noticiário e a ligação entre o meu nome e o seu. Entende qual é o meu problema?

Fiz que sim com a cabeça.

– Se eu não punir você de alguma maneira pela posse de arma, serei acusado de demonstrar favoritismo pela namorada do meu filho. Pior ainda, essa pessoa é associada à máfia de alguma forma. Meus inimigos argumentarão que sou fraco diante do crime organizado. Não posso permitir que isso aconteça. Vou anunciar minha candidatura à promotoria no dia primeiro de junho.

— Entendo.

— Então, eu disse qual é a minha questão em relação a você. Gostaria de saber qual é a sua? — perguntou ele.

— Continue.

— Na verdade, você tem muitos problemas. O primeiro é seu irmão. Não quero saber onde ele está, mas outras pessoas da sua família querem, e se eu liberar o resultado do teste com as balas, elas vão saber o que você fez. Vão sair atrás do Leo e vão matá-lo. Possivelmente, você também estará na lista. O segundo é sua irmãzinha preciosa, que, por enquanto, não tem um guardião legal. Eu sei que você é quem faz esse papel na verdade, mas as pessoas são tolas e duvido que você queira, digamos, o Juizado de Menores no seu caminho. O terceiro é a acusação por posse de arma. Já falamos sobre isso. E o quarto é meu filho. Você ama o Win. Ele te ama. Mas, ui, o pai! Por que ele quer tanto afastar vocês dois?

É, isso resumia tudo.

— Parece bem desagradável.

— Eu posso te ajudar — disse ele. — Andei pensando na primeira vez em que nos vimos, na barca de volta do Liberty. Pensei numa coisa que você me disse que seu pai costumava dizer pra você. Lembra?

— Meu pai me dizia muita coisa — respondi.

— Ele sempre dizia que você não deveria fazer acordos, a menos que soubesse exatamente o que ganharia com eles.

– É. Esse era meu pai – falei.

– Bem, Anya, uma vez eu pedi que você não buscasse um relacionamento com meu filho, mas não tive uma contraproposta. Hoje, eu tenho. Mas a oferta é de curta duração. Preciso que você me dê uma resposta hoje à noite.

Então, ele expôs sua ideia para mim. Sr. Delacroix garantiria que algumas informações sobre as balas jamais se tornassem públicas, o que asseguraria a integridade do meu irmão. Em troca, eu seria enviada para o Liberty Children's durante o verão, por conta da posse de arma, para que ele pudesse demonstrar aos constituintes que não se acovardava diante do crime organizado. Enquanto eu estivesse no Liberty, Natty estaria cursando seu programa de verão com os gênios da matemática. (Perguntei como ele tinha ficado sabendo disso: "Eu sei de tudo, Anya – é meu trabalho.") Esse acordo garantiria que o Juizado de Menores não se intrometesse no fato de que eu e Natty não tínhamos um guardião legal oficial. Em troca, eu terminaria com Win. Teria permissão para ver meu namorado uma última vez, antes de ir para o Liberty, mas somente se o propósito fosse terminar com ele.

– Desculpe por essa última parte – disse ele. – Como eu falei, gosto muito de você. Mas vocês dois juntos representam um problema para mim. É verdade, talvez eu tenha subestimado minha preocupação antes. Apesar de esse tiro poder ser algo excelente para fortalecer o caráter do meu menino, preferiria se ele não fosse alvo de balas novamente. Gostaria que ele chegasse aos vinte anos.

Refleti sobre a oferta do sr. Delacroix. Liberty por três meses e nunca mais o rosto do Win em troca da segurança dos meus dois irmãos. Dois por dois. É, parecia justo. Não seria difícil terminar com Win, porque, de certa forma, isso era o que eu queria fazer. Eu amava meu namorado, mas ele não estava seguro perto de mim.

– Como eu tenho certeza de que você vai manter a palavra?

– Porque eu tenho tanto a ganhar e perder quanto você – respondeu Charles Delacroix.

No terceiro domingo de maio (duas semanas antes da minha ida para o Liberty), eu e Natty fomos à igreja pela primeira vez depois de séculos. Não me confessei, porque a fila estava grande demais, como a minha lista de pecados. Mas comunguei. A liturgia foi, apropriadamente, sobre sacrifícios: na redenção do sacrifício, mesmo que não imediatamente aparente. E isso foi o bastante para que eu fizesse o que tinha de ser feito a seguir.

Depois da igreja, Natty e eu fomos visitar Win em casa. Charles Delacroix tinha afrouxado a segurança. Win também foi informado de que o pai tinha relaxado comigo. (Mas ainda não fora informado de que eu iria para o Liberty.) Natty tinha sentido muita falta dele, talvez tanto quanto eu. Ela desenhou flores no gesso que substituíra os pinos e engenhocas na perna dele e também devolveu o chapéu que estava com ela desde a noite da festa.

– Win e eu precisamos conversar a sós – falei para Natty.

– Ah, vocês vão se beijar? – provocou minha irmã.

– Vamos lá pra fora – sugeriu ele. – Já estou conseguindo andar um pouco. Além disso, corro o risco de virar um vampiro se não puder ver a luz do dia de vez em quando.

Fomos até o jardim da mãe dele, no terraço da cobertura. Nós nos sentamos numa mesa de piquenique, Win precisava parar para descansar com frequência. O sol estava incrivelmente forte e desejei estar de óculos escuros. Ele colocou as mãos sobre meus olhos, como uma proteção. Que bom menino ele era.

Eu tinha praticado o que diria, o que fez com que minhas palavras parecessem ensaiadas.

– Win – comecei –, durante o tempo em que a gente ficou afastado, pensei bastante e me dei conta de uma coisa. Acho que a gente não foi feito um pro outro.

Ele riu. Eu precisaria melhorar minha performance se quisesse que ele acreditasse em mim.

– É sério, Win. Nós dois não podemos ficar juntos. Não dá. – Eu me esforcei para olhar nos olhos dele na hora de dizer isso. Contato visual fazia as pessoas acreditarem que você está falando a verdade, mesmo quando isso é mentira.

– Meu pai te convenceu a fazer isso?

– Não. É coisa minha, mesmo. Mas eu acho que seu pai tem razão sobre você – eu disse. – Quer dizer, olha o seu estado. Você *é* frágil. Não faz sentido. Eu nunca poderia ficar muito tempo com alguém como você.

Ele disse que ainda não acreditava em mim.

– Tem outra pessoa – falei.

– Quem? – perguntou ele.

– Yuji Ono.

– Não acredito em você.

– Pode não acreditar, se quiser. Mas a gente vem se encontrando desde o casamento do meu primo. Nós dois temos o mesmo histórico familiar, os mesmos interesses. Ele me entende, Win, de um jeito que você nunca vai conseguir. – Comecei a chorar. Esperei que isso me fizesse parecer culpada. A vida dos meus dois irmãos dependia disso.

– Você está inventando isso! – disse Win.

– Eu queria que fosse verdade. – Chorei mais ainda. – Desculpa, Win.

– Se isso é verdade, você não é a pessoa que pensei que fosse.

– É isso, Win, você nunca me conheceu de verdade. – Levantei do banco. – A gente não vai mais se ver. Eu vou pro curso de verão – por que disse essa mentira, eu não sei; acho que não quis que ele pensasse em mim, presa durante todo o verão – e não vou voltar para o colégio no outono. Não sei se você ficou sabendo, mas eu fui expulsa do colégio. Eu... eu realmente te amei de verdade, você sabe disso, não sabe?

– Só não ama mais – disse ele, de forma categórica.

Fiz que sim com a cabeça e fui embora. Tive medo de que, se falasse mais alguma coisa, acabaria me traindo.

Desci até o quarto do Win para buscar Natty.

– A gente tem que ir nessa – disse, pegando a mão dela.

– Cadê o Win? – perguntou ela.

– Ele... – Então, menti novamente. Dessa vez para que Natty não me fizesse muitas perguntas. – Ele terminou comigo.

– Eu não acredito! – disse ela, puxando a mão da minha.

Ninguém acreditava em mim.

– É verdade, estou falando. Ele disse que conheceu outra pessoa. Uma enfermeira do hospital.

– Bem, então o odeio – decidiu Natty. – Odeio Win Delacroix pro resto da vida.

Ela pegou minha mão e voltamos andando para casa.

– Tudo bem – disse ela. – Você vai conhecer outra pessoa em Washington. Tenho certeza.

Não tive coragem de contar para Natty que eu ia para o Liberty. Srta. Bellevoir descrevera o campus de matemática como um lugar "isolado do resto do mundo", o que significava que Natty não descobriria onde eu estava até voltar e ver que eu não estava em casa. (No espaço de quatro semanas entre a volta dela e a minha liberação, Imogen tomaria conta da Natty.) Minha justificativa para essa mentira era que minha irmã já tinha tido um ano muito difícil: o desaparecimento do Leo, a morte da vovó e tudo mais. Que ela pensasse que eu estava me divertindo no meu curso de cenas de crime. Queria que ela se sentisse livre para se distrair e ser a menina gênio que devia ser, sem precisar se preocupar com a passagem da irmã mais velha pelo reformatório. Queria que ela tivesse o verão que eu deveria ter, se as coisas fossem diferentes.

XX. coloco a casa em ordem; volto para o Liberty

Na primeira segunda-feira de junho, Natty partiu para o campus de verão com srta. Bellevoir.

Seguindo os termos do nosso acordo, Charles Delacroix anunciou minha sentença para a mídia na terça. Isso aconteceu no final de uma coletiva para a imprensa, depois que os assuntos relativos à sua candidatura haviam sido amplamente explorados.

– Como a srta. Balanchine é menor de idade, receberá a sentença relativamente leve de setenta dias no Liberty Children's. Não podemos deixar de registrar que ela usou uma arma em legítima defesa e que salvou uma vida naquela noite. Uma vida muito importante para mim.

– Sr. Delacroix – chamou um repórter. – Srta. Balanchine ainda está envolvida com seu filho?

Ele respondeu:

– Infelizmente, não! Fui informado de que ela tem um novo namorado. Os amores da adolescência jamais acontecem de maneira suave. – Deu para perceber certa alegria na voz dele quando disse isso, e odiei sr. Delacroix.

Outro repórter:

– É verdade que, enquanto estava preso por atirar no seu filho, Jakov Pirozhki confessou ter orquestrado a contaminação dos chocolates Balanchine?

– Esperem um pronunciamento quanto a isso nos próximos dias – respondeu sr. Delacroix. – Mas a resposta é sim.

Então, tinha sido Jacks. Apesar de ele ter jurado que não tinha feito nada e ter dito para o meu irmão que a culpa era do Mickey, essa notícia não era exatamente uma surpresa. Jacks teria feito qualquer coisa para melhorar sua posição na família. Suspeitei que isso incluía o ato repulsivo de convencer Leo a atirar em Yuri Balanchine, seu pai, afinal de contas. Apesar do coração do Yuri estar bastante prejudicado, ele se recuperara um pouco. Diante da confissão do Jacks e também para garantir a segurança da Natty, além da minha própria, senti que era o momento de orquestrar pazes.

Na quarta-feira, pedi uma reunião com Yuri, Mickey e todos os outros Balanchine.

Dr. Kipling me acompanhou. Antes de entrarmos, ele me perguntou:

– Tem certeza de que quer fazer isso?

Garanti que sim.

A segurança na Piscinha tinha sido consideravelmente reforçada nos meses posteriores aos tiros, e eu e dr. Kipling fomos amplamente revistados antes de termos permissão de entrar no prédio.

O local escolhido para o encontro foi a mesa redonda de conferências, na parte funda de uma das piscinas. Uma prancha foi instalada na lateral para a cadeira de rodas do Yuri. O resto de nós descia por escadas. Todos já tinham chegado. Meu lugar era na cabeceira oposta ao Yuri.

Eu era a única mulher na reunião, e escolhi cuidadosamente a roupa que usaria. Minha avó costumava dizer que os homens ficavam confusos quando tentávamos nos vestir como eles, então, terno estava fora de questão. Experimentei alguns vestidos antigos da vovó, mas pareciam muito formais e davam a sensação de que o traje estava muito elaborado. Então, finalmente me decidi pelo velho e bom uniforme escolar. Não era ameaçador, pensei, mas era oficial, de alguma maneira.

Sentei na minha cadeira, e dr. Kipling ficou atrás de mim, como de costume.

– Então, mocinha. – A voz de Yuri ecoou no ambiente. – Você pediu uma reunião. O que tem a dizer?

Pigarreei. Meu pai dizia que era mentira essa história de só se poder falar com o coração – era preciso dar espaço para o cérebro também. Pigarreei novamente.

– Muitos de vocês sabem que amanhã começo minha sentença de três meses no Liberty. Não é nenhuma prisão de segurança máxima, mas também não é uma viagem ao Havaí.

Os homens riram disso.

– Quis falar com vocês, hoje, porque esse derramamento de sangue precisa ser interrompido. Nos últimos dez anos, perdi meu pai, minha mãe e minha avó. Meu irmão pode ou não estar morto, mas está perdido pra mim. A única pessoa que tenho na vida é minha irmã mais nova e – fiz uma pausa para olhar para cada um daquele bando esquisito de parentes – vocês.

Ouvi murmúrios de aprovação.

– Penso no que primo Jacks fez e o que sinto é uma imensa tristeza. Ele realmente julgou que sua única opção era envenenar um suprimento de chocolates e a mente do meu irmão. Vocês podem estar se perguntando se guardo mágoas do Jacks, e estou aqui pra dizer que não. Minha maior esperança é que não haja mais retaliações diante da confissão dele e que minha irmã e eu possamos viver em paz. Sou só uma menina, mas até eu consigo enxergar que isso destruirá nossas vidas se não pararmos de lutar uns contra os outros. Precisamos nos tratar como família novamente. – Pigarreei outra vez. – É isso que tenho a dizer.

Não foi o mais eloquente dos discursos, mas fiz a minha parte.

Yuri olhou pra mim.

– Pequena Anya, agora vejo que você é uma adulta. Anya, você tem minha palavra pessoal de que ninguém irá atrás do seu irmão, se é que ele ainda está vivo. E se depois de algum tempo, depois que as emoções tenham se acalmado, ele resolver voltar, nada de mal acontecerá ao jovem Leo. Foi um erro da minha parte empregá-lo na Piscina contra a vontade de meu querido e falecido irmão, Leonyd e, com certeza, aprendi a lição. Dou também minha palavra de que você e sua irmã poderão viver em paz. Ninguém a responsabiliza pelo tiro no meu filho Jacks nem pela sua prisão. Me dói muito dizer isso, mas ele é o produto de uma união infeliz e talvez o bastardo mereça o que recebeu.

Tio Yuri empurrou a cadeira de rodas na minha direção. A cadeira deslizou com facilidade, já que o piso na Piscina era bastante liso e eu estava sentada logo no final da mesa.

Quando ele se aproximou de mim, beijou minhas duas bochechas.

– Tão parecida com o pai – disse tio Yuri, depois sussurrou no meu ouvido: – Você poderia comandar este negócio melhor do que qualquer um dos meus filhos.

No dia seguinte, voltei ao Liberty. Fui recebida pela srta. Cobrawick. Ela estava ressabiada com a minha presença, mas não resistiu e disse:

– Tive o pressentimento de que voltaríamos a nos encontrar.

Depois me encaminhou à área de Orientação Infantil para pessoas que ficariam muito tempo internadas (passei por tudo de novo, menos pela tatuagem). Achei o lugar nem melhor nem pior que da última vez. Talvez agora fosse mais fácil, porque sabia quanto tempo passaria ali. E também, eu aprendi a evitar conflitos. Bastava manter a cabeça baixa. Não olhar diretamente para ninguém.

Por coincidência ou destino, tive a mesma companheira de beliche, Mouse. *Bem-vinda de volta*, ela escreveu.

– O que os jornais andam dizendo de mim, dessa vez? – perguntei.

"Filha de mafioso salva namorado."

Mouse era silenciosa, mas boa companhia. E, juro, não me importava com o fato de ela não falar. Tinha tempo para pensar em todas as coisas que eu precisaria fazer quando saísse dali. Ia ter que encontrar outro colégio para mim. Talvez um para Natty também. Se ela era tão inteligente quanto diziam, um lugar como a Holy Trinity talvez não fosse suficiente. Talvez eu até tirasse umas férias antes de terminar o ensino médio. Eu não sabia.

Às vezes, pensava no Win, mas tentava não pensar.

Quase nunca eu ficava sem visitas.

Scarlet vinha sempre que podia. Uma vez, até trouxe o Gable. Acho que estavam apaixonados, tão apaixonados que fiquei enjoada. Ela dizia que ele tinha se tocado dos seus pecados, mas uma parte de mim jamais conseguiria enxergar o Gable de outra maneira que não aquele garoto no meu quarto que – posso admitir isso agora – tinha me deixado apavorada. Acho que eu era só preconceituosa, como todo mundo neste mundo idiota.

Um dia, meu primo Mickey apareceu. Fiquei surpresa e não hesitei em dizer isso a ele.

– Meu pai está morrendo – falou ele. – Duvido que chegue ao final do ano. Mas ele quis que eu viesse aqui ver você.

– Obrigada.

– Fiquei feliz de fazer isso. Quero dizer, eu queria te ver. Amo meu pai, mas ele nunca deveria ter assumido a chefia da família. Ele não passa de um vendedor de chocolate. Não sabe estar do outro lado da lei. Deixa as coisas desorganizadas. Ele queria fazer o bem para as pessoas, mas não sabia como. Devia ter sido a sua avó, mas algumas pessoas resistiram à ideia, porque ela era mulher.

Não era essa a história que eu conhecia, mas...

– Homens idiotas.

– Concordo. É por isso que eu acho que a família não deveria repetir o mesmo erro. Eu e você devíamos assumir o controle juntos – disse Mickey. – O chocolate não foi sempre ilegal, e, talvez, em algum momento próximo, deixe de ser novamente. Talvez, se a gente for esperto, consiga vencer a guerra com advogados, em vez de armas. Charles Delacroix vai ganhar as eleições e ele é um homem pragmático. Acredito que vai nos ouvir.

Não respondi.

– Yuji Ono tem muito respeito por você – continuou Mickey. – Meu pai tem muito respeito por você. Minha mulher, Sophia, tem muito respeito por você. Ano que vem, você termina o ensino médio. Vai ter que fazer uma escolha. Se vai querer ser observadora ou participante. A decisão é sua. Escuta, Anya – continuou. – Sei que você passou por muitas coisas pra proteger a sua família. Nada disso passou despercebido. Já se perguntou se não seria mais fácil proteger seus irmãos se estivesse no comando das decisões?

– No comando das decisões com você?

– É, comigo. Você é muito jovem. Como você mesma disse, é só uma menina. Ando te observando há algum tempo. Acredito que, com as decisões certas, nosso negócio pode voltar a ser completamente legal. E se o chocolate fosse legal...

Ele não teve tempo de encerrar o raciocínio. Nós dois sabíamos exatamente o que isso significaria. Se o chocolate fosse legal, Natty estaria em segurança. A gente não precisaria carregar armas nem se envolver em operações do mercado negro. E talvez eu pudesse voltar a me relacionar com um garoto bacana como Win novamente.

Talvez o próprio Win, se ele ainda quisesse.

– Eu e você nascemos dentro disso – continuou Mickey. – Não foi escolha nossa. Mas podemos escolher o que vai acontecer. Nosso destino, nosso direito de nascença foi ser da família Balanchine, mas não precisa ser violência e morte. Você disse isso no seu discurso na Piscina. A violência não deveria gerar violência sempre.

Concordei. Um sino indicou que era hora de encerrar as visitas.

– Obrigada por ter vindo – eu disse. – Me deu muitas coisas pra pensar.

Mickey segurou minha mão.

– Vem me ver quando sair daqui. Quinze de setembro, não é isso? A gente conversa mais. – Ele passou a mão no cabelo absolutamente louro. – Ando pensando em fazer uma viagem a Kyoto – disse, quando estava saindo. – Você gostaria de ir comigo?

Eu não tinha certeza do que meu primo queria dizer com isso. Seria uma ameaça contra meu irmão? Ele parecia muito próximo do Yuji Ono, talvez fosse somente uma visita, mais nada.

Meu aniversário de dezessete anos era em 12 de agosto, e este dia, como todos os outros daquele verão, foi passado no Liberty. Scarlet queria fazer uma festa na sala de visitas, o que desencorajei vigorosamente.

– Mas, Anya – protestou ela. – Odeio a ideia de você ficar sozinha no seu aniversário.

– Não estou sozinha – garanti a ela. – Durmo num quarto com quinhentas garotas.

– Posso, pelo menos, vir te visitar? – insistiu Scarlet.

– Não. Não quero ter nenhum motivo pra lembrar da comemoração dos meus dezessete anos.

Na manhã do meu aniversário, um segurança entrou no refeitório para me dizer que eu tinha uma visita.

Ah, Scarlet, pensei, ela nunca me ouve.

Fui até a sala de visitas. Era cedo, nem sete e meia ainda, então ninguém mais estava ali, a não ser meu visitante.

O cabelo estava curto e ele estava vestindo uma das camisas sociais do uniforme com calça comprida de tecido leve. Não tínhamos nos visto no verão, eu não conhecia aquela calça. Eu estava, é claro, muito fashion com meu macacão azul-marinho. Passei os dedos no cabelo embaraçado. Sabia que não devia me preocupar mais com o que Win achava de mim, mas ainda me preocupava. Se eu soubesse que ele vinha, talvez tivesse tido tempo de me preparar para ser fria com ele. Talvez tivesse recusado a visita. Mas meus pés continuavam caminhando em direção à mesa onde ele estava sentado, e depois até a cadeira que eles consideravam a uma distância respeitável.

Se eu soubesse que ele viria, certamente teria dado um jeito de tomar banho. Não me lembrava da última vez que me olhara no espelho. Mas tudo bem, pensei. Trataria meu visitante como um velho amigo.

– Que bom ver você, Win. Eu apertaria sua mão – eu disse –, mas... – Apontei para a placa de SEM CONTATO pendurada na porta.

– Não quero apertar a sua mão – disse ele, me encarando com os olhos azuis, gelados. O tom parecia ter mudado de um azul-celestial para um azul de meia-noite desde o nosso último encontro.

– Cadê seu chapéu? – perguntei, buscando leveza.

– Desisti de usar chapéu – respondeu ele. – Sempre esquecia nos lugares e isso foi ficando cada vez pior, agora que tenho essa bengala pra administrar. – Ele fez um gesto em direção ao objeto em cima da mesa.

– Desculpa por isso. Você ainda sente muita dor?

– Não quero que você tenha pena de mim – ele disse, com a voz rouca. – Você é uma mentirosa, Anya.

– Você não sabe de nada.

– Sei, sim – disse ele. – Você me disse que ia pro curso de Ciência Forense, e olha só onde eu te encontro.

– Até que não é tão diferente assim, né? – brinquei.

Ele me ignorou.

– Quando finalmente fiquei sabendo que você estava aqui – e demorou, porque fiz de tudo pra evitar qualquer menção ao seu nome –, não consegui deixar de pensar sobre o que mais você teria mentido.

– Nada – eu disse, esperando não chorar. – Todo o resto era verdade.

– Mas a gente já estabeleceu que você é uma mentirosa, então, como eu posso acreditar em qualquer coisa que você diga? – perguntou Win.

– Você não pode – eu disse.

– Você me disse que estava apaixonada por outra pessoa – disse ele. – Era mentira?

Não respondi.

– *Era mentira?*

– A verdade é que... a verdade é que não importa se era mentira. Se é mentira, é uma que eu preciso que seja verdade. Win, por favor, não fica com ódio de mim.

– Queria ter ódio de você – disse ele. – Queria muito não estar aqui.

– Eu também – falei. – Você não devia ter vindo.

Então, me debrucei na mesa, segurei o cabelo dele, o pouquinho que ainda restava, e beijei-o na boca.

Por um instante, eu era alguém sem sobrenome e ele também. Não tínhamos pais, mães, irmãos, irmãs, avós, tios ou primos que nos lembrassem o que devíamos ou não fazer. *Obrigação, consequência, amanhã* – essas palavras não existiam, ou talvez tivessem seus significados temporariamente esquecidos.

Tudo em que eu conseguia pensar era em Win e no tamanho do meu desejo por ele.

– *Nada de beijos!* – gritou uma guarda que tinha acabado de entrar no plantão.

Eu me afastei, e Anya Balanchine voltou a habitar o meu corpo.

– Eu não devia ter feito isso – falei.

Foi quando dei outro beijo nele.

Que Deus me perdoe por isso e por todas as coisas que eu já fiz.

Impresso na Gráfica JPA Ltda.,
Rio de Janeiro – RJ